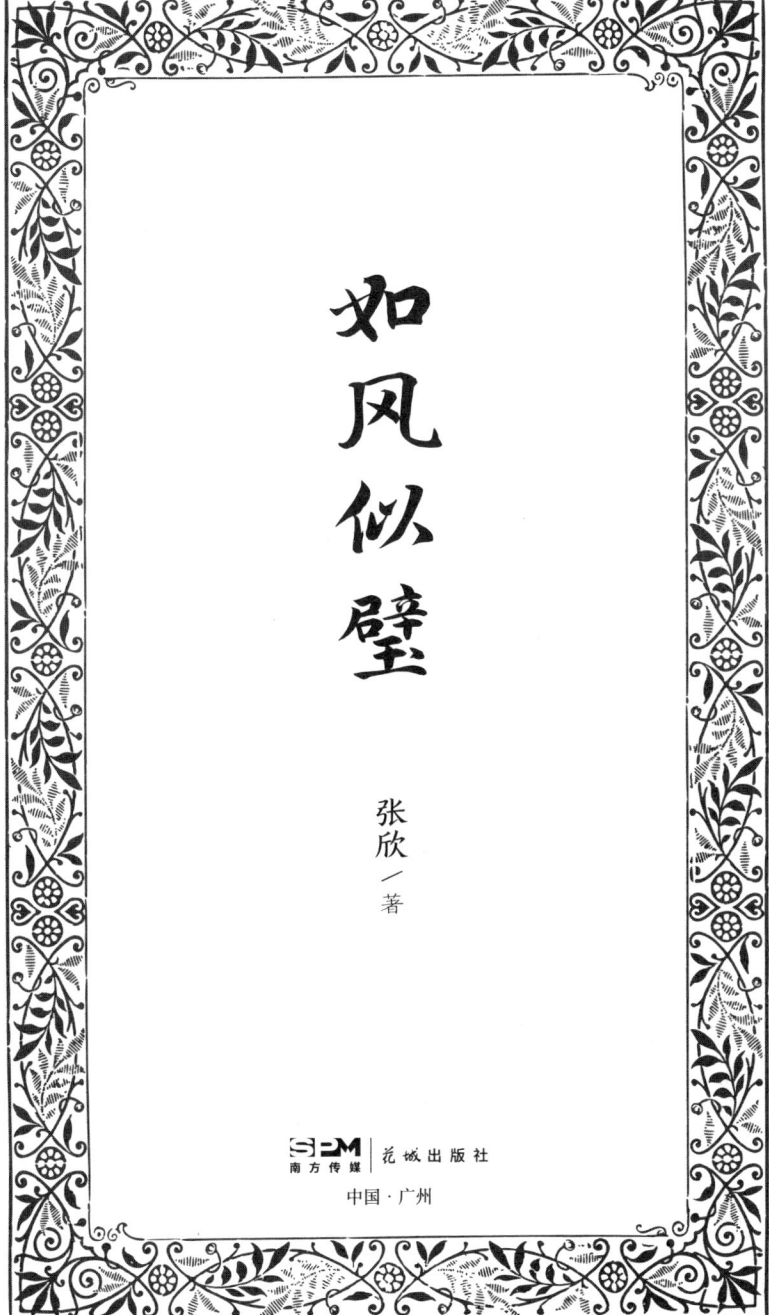

如风似璧

张欣 / 著

图书在版编目（CIP）数据

如风似璧 / 张欣著. －－广州：花城出版社，2024.3（2024.5重印）
 ISBN 978-7-5749-0110-0

Ⅰ.①如… Ⅱ.①张… Ⅲ.①长篇小说－中国－当代 Ⅳ.①I247.5

中国国家版本馆CIP数据核字(2023)第247539号

出 版 人：张 懿
责任编辑：周思仪　杜小烨　王子玮　陈诗泳
营销编辑：杨淳子
技术编辑：凌春梅
责任校对：梁秋华
封面设计：L&C Studio

书　　名	如风似璧 RU FENG SI BI
出版发行	花城出版社 （广州市环市东路水荫路11号）
经　　销	全国新华书店
印　　刷	深圳市福圣印刷有限公司 （深圳市龙华区龙华街道龙苑大道联华工业区）
开　　本	880毫米×1230毫米　32开
印　　张	10.75　2插页
字　　数	220,000字
版　　次	2024年3月第1版　2024年5月第2次印刷
定　　价	59.80元

如发现印装质量问题，请直接与印刷厂联系调换。
购书热线：020-37604658　37602954
花城出版社网站：http://www.fcph.com.cn

不要辜负了这一刻歌声夜色

——《醉太平》

自序

芥子纳须弥

有一种说法是某一类的文章40岁或者50岁之前不要写,主要是指人的认知过程需要时间的沉淀,对一个素材的理解和把握很可能与最初想表达的意念完全不同。这也很好理解,有时候灵感翩然而至,但将其变成扎实的作品可能需要艰辛的水磨工夫。

我以前写过一些关于广州的都市小说,一直觉得自己很熟悉这座城市。不知从何时起,我很想写一部独具广州特色的小说,但是怎么写居然成为一个巨大的难题,因为浮在表面的元素很多,但什么是广州人的精神内核却模糊不清。就像京派小说中的《骆驼祥子》,或者类似海派小说中的《上海的早晨》与《子夜》,那么反映广州人生活的载体是什么呢。

又如京派小说中强大的文化背景，海派小说中鲜明的城市情调，像广州这样一个千年商都，它的底色又是什么呢。

有一次我跟陈小奇聊天，我说你们音乐人那么努力，为什么永远超越不了《彩云追月》《步步高》《雨打芭蕉》这些前辈作品的高度呢？陈老师说那是农耕时代的产物，全是讲自然景观或者丰收气象，当然还有那个年代的人文精神，的确是一座高峰。现在时代不同了，当然需要寻找匹配的主题，同时也要从相对单一走向丰富多彩。他的话对我很有启发，就是要在具象中彰显特色。

你看当年的广东音乐，它是有魂的（当然旋律也好听），所以成为经典曲目流传至今。而我们今天的诸多广州元素已经琳琅满目，如满洲窗、广式园林、茶楼、生猛海鲜、粤剧、醒狮、赛龙舟、东山少爷西关小姐等，但是人呢？关于具体的而不是概念的人的生活、故事和神采又在哪里？

这才是最难的。

像广东音乐，哪怕是全部写景的曲目，都具备了人的情感，欢喜、相思、庆丰收、依恋、伤春悲秋，更有《双星恨》《杨翠喜》这样的曲目直接表达了对人物命运的惋惜与担忧。否则它就不可能成为名曲被广为流传。

人，人的情感，人性的复杂与幽微才是一部文艺作品的骨架。

芥子，当然是指其微小，而须弥山则是指古印度传说中的大山。在我看来写作的精髓无外乎以小见大，以渺小的个体显现伟大的精神。

如果用佛家的话来说，它们是等量的。

所以我一直在寻找我的芥子。

这个过程是极其漫长的。

也是对我写作生涯的严峻挑战。

后来我选择了1932年至1942年这段时间的广州，因为民国属于半封建半殖民地社会，所谓上流社会大多由军阀和买办构成，社会风气是异化加变态，表面攀龙附凤、极尽奢靡，实则毫无自立能力，基本是用金箔包裹腐朽。

任何小说都需要一个舞台，然后各色人等粉墨登场。而所有的历史都是当代史，都有书写当下中国无尽的寓意。那么，广州沦陷前后的社会是大起大落、动荡不安的，是真正意义上的大时代，从繁华浮夸、纸醉金迷直接坠入黑暗、战乱、血腥、人性之恶之无奈的万丈深渊。

在这样绝望的背景下，我写了三位平凡的女性。

这三个女性的故事避开了以往这一类题材的套路，第一不是比惨；第二不是走投无路参加革命；第三不是"富人都是大坏蛋"，只有穷人才是又好又善良，对人的书写就是平等对待；第四她们都是凭借一己之力变成主宰自己命运的英雄，因为指望不上任何人。

当然也是传奇,因为那样一个时代给女性留下的空间狭小而昏暗。她们只能在男人世界的缝隙里寻找出路,有得到,有得不到,有得到大家觉得好、自己并不想要的结果,都是女性一直要面对的课题。

这也暗合了当下对女性主义争论不休的严肃讨论。

说回广州的底色,长期以来,我一直被困在宏大叙事中找不到出路,后来放下身段找到了"美食"这个元素,因为你说广州人讲文化讲情调那是鬼都不信的,但是广州人讲吃那简直全民会意可以用眉毛交流。

说到人物的精神内核,如果北京大姐是飒,上海小姐是嗲,那么广州女人就是韧,坚韧的韧。

同时我也放下了家国情怀和史诗情结,因为我不是一个能够驾驭大题材的作家,而广州又是一个烟火气十足的市井城市,当年王为一老师执导的《七十二家房客》绝对是精准抓住了作为升斗小民天堂的广州的风貌,在这一类的题材中可谓一直被模仿从未被超越。

打通关节,想明白了这些问题才有可能进入创作状态。

状态,其实比我们想象的要重要,它决定了一部作品的基调、叙述方式、语言和妥帖程度。

如封似闭,是吴氏太极拳的第九式,呈马步、双手收回后再推出,很能反映出广州人的低调、隐忍、力道而不喜张扬的个性。以至于咏春、叶问出现在广东是不奇怪的,其中大有深意。

而最终确定书名为《如风似璧》,则是表达我对广州和广州女人的认知、理解与写照,她们一如风中的玉佩,既有风的凛冽又有玉的圆润。

在此,我要特别感谢我的朋友,学者作家叶曙明老师,他的著作《广州传》是我随时要查的工具书,我不是广州人也不会说粤语,写作中出现盲点和难点我都会求助于叶老师。还有学者朋友周松芳博士,他对民国粤菜的研究独具特色,给我意想不到的灵感和启示。

感谢黄爱东西老师和容太,她们给我讲过许多西关故事,在与她们的交往中我领略到广州女子的温暖与大气。

此外我还认识许多广州的文化界大佬和美食前辈,而我所写到的广州风情和美食有可能是雕虫小技尔,甚是可笑也未可知,敬请高抬贵手一笑而过谨慎痛批,毕竟我热爱广州之心称得上情不知所起一往而深。

最后我要感谢花城出版社对我的支持和信任。

自有湾区文化始,为我们开辟了更广阔的舞台。

感谢广州这座伟大的城市,拿什么奉献给你我的爱人,是千言万语,是百转柔肠,是我们心中的景仰与豪迈。

目 录

* * * * * * * * *

第一章 …………… 001

第二章 …………… 027

第三章 …………… 047

第四章 …………… 081

第五章 …………… 109

第六章 …………… 135

第七章 …………… 165

第八章 …………… 201

第九章 …………… 241

第十章 …………… 273

第十一章 …………… 301

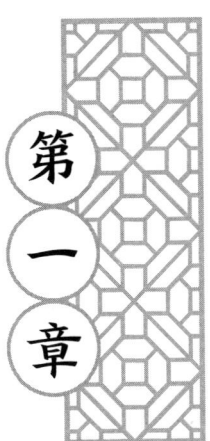

· 1 ·

一丝风都没有。

满洲窗开着,彩色的玻璃被下午炽烈的白光烤得快要溶了,紫蓝黄绿叠加在一起变得模糊一片,窗外的树梢纹丝不动像油画一样坚挺。

凤凰木枝冠横展,凤凰花连绵成火焰,开得盛气凌人倔强张扬。

可是母亲说,凤凰花夏季绽放并不是一个好年份。

苏步溪还真的病倒了。

她躺在床上,薄薄的一片,有一种即将远行的平静。她病了有些日子了,并不发烧或者是吓死人的肺痨,不是。她就是不吃不喝人就慢慢脱相然后失神了,身体里的水分渐渐流失,人便一点一点地消瘦下去。一开始大夫以为她中了暑气,服了几服药并不见好转。认真起来她也还是不吃东西。十七岁的毛孩子过着衣食无忧的生活,实在想不出这是怎么了。

家里人请来名医贺喜儒，他不是大家信任的那种童颜鹤发、时不时抚着胡子的老中医，倒像一个武师，身板笔直五官坚毅，沉默寡言而不留情面。

贺喜儒说不是喜脉。

没有力气说话，但是步溪心里明白。

她的床边一直有川流不息的人，他们小声说话但是每一句她都听得十分清楚，一字一句仿佛就在她的耳边。

她知道他们在准备后事了。

内穿的绸衫两件，贴身白布底衫一件，白布裤一条，白布袜一双，白布弓鞋一对；随葬品有木梳两件，金银耳挖各一支，玉坠金银耳环各一对，口含如半边黄豆大小的黄金一粒。

棺材抬到了院子里，摘了足足两篮子的白兰花准备撒在她身上。

然后把她抬到别有天去停放。别有天她听说过，原是一户孔姓的豪门大户，后来家道中落，大院变成了停放灵柩的棺材庄。

也有安静的时候，静得就像一片深海。

海面波涛暗涌缓缓沉落，一起一伏却伴随着隐蔽的喘息声，犹如一头看不见的巨兽蓄势待发，随时准备吞噬一切。

这时候心底才会生发恐惧，那种无边无际的害怕。

漆黑的低吼的海水滚滚而来又滔滔而去，天地之间全是水，慢慢没过她的头顶。这时候她才会想到死。

又有人给她搭脉了，是贺大夫。因为他的手势很轻，与他健壮的身材形成鲜明的反差。

没有人说话。

步溪听见母亲隐泣道,不开药方吗?

没有人回答。

· 2 ·

一丝风也没有。

已是傍晚时分,虽说是在观荔湖畔,到底暑气蒸上来了,让人感觉湿热熏腾。观荔湖,因其左岸有一片荔枝树而得名。

九如海鲜舫是这里唯一的湖中建筑,曲廊回转从岸上延伸过来。天气不那么热的时候,踏上曲廊有一种凭水临风的洒脱欢快。

外观犹如一艘坚实的海船在暮色中歇憩。

入得室内,里面却有着神秘莫测的丝丝凉意,便是这家酒楼的特别之处,这是广州最早全天候开放冷气的高档餐厅。如今窗门紧闭,南北两边的墙壁私下里还放着巨型的冰块,同样是头号的华生电风扇摇着脑袋死劲吹。因为餐厅的大堂过于宽大气派,人一多冷气机就显得力不从心。

制冰机,以前没听说过。

梅贵姐说,就这排场只比菜金贵。

眼下,梅贵姐正请书法家顾怀玉用干净的毛笔蘸着酱油膏,往花彩堂的瓷盘子上写菜谱,上好的酱油膏像墨汁一样粘稠,白瓷盘子的外圈那叫一个花团锦簇,叠加着彩蝶飞舞,仅有的缝隙全部勾着金线,衬出盘心的雪白。要说花彩堂的出名,是因为清道光广彩三国人物刀马战将图,是一对双狮耳大地瓶。堕落到民国也就是这样挤挤挨挨的,俗气到顶,只配写个酱油字了。

"月中丹桂""凤入竹林""喜从天降"。

这也不好吃啊。顾怀玉忍不住放下笔,拧着眉毛道。

梅贵姐道,当然不好吃啦,吴将军的父亲吴老先生在家是喝了地瓜粥的,说是祝寿就是过来热闹热闹,人家讲的是排场,要的是面子嘛。

顾怀玉只好又拿起笔蘸着酱油膏写下"遍地金钱"四个字。

广州的满汉全席菜式也有一百零八款,要写到几时啊。

要你管,挑吉利的写呗。

梅贵姐转头瞥了心娇一眼,心娇抱着梅花琴站在一旁看热闹。

这个顾怀玉的正经事是在一家粤剧团给人写本子,还有填词补白什么的,例如八月他就给荔红宴填词说荔枝怎么红怎么甜;过年新启了花市他就把百花都夸一遍,然后各种花好月圆说得跟真的似的,酸腐之气扑面而来。

至于写字画画都是他的业余爱好,随便弄弄倒是比专业做得好。他没事就跑到妙合妓寨转转,并不为色,是梅贵姐肯让他在有客人来"打通厅"的时候蹭些吃喝罢了。

所谓"打通厅"就是来妓寨的豪客,将预定好的酒家作为大筵群芳的场所，常常筵开数席至数十席，打通了全部餐饮厅房，俗称打通厅。

另外"打全骰"就更夸张，是把当晚全体宾客叫来陪酒的妓女的开销统统包下来。

每当这种时刻老顾就兴奋地满场飞，吃得一嘴油，比梅贵姐还如鱼得水左右逢源。

梅贵姐常说，老顾要是有些志向，没准又是一个吴昌硕。

大家都不吭气，只有红姑撇嘴道，只怕有个志向也被他自己吃掉了，老顾真是太爱吃了，除了四条腿的桌椅两条腿的爹娘。大伙哄笑起来，纷纷说老顾是饿死鬼转世，见到美食眼睛里冒的都是绿光，抄个菜谱都能抄饿。

老顾贪吃到什么程度呢，好歹有一家人等着他给家用，但是家里的用度光花在吃喝上了。又实在想吃了就画几张画，也没力气画什么泼墨大山水，就画些白菜豆角茄瓜什么的，倒是水灵灵的，最多加只小鸡啄米。遣个孩子送过来，梅贵姐看了就给孩子一片"咸酸"（白萝卜片泡在米醋白糖里很爽口），打发了欢天喜地的小孩子。然后打电话拨5246，让九如舫的斩料师傅斩半只盐焗肥鸡派伙计送到老顾家去。

大家都不伤面子。

因为老顾还是有气节的。听说有个叫娥姐的微胖女人，有钱有势，常常请八合会馆的粤剧大老倌们去华东酒楼饮茶，也喜欢在太平戏院包场子送给商行的朋友当岁尾花红，或者答谢新老客户，重楼复阁富丽堂皇，自然是所到之处一片欢声。她叫老顾单独到家里教戏文，开的价码不低。这年头但凡有钱人是不是要死死扒住、绝不撒手？但老顾不肯，人家笑他他也不说话。有一次梅贵姐问他他才淡淡回道，你怎么知道是不是白虎堂。

老顾清瘦，永远一身蓝布长衫，叉烧、烧肉都不知道吃到哪里去了。

九如海鲜舫还真是一座金碧辉煌的水上浮城，当年苏大阔苏老板花了重金仿照中国宫廷建筑设计，斗拱飞檐，雕梁画栋皆是手工打造，历时三年零八个月，这才有了今天的富丽豪奢流光溢彩，让原本入夜就黑洞洞的湖畔一时间灯火通明，管弦齐奏笙歌如沸。

各路名厨、食神大赛，黑白两道的高端宴请，各种版本的故事传说。

一座名不虚传的销金窟。

金钱和美女永远是最佳组合，西关陈塘这一带的妓寨，就没有不依附大酒楼寻食进账的。越是上不封顶的豪门盛宴越是有美人在侧。

人们都说妙合的红姑是世界上最高窦[1]的妓女，就连梅贵姐也要让她三分。此外还有举举、绛真和仙蒂，全是一等一的品相。

这么说来，妙合自然也给九如舫带来不少生意。男人发了财请朋友，不设妓宴难道围在一起吃斋食不成。

梅贵姐今晚穿一件紫藤色的旗袍，颜色素雅，然而整件旗

---

1 粤语：骄傲不理人状。

袍包括袖口和袍脚全部绲上了一圈半寸宽黑色玻璃丝花边，妩媚而神秘，加上高级又时髦的平胸，简直是无法言说的诱惑。听说上海的交际花都这么穿，梅贵姐就是上海女人，细长的丹凤眼，鼻子边上有几粒浅浅的雀斑，嘴唇倒是肉肉的，仿佛一直嘟着嘴，自带几分娇嗔。

并不十二分的漂亮但是味道十足。

她头上的发髻梳得很低，显得漫不经心。鬓边插一朵白玫瑰，暗示恩客当年她也是妓寨的"都知"[1]，只是年龄不饶人才做了老鸨。

老鸨嘛，都是左右逢源的人。

但是梅贵姐还有一个本事并非人人都有，那就是她总能让人相信她只对你一个人好，对，就是你一个人在独享她的温情，她双手轻轻握住你的手，细长的眼睛里会掠过一道微光，像暗流一样滋润着你干涸的心田。

几个乐师围坐在一张花梨木的小圆桌前饮茶。

老顾写完酱油菜谱，在指导绛真唱粤曲《小桃红》。

梅贵姐一摇一摆地走过来。

心娇一个人坐在窗边，望着隔岸灯火沉沉地想着心事。

梅贵姐用胳膊肘轻轻撞了她一下，道，想谁呢？

心娇没有说话，心想我还能想谁，不过是心灰意冷罢了。

梅贵姐道，这琴也太老了一点，哄那么久还没哄好吗？

心娇搂着梅花琴道，老琴是这样的啦，像小孩子，不抱久

---

1 头牌。

一点音就不准。梅贵姐道，走调才有韵味，才是地道的南音啊。

心娇道，那是老琴才会有的味道吧。

心娇的梅花琴，学名秦琴，属于传统的弹弦乐器，三根弦，琴杆窄且长，因音箱部位呈梅花形，故又称为梅花琴。

两人扯了几句闲话，梅贵姐才正色道，一会儿客人来了你不要垮着脸，谁又不欠你的，笑一笑什么都有了，不要学红姑鼻孔朝天，她那是有本钱。

我哪有学她，才没。

女孩子最紧要的就是柔顺，笑一笑你会死吗？

心娇在心里翻了个白眼。

然而她还是不觉放眼望去，只见红姑斜着身子倚柱而立，一旁的举举拉着她的手看戒指，红姑的手美得让人失语，笔直的细细长长的葱指涂着鲜红的蔻丹，花生粒大小的钻戒在灯光下闪闪发亮。她今晚穿一件湖蓝色沙丁绸旗袍，高耸的元宝领把她的瓜子脸削得更加尖俏，沙丁绸的颜色饱满靓丽，布料悬垂一泻千里直达脚面，只能从开衩处隐约看到紧裹小腿的玻璃丝袜和嫩粉色的高跟鞋，盈盈腰间一侧是一朵盛开的宫粉牡丹。

红姑的穿衣之道就是复古，她说扎得越密实才越性感。

心娇自知也只有红姑的姿色可以看人不抬眼皮，偏偏男人都贱，就喜欢她那副不爱搭理人的样子，要围着她团团转。

心娇常常冷着脸还真不是学红姑，她就是厌倦了这种表演与排场，吃又没得吃，玩又没得玩，还要小心翼翼做出心满意足的样子。

挨到大半夜，熄灯撤席一群豪客走的走散的散。

红姑又怎样，还不是大家一起找间街边档吃消夜，喝一碗滚烫的艇仔粥，对，就是汗津津地喝一碗热粥。"老板，艇仔走青"[1]，那些荣华富贵一丝一毫都抓不住，只得一碗救命的热粥，谢谢老天爷。

梅贵姐常念叨，你们都饿着点服侍客人，吃饱了一副蠢相。

旗袍要卡住腰身，非得倒吸一口气才能拉上拉链，还吃什么吃。

都是看着花哨。

那家闻名的粥铺，就是设在黄沙西屠场的梯云桥畔的"二嫂粥"，档主人称二嫂便有了二嫂粥的名号。二嫂粥每晚午夜两点开市，粥煲得好，裹在里面的物料又新鲜，尤其她的猪杂粥，因她的表哥在屠宰场开档口，总能拿到还带着热气的猪杂。自然成为陈塘娱乐区附近的夜游客与职业妇女的最佳去处。

还有呢，喝粥除了还魂，重要的是只有在这种时刻，大家才能解开封住脖子的衣领，跷起二郎腿，七嘴八舌评价那些道貌岸然的男人，这个有钱那个没钱，如果是又孤寒[2]又轻薄的人，大家就一起把这个人的坏话说个底朝天，这种宣泄简直救命，否则积攒在肚子里怎么睡得着觉。

于是昏暗的粥铺立刻就变成了巨大的垃圾桶。

不过这样的时光也转瞬即逝。过不了几天又重来一次。

1　艇仔粥不放葱。
2　抠门。

苏大阔打电话过来，叫梅贵姐把今晚的餐具换成九如寿宴瓷，这套瓷器是苏老板请花彩堂的老师傅专门烧制的，轻易不肯拿出来。

餐厅里自然又是一阵忙乱。

寿宴瓷例牌是柔白的底色，图案是鹅黄的佛手配粉红色的寿桃，色泽熨帖精疏雅致。

碗底印有"九如瓷"三个字。

餐桌的中央放着一座玉雕。

一条鲤鱼跃出碧波，被四周的荷花、莲叶、水草及浪花簇拥，鳞片镂空成图案花窗，可以窥见鱼肚内再雕琢出来的小鱼虾蟹，妙趣天成。这就是久负盛名的玉雕技艺，象征着富贵有余。是苏大阔送给吴老先生的寿礼。

心娇小声问道，苏老板今晚不过来了吗？

梅贵姐道，不过来了，他女儿病了，说是挺不过今天晚上。

阴功[1]咯。

梅贵姐叹道，谁说不是，这个排场都准备半年了，什么时候得病不好，还真会挑时候。说着她神情一冷，甚是嗔怪。也正在这时她又敏锐地听到了门外汽车喇叭的声响，立刻就换上了一张和颜悦色的面孔，眉眼含春，边整理妆容边招呼着大家迎出门去。

客人已经来了不少，黑压压的一片静立门口。

1　意"惨了"。

只见一辆神气活现的军车停在路边,勤务兵恭敬地打开了车门,先下车的就是吴将军,他五短身材体形粗壮,一身戎装还挎着盒子枪,但是没戴帽子,头发刚挺直立无比茂盛。吴将军的面相不怒而威同时又有横绝一世的气魄。他先是两手抱拳作揖算是跟众人打了招呼。

接下来勤务兵才扶着吴老先生下车,老人家应景地穿一件短袖红衫,笑眯眯地对一众红粉兵团点头示意,两只手还一直挥舞,看得出是喜出望外。

心娇以前并没有见过吴将军,但名字就听得耳朵起茧,因为吴将军从不寻花问柳,是出名的孝子。不觉从心里对他有几分敬重。

一行人浩浩荡荡进了九如海鲜舫。

心娇被挤到了后面,听见身旁的老顾兀自叹道,真架势[1]。

心娇低声道,吴将军又没有我们苏老板有钱。

老顾道,你都傻的,乱世有钱才危险,没有枪杆子撑腰怎么行。我们剧团在江门唱完戏回广州,租好木船,请了一只单行火船来拖拉戏船,你知道火船老板怎么说,他说准备好几千块的碎钞,返广州总共七十二个堂口都是要收钱的,到时把钞票在木柴上扎好抛过去,就有土匪扒小艇来捡取。

不然呢?

拉人喽,掳人勒赎的事情就是这样发生的。

差馆不理吗?

1　威风有派头。

土匪的小艇像鱼一样神出鬼没,白天不知藏在哪里,晚上从暗中杀出,下手又快又狠,反正烂命一条差佬[1]哪里管得了他们。

老顾的手在脖子上一划,你说有钱人要不要找个靠山。

心娇在心里默默点头。

· 3 ·

一丝风也没有。

虽然已经是深夜,持续的高温并没有一点点要落下来的意思,硬撑[2]而倔强。不知道是天气像南人,还是南人像天气。

麦细花埋着头憋着气一路猛走,其实她都不知道自己要到哪里去,就只听见粗布的阔脚裤哗啦哗啦直响。又仿佛有一个声音催促她赶紧离开码头,离开离开离开,能走多远走多远,否则不知道会发生什么事。

她满脑子的一了百了,加上酷热,已经神志不清了。

麦细花是苏大阔家的帮佣。这边的人也有管帮佣叫作姑姐的,听上去好像更亲切一些。

不过苏家上下都管麦细花叫阿麦。

阿麦是苏老板大太太饶慧轩从娘家带过来的贴身女佣。说

---

[1] 差馆、差佬,意"警察局""警察"。
[2] 意"坚挺"。

起饶家，那是不得了的有钱。当年潮州商人开的德胜号是数一数二的华人鸦片商，在上海及各口岸多地设有商号，与鸦片生意挂上钩始于鸦片战争前后的南澳岛、汕头妈屿岛，因为这两个地方都是鸦片趸船的主要停泊地。精明的潮州商人掌握了鸦片的内地分销渠道，便跟随英国人进驻上海，西进镇江，北上烟台、天津、营口，几乎垄断了沿海、沿江的鸦片贸易。

潮州商人很早就到苏州、上海经商，对外统一修建潮州会馆，给人其利断金的印象，内部却分为三大帮派，海澄饶帮是重要的一股。

当年苏大阔家境贫寒，但是从小思维敏捷懂得察言观色，人称小诸葛。

由于饶慧轩是独生女，父母对她疼爱有加，便招苏大阔入赘饶家。这本来是一件没有面子的事，但是苏大阔觉得男人没钱也谈不上有什么尊严。好在饶慧轩知书达理，不仅与苏大阔举案齐眉，还说服父亲资助苏大阔放手经商，苏大阔学得了一身的本领。

然而好景不长，因德胜号内部的帮派之争，三股势力分道扬镳。饶家也因此衰落，加上饶慧轩的父母相继去世，这个家反而是被苏大阔支撑起来了。

苏大阔做洋行还是颇有心得，条件成熟时他成立了自己的商号大德，一手做十三行的生意，一手置实业，很快赚得盆满钵满。

不过呢，但凡有钱人家续得住财路，就总会有一些不好的事情落到家中其他人头上。苏大阔和饶慧轩有一个儿子，长到十岁上下，发现右眼的斜视越来越厉害，就花重金请了一位德国大夫做手术，结果手术失败了变成了"独眼龙"，加上他说话有点大舌头，就感觉很拿不出手。当然两口子对儿子还是百般溺爱，不管原来叫个什么端庄英武的名字，最终还是改成了苏虾米，因为名字贱才好养活。

饶慧轩就更是钱多身子弱，不到四十岁就过世了。

苏大阔对这位太太有感情，房间、旧物，包括饶慧轩格外喜欢的两盆虎头茉莉一直有人打扫照看，还有她中意的花园。阿麦当然就更不能赶出去，继续帮佣，也没有人敢给她使脸色。

续弦的二太太名字叫郑雯怡，家境殷实，她娘家是开米铺和柴铺的，想一想谁家离开这两样东西能活命。

苏老爷这个人对贫苦的漂亮女人根本不会多看一眼，满脸写着这有什么用。

有一次他去郑家吃饭，其中的一道蛇羹好吃到令人灵魂出窍。

先要选取十几斤重的野生水律蛇，慢火炖三个小时，然后把蛇肉剥下来撕成丝，蛇骨继续煲炖，取封开五年的老母鸡炖五个小时，土猪肉先煎后炖，三种肉熬出来的汤过滤、去油，成为清汤，加蛇丝勾薄芡，再加一点香菇丝和柠檬叶丝。最后加进雪白的菊花瓣。

都以为这么惊艳的蛇羹是郑老爷的夫人做的，想不到居然出自郑老爷的女儿之手。如果举桌盛赞，郑老爷会叫出女儿和大家见见面，郑雯怡也不说话，只是笑一笑随即离开。

原来郑老爷家里早年有个帮佣曾经在官宦人家学过做这道菜，但是因为程序复杂没人肯学。郑雯怡是老帮佣带大的，两个人感情深厚，她自小又总是看着老帮佣做菜。后来老帮佣做不动了，离开了郑老爷家，郑家连续换了几任帮佣都觉得做菜差火候，这才明白谁是高手，以往是身在福中不知福而已。

老帮佣腿脚不好极少出门。郑雯怡还是坚持不懈跑到她家里去学做菜，老帮佣住的巷子深又永远有一股尿臊味，都是些底层谋生的人不管不顾躲进巷子随便找个角落撒尿。但这些都挡不住郑小姐掩鼻学技。

那条巷子阿麦也去过，是二太太派她去给老帮佣送东西，不记得是送什么了，总之都是一些无关紧要的吃穿用度，重点是让老帮佣记得一份人情，二太太做事是周到的。

那条巷子阴湿破败，麻石板路高低不平，偶尔会蹿出一两个穿着破衣烂衫又疯跑的孩子，或者一个流浪汉靠墙呆坐。家家户户门口堆放着杂物，头顶晾的衣衫拥挤不堪显得巷子更加狭窄逼仄，连阿麦都是匆匆来回，真想不通二太太为什么会有那么好的耐心。

好多人学做蛇羹，到了种菊花这道工序就都歇了。

二太太却在郑府的后院开出一小片地方来种可以作为食材的白菊花，清水净土，每一片花瓣都晶莹剔透冷漠坚毅。

一道菜要准备半年以上，吃的时候也只能三五知己，换上白色的绸衫，据说出的汗是黄色的，食蛇可以祛风。苏老爷吃过之后也是念念不忘，感觉不能小看这个年轻的女人。

于是苏老爷便托人上门说媒。

二太太的性格就是四平八稳神情温和。她长得不漂亮，一张容易让人忘记的脸，南人北相、现世安稳的样子。

跟大太太喜欢珠宝不同，二太太喜欢金器，就是足金打造的首饰或者摆件，比如项链、耳环，又比如生肖猪（家肥屋润）、金貔貅（只进不出），所以如果别人送的金器比较老土不是自己喜欢的样式，或者过去的首饰看看过时了，就会派阿麦去街上的打金铺打金。打金就是变换首饰的样式，怕有人偷换金子的成色，阿麦就要守在那里。

街铺一般都设在骑楼处，长长一溜。骑楼又称外廊式建筑，底层沿街面后退且留出公共人行空间。上楼下廊，遮阳又防雨，便于顾客流连。各种店铺、商号银号、大押大状[1]等都夹杂在一起，广东人觉得做生意就是要挤在一起才会兴旺。

打金店的伙计叫鹏仔，中等身材，背后看腰板笔直，面部就黑黢黢的，头发又多——可能是因为年轻，感觉头发格外茂盛，眼睛也是过分明亮，而且比常人活泛醒目，所以他不仅是年轻的打金师傅，同时还得到老板的信任，晚上留下来看店。

阿麦经常要去打金，慢慢就跟鹏仔熟悉了。

一开始鹏仔就很热情，话比较多，阿麦却完全没有在意，

---

[1] 当铺、律师行。

因为打金店又不是鹏仔这里一家。像阿麦这样的大客肯定要留住啊，鹏仔当然是要笑脸相迎。广东人对有钱人，用鼻子就可以闻到钱味，有些有钱人穿着粗布缅裆裤、旧旧的木屐也还是被认出来。

鹏仔也不光是口花花，他的手指修长灵动，跟他这个人的外表很不般配，就像一个读书人的手长在了他的手臂上。加上他给阿麦打金格外用心，有一次打了一只小金龟，既憨笨又伶俐，二太太喜欢得不得了，把玩了好久。

一来二去，你来我往。一开始麦细花对鹏仔也没有什么非分之想，她在心里粗算了一下，自己比鹏仔大五六岁，什么可能性也没有啊。老实说许多姑姐就是"梳起"[1]的命，只是没有人说破罢了。码头上的搬运工唱号子说"鬼叫你穷"，女佣还不是一样，甚至如果有幸落到好人家还要劏鸡敬神呢。

不过什么事情都有个意外，有一天下午阿麦去打金，私下里又给鹏仔带了一点卤水掌翼，就是鹅掌和翅膀，有钱人家平时都会备一点下酒菜放着，以防随时需要。每次阿麦带给鹏仔的少少荤腥其实都是嘴巴里省下来的，当然她要做出吃腻的样子，一点都不碰，只是歪着头看着鹏仔吃得津津有味。鹏仔的老板很孤寒，打金店的二楼有一间阁楼房，没有窗户那种，鹏仔晚上就住在里面看店。还有一个不大的天台，一边是粗生粗养的花草植物，另一边是简易的厨房，有灶台、碗柜和吃饭桌，都是黑得鬼

1　自梳不嫁。

一样还摇摇晃晃的。

打金的还有两个师傅,大家中午要在店里搭伙。鹏仔说,菜不是烂了肉不是臭了老板都不会让他们吃。正因为他这么抱怨过,阿麦才会给他带一点吃的过来,毕竟他的手艺好,也算帮过阿麦。

好容易挨到了晚上,店里没人了。两个人上了天台准备吃卤水掌翼,苏老板家的卤水想一想都知道美味无比。

鹏仔搓着手说道,要是有一点玉冰烧就好了。

阿麦就等着他说这句话,不仅从布包里拿出了油纸裹着的卤水掌翼,还拿出了一个小瓷瓶子,拔下木塞叫鹏仔闻,一股清香从瓶子口里冒出来。

鹏仔道,这是玉冰烧还是五加皮?

阿麦心想,玉冰烧里放大肥肉,五加皮里放的是廉价药材,所以才是你们这些下等人喝的呀。她不无得意地直接说,这是瑞露酒,只有上等人才能喝到的瑞露酒。

你说的是广西的瑞露酒吗?我只听说过,别说喝,见都没见过呢。鹏仔这样说道。阿麦其实也没喝过,她是遇到机会就往自备的洗干净的小瓶子里倒上一点。这个世界就怕有心人,不是吗?只要上了心什么事都可以办成。然而眼下,她也还是要做出喝过的样子,表示自己是特别见过世面的女人。

鹏仔一边吃一边喝,脸色马上就红润起来,眉头舒展表示实在是太享受了。

现在想起来，鹏仔真是一条精仔，他就是在不知不觉中摸清了苏家的全部底细，还发现了麦细花身上连她自己都不清楚的能力。

阿麦一边疾走一边想，鹏仔套她的话她就一五一十地告知，后来就变成了他们的对话模式，都是她在说，细细碎碎像拼图一样慢慢完整。可是她对鹏仔呢，几乎一无所知，只听他说过老家在一个无名小岛上，父母靠打鱼为生，这都有可能是他编出来的。她甚至连他的名字都不知道，姓什么，什么鹏或者鹏什么，家里有几口人，他是跟着什么人出来闯荡世界，又是跟什么人学了打金的手艺，她都一派茫然。

脚下一绊，阿麦差点摔了一跤。

她全身都汗湿了，一丝风都没有，头像要炸开一样。

那天晚上鹏仔吃完掌翼喝完瑞露酒，阿麦也起身告辞。

天台通往阁楼的楼梯又陡又窄，阿麦侧过身刚刚扶住楼梯的扶手，就感觉鹏仔从后面一把把她抱住了，而且抱得很紧，两只有力气的年轻的男人的手在她的胸前乱抓，痛得她几乎要叫出来。可是鹏仔的动作根本没有停顿或者慢下来，甚至接近不受控制的疯狂，然后默不作声地把她拖进那间没有窗户的小屋。

屋里漆黑一片，又小，只有一张单人床，整个房间充满单身男人的气味，阿麦觉得自己被熏得简直要晕过去了。

她被放倒在床上，还没来得及说什么或者做出本能的反抗，鹏仔就像墙倒了那样压了上来。

以后这件事就变成了理所当然。

只要有机会两个人都会默契地不放过，男人嘛，当然是需要一个发泄口。然而阿麦的心态就有些微妙，因为她想都没想过鹏仔会看上她，这让她有一点枯木逢春的感觉，同时也让她有一点窃喜又有一点难以置信，总之就是五味杂陈。所以她不止一次悄悄声问鹏仔自己哪里好。

鹏仔喘着粗气说道，我就喜欢你的咪咪，就喜欢你一把都抓不住的大波。

阿麦这才知道自己的大奶子还是有人喜欢的，以前她一直羡慕上等女人一副纤细而柔弱的姿态，只有下等女人才像她这样肉气腾腾的。可是鹏仔喜欢啊，这也让她相信鹏仔对她是动了真感情的，他每次做这件事的时候都是拼尽全力，左揉右搓百般不舍。

有了关系就有了遐想和希望。

但是阿麦不作声。这是她从小跟着大太太学到的，凡事要沉得住气。

一天晚上，两个人头挨头挤在小床上，鹏仔的胸脯像石头一样硬，阿麦道，你瘦得像猴子，想不到还有胸肌。鹏仔回道，小时候住在海边随时下海游泳，就变成这样了。阿麦抚摸着青石板一样的胸肌心里非常踏实。

鹏仔突然望着天花板说道，我还是要娶你的。

阿麦心里欢喜嘴上却平静道，真的假的。

当然真的，比珍珠还真。

就算你不嫌我，你父母那里怎么说。

有什么不好说的，他们就怕我穷得娶不到老婆。

可是我们没钱又没有地方可去。

你就跟我回岛上去，老家有房子住，结婚生孩子。

阿麦不回话。

鹏仔道，你已经吃不了那个苦了吧。

阿麦小声道，才没有。一边侧过身去抱住鹏仔，把头埋在他的胸前。年轻男人的胸口热烘烘的，让人好踏实。

然而此后，鹏仔就不谈这个话题了，即使提到以后他也扯些其他事，仿佛他从未有过什么承诺。这就叫阿麦有些生气，打金的时候也不太说话，打完扭身就走。

而且打金的事也不是天天有，如果没事当然也没法过去打金店，阿麦越想越恼，这算什么，把别人的心思挑起来自己又反悔了，又没这回事了，还算个男人吗？自己也是生得贱，就像打包的掌翼一样送上门去，等到他玩够了一丢了事。再也不要理他了才好。

可是说到做到哪有那么容易，闲时总是想起鹏仔，而且苏家越是富丽堂皇越是感觉跟自己没有一丝一毫的关系，鹏仔说的那些才是自己想要的。

一天晚上打金店里没人，阿麦还是赌气要急着离开，被鹏仔一把抓住并冲她努努嘴示意她到楼上去。两个人前后脚上了阁楼，在天台油腻腻的餐桌前相对而坐，谁都不说话。良久，鹏仔才开口道，我也不是不想带你回岛上，岛上是花销少，可是没有钱也不行啊。

阿麦也不想说什么，拿起布包还是要走。

鹏仔一把抱住她，抱得死死的，在她耳朵边上说出了蓄谋已久的计划。

此后阿麦每晚都做噩梦，梦中的自己像粽子那样被捆得五花大绑拉去见官。

吓醒之后一身冷汗。

鹏仔叫她把大太太和二太太的珠宝黄金首饰偷出来，换成假的（鹏仔保证可以搞到足以乱真的假货），然后两个人一起私奔，先回到无名岛上隐身过苦日子，等到风头过去，有了钱什么不好说。这可是阿麦想都没想过的事。

鹏仔说，如果大太太还在你也没有必要冒这个险，一直跟着大太太或者给大太太跪下求她赏点钱打发了自己都可以，可是大太太已经走了，时间长了苏家还会留你吗？

这话说到了阿麦的痛处。

苏大阔和二太太只生了一个女儿，叫苏步溪，就是今天晚上病得快要死了的这位。

苏小姐病了有一阵子了，二太太哪还有心思打金，阿麦也只有上街买东西的时候绕到打金店的附近，看见天台冲街面的围墙上放着一盆龙吐珠，白花红芯子，就知道店里没人，如果什么都没有放就是不方便。

苏家越来越乱，都是被苏小姐闹的，鹏仔说这是最后的机会了。

之前，他们的计划伴随着阿麦的噩梦在一点一点完善。

中午最热的时候，苏府所有的人都累得人仰马翻，阿麦镇定地做完一切，大太太的房间是由她打扫的，所以她知道柜子的钥匙放在哪里，她把丝绒盒里的珠宝倒扣在事先准备好的包袱皮里，又把一包假珠宝倒进丝绒盒里，就像倒汤倒菜那样手都没抖一下。

罪恶这件事，事到临头就忘记害怕了。

她把卷好的包袱皮系在腰上，好在平时穿的是袖子倒大筒的蓝布衫，腰身也同样肥大，然后悄悄地溜出了大门。

她转了两趟公车才到达西堤码头附近，下车就看见不远处鹏仔靠着电线杆子在等她，少见地戴了一顶有檐的遮阳帽，脸部半阴，她差点没认出他来。鹏仔见到她扭头就走，她离他十几步远地跟着。

疾走一阵，迎面渐渐开阔，放眼望去，一条大江便在眼前展现，西堤码头船来船往，扯着风帆的大船走走停停，看上去悠然自得，密密麻麻的小船就拥靠在离岸比较近的地方摇摇晃晃，总之无论大船小船都是破旧不堪的。不像当年她陪大太太出行都是坐官渡，船新，体面，设备齐全而且码头上也井井有条。

不过那是在天字码头，西堤码头是民渡，所以是没法相提并论的。

然而这一次她并不像以往一样，而是即将展开自己的新生活。阿麦心情既慌乱又兴奋，简直不敢相信这一切都是真的。

终于走进一间候船的大房子，里面的人很多，挤来挤去的，隔着玻璃门可以看到码头上更乱，分不清迎来送往的人谁是谁，候船的人也是各自忙着，根本没有人注意到他俩。

鹏仔这时候才回过身来，有些严肃地做了一个手心向上的手势，阿麦便从腰上解下包袱皮递给鹏仔。只见鹏仔手势麻利地把包袱皮系在腰上打了个死结，一只手抓住阿麦的手低声说了一句，走。

那一刻的心情阿麦至今都记得清清楚楚，这只手，这只年轻男人手指细长的手，这一辈子她是绝对不会松开了，他说怎样就怎样。

当时阿麦激动得有些眩晕，天气又热，候船的地方像个蒸笼，但她还是紧紧抓住鹏仔的手，愉快地跟着他挤进了人群，找到他们即将登船的位置，早就没有候船的座位了，长椅上坐满了人，许多人坐在地上，他们也只好席地而坐，望着忙碌的江面，两个人的手还是下意识地抓在一起。

这时鹏仔突然站了起来，手指了一个方向说道，我去小解一下，马上回来。阿麦也站了起来说好。鹏仔道，你就站在这里等我，不要动。

然后他就消失在人群中,那顶帽子,太多人有那种帽子了。

他再也没有回来。

她一直等到晚上,她知道他不会回来了,他要的只是珠宝。

她还记得他反复跟她说过,什么都不要带,就像马上还要回去那样。他甚至还说,泡一杯茶但是不要喝,放在那,就让它冒着白烟放在那。

她是不是还要感谢他的周全呢?

阿麦终于停下了脚步,因为苏府的大门已经出现在眼前了,就在马路对面,她靠在一处路灯照不到的巷子口喘气。

经过一番疾走她已经慢慢冷静下来,苏家是她唯一可以回去的地方。

可是整整一下午一晚上她都到哪去了呢,被打劫了,她连坐车的钱都没有,她的一点点贴己也都在包袱皮里啊,谁会打劫她呢?老家来人了,她哪有什么老家,小小年纪就卖到饶家给大太太当贴身女仆,从来就没有人见过她的什么亲戚,谁又会相信呢?

她的脑子又开始绕成一团乱麻。

忽然,一只野猫悄无声息地从她脚边蹿过,嗖的一下不知去向。阿麦惊到弹起叫出声来,顺势便向苏府的大门跑去。

第二章

· 1 ·

心娇香闺中最醒目的家具是一个黄花梨百宝嵌大四件柜，柜面油黄纹理细密，上面镶嵌着贝母的飞禽走兽、山石花草、各色人物足有百样之多，看着殷实而又俏皮讨喜。衬得一旁的贵妃榻更显轻盈秀挺，贵妃榻为曲线造型，前脚是八字虎爪腿，后屏也是曲线流畅，中间饰以圆形理石，有如眼镜，形式活泼新颖。

当然都是恩客送的，只要恩客高兴，有人送红姑全套大红酸枝木家私也不出奇。什么百宝柜、眼镜榻根本不在红姑眼里。

心娇在案前临帖，她喜欢清代学者万经的字，万经的隶书取法汉碑，如苍松老柏古朴黝然，用梅贵姐的话说就是老气横秋，不过也去其纤细得其沉雄。

仙蒂进屋道，安公子到处找你呢。

心娇没有理会，心想，找我干吗，我又不当红。嘴上却只哦了一声，眼睛望着字帖，也没停下手中的笔。

她当然听出仙蒂戏谑的口气，女人年轻的时候，姐妹们左肩挨着右肩挤满一堆做出亲密的样子，蜜里调油生生世世，那也就是做做样子，免不了私下里暗暗较劲低调搏杀。安公子说是家里有几座银楼，那也没见过他给哪个姑娘开过大厅。在妓寨里面设宴，这叫开厅，配上锣鼓竹丝就叫开大厅。

不请上五到六个乐师是没有人唱的。

两三知己小酌谈心那叫消夜，安公子每次顶笼也就是消消夜。那些大商人大老板有钱佬开着车来接的事都归红姑，红姑没有半个小时的磨蹭是不会下楼的，这时门外就会传来催促的喇叭声，温和地响两下。我们就只配留下来跟散客"打水围"，说点有的没的。

有什么可起劲的。

他今天可是开大厅哦，我说的就是安公子。仙蒂似笑非笑道。

心娇一呆，心想太阳从西边出来了吗？

她这才放下笔，简单收拾了一下漫不经心地下楼。果然就不是安公子花钱，心娇跟仙蒂来到妓寨的厅堂，只见安公子正在跟梅贵姐讲笑，把梅贵姐逗得一只手捂着嘴甚是开心。

见到心娇，梅贵姐忙冲着她招招手。

还是安公子抢先道，心娇小姐，今天可是我的朋友严公子叫的局，你必须看我的面子先谢谢他。

心娇这才注意到安公子身后站着一位穿着青布长衫的男人，一张苍白的脸，鼻梁笔直但是眼神比较涣散，头发和胡须都过分凌乱，看上去有些落拓不羁和满不在乎，不过比起绸衬衫白裤子一脸浮夸的安公子算是俊雅的。

心娇微微鞠躬,道个万福,严公子急忙还礼,但心娇还是看见他耳朵绯红。

安公子忙道,见笑见笑,我们严公子刚从法国留学回来。心娇小姐,你们见过的。

心娇两眼茫然,脑袋里没有一丝一毫的印象。

安公子道,前两天,在九如舫吴老爷的寿宴上。

经他这么一提醒,心娇想起那天安公子的确带着一个陌生的年轻男人来到寿宴,特意介绍他这个朋友刚从法国回来,问他哪里有好的书店,安公子回说我带你去个好玩的地方,别寿头寿脑地找什么书店,让人笑话,跟着我到九如舫吃大餐让你开开眼界。这些话她是隐约记得的。

当时安公子还对她说,你弹梅花琴只为跟自己谈心,只一个听众都嫌多,这些话可都是你说的,现在跑到大庭广众之下都能弹能唱,可见当初是用话来搪塞我的。心娇白他一眼道,我的老琴难道不用吃钱的吗?你看它几瘦,没吃没喝嗓音都是哑的。

安公子笑道,我又不叫你白唱,我一高兴可以教你《春江花月夜》。

心娇道,谁家今夜扁舟子,何处相思明月楼。

安公子道,好好好,算你狠算你狠。他边说边拇指朝上道,我们严公子可是学法国文学的,这你就不懂了吧。

心娇没有说话,这才正经看了严公子一眼。四目相望,严公子迅速躲开了她的眼神,她这才想起来,当时的严公子耳朵就红了。

心娇，原名邓秀莲，广东三水西南镇人。出身贫苦人家，幼年丧父，且有七个兄弟姐妹，排行第四，由于家境贫寒八岁时被送给广州一位叫六婶的女人做养女，六婶见她样子、嗓音尚可，便请了师傅正式教她琴棋书画，也找了人教她唱曲，粤曲分大喉、平喉和子喉，本想唱大喉，但因体质太弱改唱平喉。心娇自小机敏聪慧，凡事稍加点拨就做得有模有样表现不俗。十二岁便可以在茶楼唱曲每晚赚钱，成为六婶的摇钱树。可惜好景不长，六婶得了严重的肺病，治病要花钱，便将她卖到妓寨。

离别的时候，六婶有气无力地说道，你也不要怪我，本以为我们可以相依为命，我老了也有个依靠，没想到还是这个结果。

心娇说不出话来，背过身去抹眼泪。

后来心娇听梅贵姐说六婶治病治到家徒四壁，半年之后就过世了。

心娇算不上艳丽，但是眉目清秀，身材娇小可人，且顾盼间有几分鬼魅，不动声色地勾魂。也有人唤她病娇，就是自带些许淡淡清冷哀愁，惹人怜惜，也满足了一部分男人尤喜年轻女人细幼无力的审美。

心娇从六婶那里只带出来一把老琴，她十八岁离开，跟六婶也有着十年的情分，虽然少不了挨打受骂，但也有吃有穿读书识字。六婶出身书香门第，家里很有些藏书，但毕竟家道中落人丁稀少最终只剩下她一个人。她年轻时样子应该是不错的，可是她抽烟抽得厉害，心娇对她最深的印象就是烟雾缭绕中的那张毫无生气的脸，神情落寞，微微上扬的眼梢残留一丝佳人的影子，皱纹如阡陌纵横，皮肤黯淡干枯。手不离烟怎么可能不得肺病呢。

所以她从来没有恨过六婶。

老琴背面不起眼的地方刻有一方印记，篆体的四个小字"残音沉韵"，令心娇自小就有了以弱胜强的朦胧意识。

九如舫寿宴那天，诚如梅贵姐所说，伴着老琴并不标准有点走音的韵味，心娇用阴柔的南音唱道：白蹄斜剑诗酒风，落樱犹念那日红，苍云流月万籁渺，竹弦未歌此梦中。

老琴都是这样，声线嘶哑苍凉。

唱毕，很快就被欢歌笑语莺莺燕燕所淹没了。

令人想不到的是，这一段曲弦被偶然跑来凑热闹的严公子听进去了，当即惊为天人。

此后严公子对心娇多有赞美，称她泫然欲泣却不是楚楚可怜，反而有一种脆弱中不服输的倔强和不紧不慢的恬静。

自从安公子正式引见之后，严公子就经常来找心娇，称作流连忘返并不为过。

他是一个标准的文艺青年，期待炽热的爱情，所以不知是有意无意，他从不过夜，而是热衷于给心娇朗诵法文的《茶花女》，心娇自然不知所云，红姑她们也掩嘴暗笑。但这并不妨碍严公子激情四射，"哦，……我们一定是前世作孽过多，再不就是来生将享尽荣华，所以上帝才会使我们这一生历尽赎罪和磨炼的煎熬。……而你想给我制造的痛苦，只是你对我爱情的证明。"

严公子自己也写诗，大意是我的生命就是恋爱和艺术，只有这样心里才快活。人生无非一场无法止步的摆渡，只有爱情的缠绕才有可供耽溺的一瞬停留。

他是妙合版的张竹坡，酷爱心娇唱的《似水流年》，欲扬先抑，欲歌还敛，这般江湖魅力只有在南音里，女子发男声，才有可能兼有风尘中浪子和怨女的双重味道，余韵绵长。

严公子从来不想现实生活中的事。其他姐妹收到的礼品如果不是火油大钻戒、印度鸡血紫檀梳妆盒，至少也是美利坚玻璃丝袜、意大利高跟鞋、法国香水、蜜丝佛陀全套护肤品，说到严公子，连个蓝罐曲奇瑞士软糖都没拿来过。相比起来，心娇觉得安公子也没有那么讨厌了，至少安公子还给心娇送过一个象牙琴拨子和一盒抢手的无敌牌牙粉。严公子却万事不理只负责文艺，对别人的侧目也全然不觉，似乎还很喜欢陷入爱情中的自己。他也不是孤寒，有钱就开大厅包消夜，没钱的时候也来"打水围"或者大白天地躺在心娇的闺房里抱着香枕睡觉。

当然，心娇也承认严公子的手段的确令她目不暇接。

但是对于读书人的自负与狂放，心娇多少有点奇怪，他们凭什么觉得普天下的所有人都会喜欢他们呢。

· 2 ·

一大清早，阿麦就听见宝珍的公鸭嗓子在数落，……偷吃鸡蛋，那就毁尸灭迹吃干抹净，鸡蛋壳丢在垃圾桶当我们是傻的吗，这几天全家人吃斋念佛哪里吃过鸡蛋，别当我不知道是谁，小心出门扑街……

宝珍是二太太从娘家带来的帮佣，身材高大，颧骨突出，凡事都是她先跳出来哇啦哇啦地骂一通，大家不敢回嘴只好当她唱歌。

宝珍继续骂道，……前段时间，家里的"约翰走路"也少了一截，就不怕上火生疮吗，在这里白吃白住地享福还要偷吃，真是良心喂狗了……

阿麦的心一下子提到了嗓子眼。"约翰走路"是世界著名的苏格兰威士忌品牌，正式的名字叫作"尊尼获加"，因为瓶子上有个英国小人穿着皮靴拿着文明棍在走路，所以又被称为约翰走路。据说是皇室御用酒，阿麦便偷过给鹏仔喝。

每骂一段，宝珍的结语都是，看我不告诉二太太去。

以往阿麦和宝珍的关系，显而易见是表面客气暗中斗大。当然也是宝珍略占上风，阿麦因为没了靠山也不敢跟宝珍正面起冲突。

不过这一次阿麦还是感谢宝珍的，那天半夜她跑到苏府门口准备拍门，想不到大门自动开了，她跟正要出门的宝珍撞个满怀，宝珍正要骂人，见是失魂落魄的阿麦，先是猛然一愣，立马又呵斥道，这么长时间见不到人，你死哪去了。

阿麦脑子一片空白不知作何回答，好在宝珍根本不想听她说什么理由有什么解释，直接塞到她手上一个钱袋叫她马上去傅老蓉家的绸缎铺买白布，有多少买多少。阿麦说这半夜三更的……宝珍道你不会拍门板吗，半夜三更送给他生意做，只怕他下半夜都要笑醒，快去快去。宝珍一边说一边推了她一把，径自回了苏府关上门。

阿麦在黑暗中捂住胸口长松了一口气。

不过连夜买回来的白布并没有搭起灵堂。

中医贺大夫不知道从哪里找来了小半袋新疆的羊脂籽米，据说这种米产自塔克拉玛干沙漠边缘，由于经历了长时间的日照，所以可以熬出米油来。贺大夫用一个软毛的小刷子把米油刷在苏小姐的嘴唇上，每二十分钟刷一次，希望米油渗进苏小姐的嘴里。

苏小姐应该就是这样熬过了那个夜晚。

此后贺大夫还是每天都会过来，并不说话，从他的表情里是无法判断苏小姐的病情到底有没有希望，他只是做着同样的动作。

难怪广东有那么多的人的名字叫作"有米"或者"有水"，阿麦想到，原来米和水才是集天地之灵的宝物，是可以救人命的药。所以，以她惶惶不可终日的心情是根本吃不下饭的，但是她必须强咽下去。

有一次她被噎得透不上气来，两眼发直，急忙喝了一大口水把饭送下去。

她不能死，或者迅速地消瘦，要像没发生过任何事情那样。

但是在没有人的时候，比如她一个人打扫大太太的房间，冷不丁地她也会望着那个锁着的熟悉的紫檀柜子发呆，很难相信自己做过那么疯狂的事，她曾经被大太太终身信任，完全是因为她的忠诚，那么宝贵的东西还是被她轻而易举地丢掉了，像丢掉一块破抹布一样。她也一万次地想到东窗事发，那也只能刀架在脖子上都不认账。

不过很长一段时间阿麦还是恍恍惚惚的，叫她去买盐她拿起酱油瓶子就走，宝珍骂道，你赶着去投胎吗，我话都没说完，还要买一点蒸肉饼的冲菜。

走的时候还听到宝珍在她身后说道，整天神神恍恍的，不知在想什么。

只有走出苏府她才没有那么胸闷或者压抑，有一种其实什么都没有改变的假象。自从苏小姐生病以后，二太太再也不打金了。偶尔路过鹏仔待过的打金店，天台上放着的那盆龙吐珠还在，只是完全没有人浇水打理，变成一团枯藤，像卷在一起生锈的铁丝团那样。

龙吐珠茂盛的时候很好看，白色的花身吐出猩红的芯子。

有一次阿麦夜里做梦，梦见鹏仔还是那么土，一身短打扮但是纺绸绣缎,胸前耷拉着一条粗粗的金链子,手指上戴着一只大火油钻戒,身边有个微胖的女人——应该是娶了个富家小姐。

他开了金店,门庭若市,每天收钱收到手软,满脸吃不完用不完的样子。

只是晚上回到豪宅里睡觉,半夜时分,总有一个披头散发的红衣厉鬼,颈挂两条纸锭,垂头垂手飘忽不定,偶尔长发向后一抖,僵白的脸,乌黑的眼眶加上猩红的嘴唇,眼梢、口角和鼻孔全都挂着血痕,一看就是一个满腹愤怒与怨恨的冤魂。这位不屈不挠的复仇女神手持长剑对着鹏仔穷追不舍,逼得他惊慌失措夺路而逃。

而那个红衣厉鬼就是阿麦。

遮面长发,白脸獠牙,阿麦被自己的鬼样吓得从床上坐了起来。

· 3 ·

凤箫声动,玉壶光转。

整整过了一个冬天,苏步溪才从声势浩大如交响诗一般的病魔中慢慢走了出来。

苏府院子里的高山榕树姿丰满壮观,树冠广阔四季常绿,浓荫之下有一个蓝色琉璃瓦的挑檐凉亭,顶部有橙色的琉璃瓦镶边,下面是暗红色的柱子与边框,凉亭顶部开满了金黄色的炮仗花,有几串不经意地挂下来,看着也十分喜庆。凉亭的后面有一排"黄梗",树干笔直像年轻的护卫兵。

苏步溪在凉亭里写生,她坐在一张舒适的藤椅上,披着织锦的轻薄棉袍,浓密的黑发从四面八方散落下来,她的脸离画板很近,春光在她的睫毛间抖动。

偶尔有打理花草的帮佣会忍不住驻足观看。

因为步溪的画明媚、清朗,春意浓浓。除了风景画之外,她画的金鱼逼真、灵秀、活灵活现,似乎浇一瓢水就能游起来。

春光总是很短暂的。

雨水节气期间连绵的冻雨冰冷阴湿,心情也跟着一道颓丧,都盼着天气好起来再享受片刻的春光无限,通常是不可能的,只要放晴就是回南天。步溪的心情也是在阴冷和潮热间煎熬。

她三岁识字,五岁会背古诗上百首,七岁能给《项羽本纪》断句,八岁临赵孟頫小楷字帖《闲邪公家传》书惊四座。就连她的恩师、大学问家守贤先生见过无数天才少年,都称赞步溪是少有的聪慧,无比喜爱,视若珍宝。

她的相貌贵气,明眸皓齿,小时候头发梳得滴溜光,辫梢上坠一红丝须头,瓜皮帽前额缀一块红宝石,着黑缎团花马褂、蓝庄绒缎袍,绣花鞋上是一朵盛开的牡丹。

对于女儿的培养,苏大阔是有野心的,简而言之就是非皇亲国戚不嫁。

对于自己的商人身份,一方面苏大阔有些沾沾自得,感觉自己无往而不利。但是另一方面他又深知当今社会权势的重要性，对于高高在上的官场，商人也不过就是一坨肉身加一堆银两，随时可以被抹得一干二净。

而且苏大阔的资产远没有到可以令官场青睐的程度，他们见多识广，眼界之高、胃口之大常人难以想象。

思来想去他手里没有一张花牌，所有的希望就是苏步溪了。

然而一场大病令苏步溪的行情急转直下，之前来说媒的人络绎不绝，其中也不乏达官贵人。苏大阔非常懂得奇货可居的道理，所以对每家来提亲的人都客气备至，让他们饱含希望但是又不把话砸实。内心深处他等待着惊天动地的机缘，最好出现一个一手遮天的人，权势大到令他脱帽致敬。

联姻，是动荡人生中增加财富和守护财富的最佳保障。

这个世界上只有一种方法能让财富永不枯竭，那就是和权力深度捆绑。

可是现在情况完全变了，同样是这个聪明美丽的女孩，几乎所有的显贵家庭都选择了视而不见。因为苏小姐的风评一路跌落谷底，以她的家世、才学、相貌，当然是万里挑一，不过女人嘛，身体好、能生养才是高楼大厦的根基。

一个女孩子家，别有天的棺材都抬到院子里去了，傅老蓉绸缎铺的白布都卖光光，听说贺郎中都住到他们家去了，人参鹿茸吃了不计其数，可见病得不轻，好了也是半条命。

纸片一样薄的女人还能生养吗，还能开枝散叶吗？怎么可能旺夫呢？

所以聪明漂亮有什么用，看看就好，谁会把一个麻烦娶回家。

也就是说，人和人是不同的，也许对于许多人来说，生病痊愈是再正常不过的一件事，连人生的插曲都算不上，但是对于苏步溪来说，她的这场病和男女私奔事件是同一个等级，尽管跟节操没关系，但是和成为"箩底橙"被挑来拣去还是没人要的结果是一样的。

苏大阔没有办法，一时愁眉不展，只能再找回原先想联姻的那些好人家，可是这些人家就跟事先商量好了一样，统统婉拒。请他们到家里来吃蛇羹，都说不用麻烦不用客气，有机会再说吧。遥想当年数不清的美食美宴能够流传至今，还不是因为它们出自钟鸣鼎食之族、诗书簪缨之家，小门脸的庄户就是把餐饮做出花来，又有谁肯赏面来吃？

苏大阔整日阴沉着脸，儿子有残疾不成器，女儿又嫁不出去。

想一想都威风扫地。

· 4 ·

一连数日都是细雨绵绵阴冷蚀骨。

今天恩师例牌过来讲课，守贤先生是国字脸，五官庄重，目光犀利，眉毛永远拧着，感觉他生下来就有抬头纹，所以至今脸上的纹路清晰而深刻，他的嘴角微微下撇，既怀疑一切又忧国忧民。

今天还是讲屈原的《九歌》。

恩师喜欢《国殇》，慷慨陈词滔滔不绝，自己还站起来情不自禁地吟诵。

步溪则觉得《湘君》一节多少有一点她的心情写照。然而事后证明直到这一刻她还对刚硬的现实抱有幻想。年轻的女孩子总不愿意把事情想得太糟。

恩师是一个严肃的人，即使经常要到家里来给步溪上课，他也从来都是衣冠整肃不苟言笑，十分讲究师道尊严。但是骨子里他对步溪又是珍惜和爱护的，步溪生病的那段时间他只来过一次，看到步溪的样子，泪流满面。

不过苏大阔和恩师是至交，两个人经常在一起饮茶交谈，一方面是苏大阔对待读书人总是会高看一眼，另一方面恩师对于形势与社会的研判还是有自己的真知灼见。

这些都令苏大阔觉得有此交道并非一桩赔本的买卖，尽管守贤先生不能让他直接赚到钱，可是没有见识不是也赚不到钱吗。

恩师严守贤先生有一个儿子名字叫严瞠，人称严公子。苏步溪跟他并不熟，因为他刚从法国留学回来不久，他留学的费用还是父亲苏大阔资助的，若非如此，以守贤先生的清高孤傲，怎会没事陪着一个商人闲聊天呢。

据说这个严瞠还是很有些才华的，归来后不久就有知名大学请他去当讲师，开课讲法国文学和中西方诗歌比较。可是严瞠觉得每天道貌岸然的，太受束缚，他喜欢自由自在，于是自己在家翻译法国小说《马丹波瓦利》[1]，作者的名字叫弗洛贝尔，他翻译过几章还拿给苏步溪看，步溪感觉文采飞扬很吸引人。

然而最近严瞳很不省心，他喜欢上了妙合妓寨的一个叫心娇的妓女，瞒着他老爸天天跑到妙合去厮混，说是找到了真正的爱情。

他形容心娇长得"削肩长颈，瘦不露骨，眉弯目秀，顾盼神飞"。只差说就是给他度身定制的芸娘。

本以为这种荒唐疯癫之事过一阵也就随风而去。

想不到的是，有人出高价买了心娇送给吴将军做小妾，一抬小轿就把人送到将军府去了。这还得了，严瞳再跑到妙合那去哪里还有什么"妙合"，就是人去楼空"白云千载空悠悠"。

严瞳发神经誓要披发进山，永不入世。

家人见他闹得不像话，这才把情况告诉守贤先生，据说恩师气得都吐血了。

苏步溪怎么会知道这件事呢？是父亲曾经在饭桌上跟母亲聊起这件事，都是些闲话，断断续续拼凑而成。

恩师祖上开有一家私塾，名声在外，皆因无论贫富，只有天资聪颖的孩子才可以进来读书。后来就成为知德书院。恩师并不是什么豪门富贵之家，唯有他育人树德的理念深入人心，所以家里突然冒出一个流连欢场的花花太岁是一件让人头痛的事。

苏大阔在家里的地位自然是一言九鼎，对待外人他还有一

---

1 《包法利夫人》的前身。

些商人式的客气，但是在家里绝对说一不二唯我独尊。表面上他神色平和礼贤下士，然而每天只要他的汽车或者黄包车的动静传进府里，立刻就是一片兵荒马乱，大家都是一副如临大敌的表情。

这一天的晚上，苏大阔因为有应酬不回来吃饭，所以家中的气氛略显祥和。

苏虾米来到餐桌前，对着满桌的菜肴懒洋洋道，就吃这个啊。

步溪眼皮都没抬，心想那你还要吃什么。果然苏虾米对母亲说道，二妈妈，你给我炒一个黄埔煎蛋。

母亲刚刚坐下，当然也只能赶紧站起来，答应着去了厨房。

黄埔煎蛋看起来操作简单，做好却非常不容易，关键是火候的把握，须精准到毫厘之间，不熟不行，稍过鸡蛋就老了。这个菜就吃个现做现炒的鲜嫩劲，一点葱绿都没有，就是黄澄澄又适度油润地端上来才是恰到好处。

为什么叫黄埔煎蛋呢？据说是因为黄埔军校的校长蒋介石爱吃这道菜。

这个菜也只有母亲会做。

苏虾米是一定要这么干的，隔三岔五他就要这么来一回，并且选择父亲不在家的时候。如果添饭他绝不叫站在身边的宝珍添，要叫远处正在忙碌的阿麦给他添饭。阿麦就是大太太的替身，苏虾米的意思是如果没有我妈妈，哪里会有你们母女俩的今天。

苏虾米身材高大匀称,皮肤透亮,黑发浓密,但是他毕竟瞎了一只眼睛,算是毁容了,他有时候戴单边眼罩有时候戴茶色眼镜,长年留着额前的头发挡住那只坏掉了的眼睛,但都只是更突出了他的残疾。

对于老天爷已经惩罚过的人,步溪心里的恨意都会减半。

苏大阔骨子里还是非常重男轻女的,他教育儿子要坚强果敢,要忍受孤独和寂寞,要勤奋努力,不要交朋友,因为没有人可以信任。然而他低估了先天不足对人的影响,这种影响有时候是根本无法撼动的,苏虾米这个人就是生性软弱,听天由命不思进取。他早就不上学读书了,因为不适应集体生活;严守贤也教不了他,因为他根本不听课,直接在课堂上睡大头觉。

苏大阔就叫他到九如舫学做餐饮生意,是挂名的二世祖。除了呼朋引类带人去吃饭,其他时间他根本不过去,后厨长什么样子他也不知道。

所以步溪跟他并没有太多的话说。

再也没有见过这么寂静的餐桌,除了勺子碰碗的声音。

他们就是这样彼此暗示井水不犯河水。

不过今天实在有点特殊,苏虾米吃完饭把碗筷一丢站起身来,用剩余的那只眼睛看了步溪一眼,脸上露出一丝诡异的笑容,嘴里含糊不清道,"……你和严瞠的八字,哈哈你们的八字……哈哈哈哈……"苏虾米就是那种别人倒霉他比捡到金子还高兴的人,而且毫不掩饰。

· 5 ·

苏步溪从来就没有想过严瞠这个人会跟自己有什么关系。

苏虾米走后,她放下饭碗看着母亲,母亲并没有看她,只是默默吃饭,但她看到母亲的眸子外圈微微泛润。

母亲吃完饭,淡淡说了一句,都收了吧。

宝珍和阿麦便上前收拾了餐桌,连同步溪剩下的那半碗饭一并拿走了。隔了一会儿年轻的帮佣小镜子送上来新泡的寿眉,寿眉并不是什么好茶,但是八年以上的寿眉就可以药用了,暖胃并且助消化。

等到餐厅里一个人都没有了,母亲才道出实情。

原来父亲做主,给她和严瞠定了亲。

她和严瞠合八字,出来的结果不是夫妻,是兄弟。父亲说只要不相克,那就是好姻缘了。

餐厅里静得像深夜的墓地。

一丝冷笑从苏步溪的脸上划过,这一切是真的吗?

那个曾经把她捧在手上怕摔了含在嘴里怕化了的父亲,那个谆谆教导她"非临帖不可,然后才可以典雅""无一处没有来历"的恩师,他们真的疼过她爱过她吗,难怪有人说家人的势利才是温柔可见啊。

生病的时候她就知道自己好不了了,但也没想到活成了一个笑话。

原来只瞒着她一个人。

第三章

· 1 ·

西关，是明清时期南海县管辖的广州城西门外一带地方的统称，是当时广州城西面的地区。最初仅仅是城乡接合部，那时候西郊的荔枝湾和泮塘还是一片水乡泽国。

随着时代的发展，这里自然也有了变化。

十八甫就是广州西关最早的商业区，沿广州西濠西岸及下西关涌（大观河）两岸，有卖书刊的文化街，有烟火飞卷的饮食街，也有专卖中药材的医药街，此外还有油栏、竹栏、果栏、菜栏、鱼栏、杉木栏等沿珠江一字排开。

"栏口"在广州话中就是批发集市的意思。

其中清末的浆栏街在民国时期变成了药铺街。

这条不长又狭窄的街上挤满了药铺，门连户接，连绵不绝。其中天好堂、李众胜、梁财信、保滋堂等大大小小的招牌相继映入眼帘。但凡有夹缝的地方也都张贴着参茸补品、薄荷油、狗皮膏药的招贴。同时还有"周文卿花柳专科"之类的小广告，有一种药叫"九一四",号称专治梅毒,广告上画着一门大炮,把细菌炸个稀巴烂。

还有一个特色就是许多中医馆也设立其中,形态基本都是医药合一,前店后厂,铺面出售熟药,郎中坐堂问诊,店后设工厂炮制药材、制作中成药。

晚上八点钟以后,但凡做体力活的劳工基本都累成一盘散沙。

苏府里的帮佣们当然也是如此,宝珍都懒得骂人,她说我要留住一口气活命,没眼看你们这些吃碗面翻碗底的贱人,总是偷东家的东西吃。小镜子道,对,厨房丢了东西我们都是贼,就你清白。宝珍道,不是你拿的你接什么嘴,我今天煲柴鱼花生粥,一看就知道花生明显少了,别以为我不知道是谁偷吃的,哼,看我不告诉二太太去。

利用人仰马翻的空当阿麦便溜出了角门。

角门是只有花工出入的地方,晚上十点多钟就锁死了。

阿麦乘着夜色急匆匆地直奔药街而去。

此时的阿麦已经换了一身深色的男装,唐衫男装是她在估衣街买的,旧旧的一团乌黑,还有一股臭味,怎么洗都洗不脱。但是成色新一点的衣服价格就水涨船高,她连自己多年的积蓄都给鹏仔骗走了,哪里还有讲价的资格。她把头发盘起来用一顶破草帽罩住。

穿过宝华路的时候,阿麦意外地看到老顾,马上下意识地拉低了草帽。

老顾在春节的时候来苏府写过春联，所以阿麦认得他。当然老顾根本不可能认出阿麦，除了装束之外，此刻老顾正在抵万金家书行里给人代写家书。书行的小档口敞着门，里面三四张条案，老顾就坐在门口，架着黑色眼镜，一边的耳朵上夹着一支毛笔，手上正在奋笔疾书，一位满脸皱纹的老妇人坐在他的面前，絮絮而言。

看来谁都缺钱。阿麦心想像老顾这样的书法家也得另捞一份，据说老顾还兼写碑文、家训、求婚书，还帮绑匪写勒索信。老顾的意思是他不写也有人写，何必有钱不赚。不过他条案下的广告"算命、解签"就有点扯。

多少年来，阿麦都在心底感念大太太，她花钱让她去识字，否则她怎么可能认识字？宝珍就不认识字，有一次报纸都拿反了。

阿麦到药街来是扛大包的。由于这条街批发生意旺盛，混乱的程度也可想而知，到处可见衣衫不整的临工，阿麦混在里面根本就是水融进了水。

旺盛的货来货往就要有人搬运。

阿麦也不固定在一家店铺扛药材，否则时间长了怕人起疑心。

这之前她去过"米栏"扛大包，只一麻袋大米压下来就让她变成了趴街的壁虎，手和脚齐齐都在地上；也试过去江边挑盐筐，装满一担她使足了劲，扁担加盐筐纹丝不动。于是在那些临工的哄笑声中默默离开了。

药材虽说也是大包，但还是要轻一些。

她这样做是迫不得已。

鹏仔跑路一个多月以后，阿麦发现自己没有来月经，当时心想不会这么当黑吧，也许是情绪波动太大晚来几天也不是没有可能。第二个月还是没来，她的心便掉进万丈深渊，跑到药街来也是不得已。

虽然每天只干两个小时的苦力，她不能出来得太久，宝珍一骂找不到人全府的人都会听见，还得在花工锁角门之前赶回去。可是扛大包的辛苦也只有她自己知道，累得两腿打战虚汗淋漓只为把肚子里的孩子流出来，一定要让他流产流出来。

在苏府里，没人的时候她就拼命地勒肚子，肚子其实还没有显出来，紧紧勒住也是希望能够尽快杀死这条小生命。她又从台阶的高处往下跳，有一次还扭伤了脚。然而躲人耳目哪有那么容易，幸好她跟小镜子住一间房，小镜子没心没肺不是照镜子就是找东西吃，睡觉推都推不醒，比较好糊弄。

她这样苦苦支撑已经三个多月了，却一点也没有流产的迹象。

反而有一天半夜，她看见一个清秀的男孩径自向她走来，沉着脸劈头便道，阿妈你就这么想我死吗？阿麦不由分说地拉住男孩揽入怀中，只说了一句我的仔……便泪如雨下再没说出一句话来。

缓过神来藤枕一片洇湿。

所以阿麦对鹏仔恨之入骨,一开始他跟她在一起时还小心翼翼,最后一秒钟会抽出来射到外面,临走前的那段时间,次次都要,还都全部射在里面——他说以前那样不舒服。他那时候已经断定自己可以远走高飞,才敢这么恶相毕露。

阿麦当时却以为这是鹏仔离不开她了。她当时也的确昏了头,由着他摆布。就像被人下了蛊。

鹏仔永远不会知道,阿麦对他的恨根本不是因为钱,或者不全是因为钱,而是他根本没把她当人看,猫狗不如。大太太都没有这样对待过她,她是对不起大太太的。

什么时候想起这件事,阿麦除了负疚悔恨,就是只差手里没刀。如果她是个男的,看她不天涯海角,一路追杀而去。

今天就没有那么好彩,阿麦被安排拉架子车,钱是多一点,但是非常辛苦,因为大家都想图省事,每次尽可能多拉减少跑来跑去,架子车被压得吱吱直响,阿麦在前面拉车,头都几乎挨到地了架子车也只能缓缓而行。

曾经有一刻,汗水模糊了她的视线,同时心里也有一个模糊的声音叫她停下来,赶紧停下来,这样下去孩子不死你都会死的。那个声音说。

可是再有一两个月,天气一热脱了春装她的肚子就遮不住了。

还不是要死。

阿麦横下一条心,她对孩子说,你还是走吧,别回头。

2

苏步溪生病休学之前在执信学校读书,这是一所建立于1921年的私立学校。她少时读过严守贤先生的私塾,后来恩师就一直是她的辅导老师,而她也还是要外出到学校去读书的,直到她休学。

步溪在学校的时候并不是什么格外耀眼的明星学生,因为学校是人才济济的地方,通常以为自己出其类拔其萃自带光芒的那种人,进了学校穿上校服,有可能立刻就成为芸芸众生。

步溪有一位同班同学叫金流漓,却是一颗夜明珠,光华四射。首先她十分美丽,眉似兰叶,眼若露珠,两条蓬松的发辫随意搭在胸前,望着你时炽烈热忱有一种天然的吸引力。其次她的爸爸是学校的校董,还有革命党的背景,这是不是比她的聪明漂亮更重要?并且没有悬念的是,她是追求自由的时尚新女性,所以围在她身边的同学特别多,无论男女,有时候还会为一点小事争风吃醋。

步溪是比较安静的人,她想金流漓可能都不知道她的存在。

出乎意料的是,有一天,金流漓突然来到她的课桌前对她说,星期天你有空吗?我带你到太平馆去吃西餐。步溪当然说好,满脸都是受宠若惊。

金流漓就有这个魅力,叫你在她面前,无论她提出什么要求你都只会说好,不会说出半个不字。

位于繁华街市的太平馆,创立于清光绪十一年,创始人徐老高原来在沙面旗昌洋行当厨师。那时候沙面洋行林立，徐老高从厨杂做起，直到学得西菜烹调技术。经过三代人的努力才开了第一家西餐馆，就是这间太平馆，甫一问世便受到各界名流的追捧。

苏步溪还是第一次吃煎牛扒，而且刀子叉子的，完全手忙脚乱。金流漓就耐心地教她，显然是这里的常客。

金流漓说，我观察你好长时间了，不仅人安静，还写得一手好字，而且我到校长伯伯的办公室去玩，他办公桌的玻璃板底下还压着你画的金鱼，校长都夸你是想不到的内秀。

步溪的脸颊发红，她低下头去。

流漓又道，本来你可以活得很嚣张啊，但你没有。

步溪道，你从小学习英文，钢琴又弹得好，我怎么能和你比呢。

流漓笑起来，眼角和嘴角都微微上扬，神态俏皮迷人，小麦色的皮肤吹弹可破。所以我很嚣张啊。又道，若是你总来巴结我，兴许我就不喜欢你了。

她就是这么骄傲，永远君临天下。

后来她们就成为好朋友。

不过苏步溪生病期间，金流漓并没有来看过她，估计担心她是肺病，但还是托人给她送来手信，是她喜欢吃的莲香楼的杏仁饼，还告诉她她可以搞到比黄金还贵重的盘尼西林，如果需要的话。

步溪的身体慢慢好起来，于是就回到学校去了。

表面看起来什么都没有改变，她和金流漓也只是互望一眼然后抱在一起。然而只有步溪自己心里明白一切都将改变，她已经是有婚约的人了，再也不可能无忧无虑喜笑颜开了。

金流漓家里有私人马场，步溪表示她也想学骑马，流漓眯起眼睛顾盼浅笑，有些不信任地看着她。确定之后就带她去剪了波波头，然后买了马裤和靴子，背带裤也是不能少的，英姿卓绝。尤其策马飞奔的样子非常风流飒爽。

苏步溪还学会了开车，当她第一次把流漓借给她的敞篷老爷车开进苏府的院子时，最吃惊的人是苏虾米。在此之前他也不过是吃吃喝喝，也许是自卑心理作祟，他是不可能标新立异的，偶尔泡泡陆羽居茶楼，爬爬越秀山或者在山下的湖畔划划小船而已。

所以呢，他对苏步溪的态度简直是一百八十度大转弯，整天屁颠屁颠跟在苏步溪身后，一口一个溪溪溪溪，苏步溪自然要带着他一起玩，还教他开车，两个人开着敞篷车出去兜风。苏虾米觉得很有面子，逢人就介绍这是我妹。想一想都明白，如果没有苏步溪，金流漓会看苏虾米一眼吗，而现在，金流漓肯定是对苏虾米客客气气的呀。

两个人的关系陡然升温。

有一天，兄妹两个人正在学习打网球，金流漓家里就有网球场，她家的院落出奇地大，最醒目的是有两棵枝繁叶茂的大榕树，这种小叶榕的树冠浩阔，树身粗壮，主干上还长满了深棕色的胡须，密集地垂落下来，一直拖到地上。

有一棵榕树下面修了一个房子那么大的巨型鸟笼，里面养着羽毛美丽的珍稀鸟类；另外一棵榕树下面漫步着两只白孔雀。

院落的一侧就是网球场，流滴的网球教练是一个帅气的小伙子。

期间休息的时候，苏步溪突然问道，严瞠现在怎么样了？说这话的时候她并没有望着苏虾米，而是望着不远处的绿茵茵的草坪。苏虾米现在对步溪的态度就是她要月亮也必须摘下来，恨不得掏心掏肺地对待步溪。

还是一样疯啊，苏虾米说话一直有些口齿不清，他随即马上答道，严瞠最近每天坐在一家小面馆里，要上一碗面也不吃，只枯坐着发呆，好长时间才被人发现那家面馆正对着吴将军家的后门，那肯定是想见心娇一面啊。

见到了吗？步溪冷冷地问道。

当然没有，出出进进都是当兵的，连买菜的都是。

步溪没有说话，从手提包里翻出一包好运牌香烟，苏虾米马上用打火机给她点上，本来这种英美烟草公司出品的香烟跟烧火棍似的很呛人，步溪是拿来摆摆样子的，可是时间一长就有点不由自主。

一股白烟从她的嘴里喷出来，气势如虹。

恩师严守贤是老派人，对于妇道人家有着一整套的规范，女人抛头露面都是奇耻大辱何况其他。对于苏步溪毫无节制的狂放，本以为他会多有指责，震怒退婚。结果苏虾米说恩师家里热火朝天地大兴土木，一众工人登高爬低地粉刷新房，在为儿子的婚礼做准备。

不仅恩师照常到家里来上课，就是苏家上下也由着步溪恣意妄为，像什么事都没发生过一样。

有一天清晨，步溪百感交集，便书录宋代朱淑真的《断肠迷》，稍加改动以解千愁，她用楷书写道："皂白何须问，杀人不用刀，从今莫把亲人靠，万种恩情一夜销。"

上课的时候她放在案头，恩师也只说了一句好字。

有些东西是根本没有办法撼动的。

苏步溪第一次感受到了沉默的力量，那就是必须接受命运的安排。

见到她终日闷闷不乐，本来的柳叶眉现在变成了烟笼秀目，苏虾米只好用自己的秘密来讨步溪的欢心。

他说他十六岁的时候还是自卑懦弱得不肯出门。这个情况苏步溪当然是知道的，虾米从小养尊处优，身体分外健壮，但是脾气暴躁，动不动就摔碟子打碗，家里没人敢招惹他，医生也说他有自闭倾向。步溪不知道的是，苏虾米刚满十八岁的时候苏大阔就带他去了妙合妓寨。

苏虾米说那是一次重生，他也算认识了不同风格的女人。

不过说老实话，他说，还是心娇最让人销魂。

这时他的脸上露出了一种神秘莫测又回味无穷的笑容。

3

玛瑙巷十五号是一幢具有欧洲新古典主义风格的住宅,大门设有山花与拱券,在单层平屋顶的女儿墙上建有一排宝瓶围栏,显得端庄优雅。步入大门后,中庭有一方精致的小花园。右侧是主人会客的地方,门顶的匾额书有"宏图府"三个字。左侧是一个月亮门,里面才是起居生活的地方。

不过这里常年大门紧闭,几乎不曾打开。

只有穷人才活面子,富人活的都是里子。

像吴老爷子在九如舫的豪门寿宴,照说已经让所有人瞠目,然而对于吴将军来说不过是一个小插曲。真正的实力派早就不声不响借着祝寿这个由头,把寿礼从后门送进了吴将军的府上。光礼单就让人眼花缭乱。

如果硬要说有什么特色,比较显眼的是:柳木镶嵌隐木面长方形大画案一个;紫檀雕花海棠式六角圆桌一张;珐琅绘西洋人物瓶一对;出自名家手笔的"宏图府"匾额四个;白玉飞天麒麟捧寿带板两块;玛瑙巧雕喜连和荷叶洗一个;碧玉团龙戏珠佩两枚;象牙寿山福海蟠螭笔山一架;其他如精品缂丝画、线绣屏、泼墨山水、古董珍玩不计其数。

然而最为别致的当数一帖梅子青色的礼单,暗衬是几朵淡雅的素馨,上书一行四平八稳的浅墨魏碑:伶人一枚。

这个伶人自然就是心娇了。

离开妙合的时候，心娇不施钗粉，只穿了一身藏青色的中式衣裙，盘扣一直扣到紧贴下颏，更显得身材娇小。

梅贵姐道，要不要这么素啊，你这也是守得云开见月明。

心娇垂下眼帘道，去的是虎狼之家，且收着点吧。

梅贵姐道，你不跟严公子说一声吗，他对你也算是动了真情。

心娇淡淡回道，有什么可说的，他是能帮我脱籍洗白还是能让我穿金戴银体体面面的，安公子说严公子是瞒着家里跑出来到这里来找爱的，当时我就死了这条心，还是都省省吧。

那倒也是，梅贵姐叹道，你去了深宅大院要懂得伏低做小，凡事心细一点，记得服软才不吃亏，平时用舌头抵住下牙床的里面，这样下巴才不会翘起来，显得温顺，不要有事没事倔倔的样子，谁会喜欢你。

心娇鼻子一酸，滴下泪来。

扯了一会闲话，多少都会有些伤感。女人就是这样，埋堆的时候香三臭四使小性子，一旦分开都不知哪来的那么多浓情蜜意。

梅贵姐终于痛下决心，咬牙跺脚道，好了好了，今晚我放血，请大家吃"二摊"。

什么是"二摊"呢？就是各大酒楼收拾出来的二手剩菜，名叫"菜脚"或者"二摊"，同类归并、返煮加工之后装进一个个砵头中，放在酒楼后栏的一张桌子上贱卖，一般人吃不起大酒楼又要在家里请客的，就会买"二摊"回家撑场子。

"二摊"也是九如舫的才好,"虾兵蟹将""百鸟归巢"都是味道不错的砵仔头,关键是便宜。

其它餐馆的二摊几乎就是北方人说的"折罗",大杂烩的意思,样子也不好看。但是九如舫就会把剩余菜式尽量弄得齐齐整整,味道是一样的,但是看着也体面些。苏大阔经常说我们广州人在吃的方面还是要讲究一些,就像不能破衣烂衫就出街一样。

红姑沉下脸道,这叫放血,最差也要去新亚吧。

绛真、仙蒂以及众姐妹有的说去陶陶居,有的说去长堤一景大酒家,新来的咪咪站在一边笑。梅贵姐道,你们以为我富得流油,其实是苦不堪言,开门做生意哪个恩客不是爷得关照,关起门来过日子,灯烛、火蜡不要钱的吗,你们是不当家不知道揾食艰难。

绛真笑道,我们什么都还没吃,就要听你叹苦经了。

一位姐姐道,梅贵姐,我们就不苦吗,昨晚上我那位客人,麻烦了一晚上,今天起来还问我怎么不包早餐。我心里想包你个头啊,肯花钱当然是包天包地,像你这种"算死草",多一个钱都不肯花,难道蹭我的白粥喝不成。挣他的这点碎银子不知道有多辛苦。

另一位姐姐道,这种人我见多了,那么省何必还要过来,还有一种人是做到一半肯定问,我是不是最犀利[1]的。我说是——你这么一来,我半年都下不了床接不了客了。

1　意"厉害"。

大伙哄笑一阵，仙蒂想了想道，"二摊"就"二摊"吧，好过没得吃。一边叫来妙合做粗活的伙计，叫他们到九如舫买"二摊"，眼睛睁大一点别要那些挑剩下的，伙计们也有得吃连声说知道知道，激动得直搓手指头。

红姑亲自吩咐必须带一只盐焗肥鸡回来，再加一坛客家酿。

梅贵姐笑道，你杀了我算了。一边掏钱给伙计。

伙计跑得飞快。

心娇并没有心情讲笑取乐，她的脑海里浮现出吴将军的样子，不觉有些心惊肉跳，吴将军参加寿宴时腰间挎的盒子枪在她的眼前晃来晃去。

吴将军的副官姓肖，身材瘦长，理一个整洁讲究的分头，两眼精光四射，是一个活络的人。

见到心娇时吴将军问肖副官，怎么送了个人过来？

肖副官道，不是你喜欢的吗？

吴将军道，我什么时候说喜欢了。

肖副官笃定道，老爷子过生日吃寿宴的时候，在九如舫，你说这孩子模样好，唱得也好，赏。

吴将军想不起来，挠了挠脑袋。

隔了一会才对肖副官挥了挥手，不耐烦道，退回去退回去。

厅堂里突然安静下来，本来这里是热闹非凡的，有人拆礼品,有人在登记礼单,还有人在欣赏精美的包装和实物,发出啧啧的赞叹声。现在又送过来一个美人,大伙都围过来看,见她穿得素气又有些奇怪。听到吴将军说退回去,在场的人全部傻了眼。

其实也没有什么可奇怪的,吴将军这个人,一是他真的不好这一口,比较自律,其中包括给自己定下规矩绝不纳妾;二是吴夫人并非母大虫,反而是吃斋念佛之人,说是这才让吴将军躲过了枪林弹雨安然无恙,所以他有些惧内;最重要的是第三点,吴将军是山东人,喜欢喝酒喜欢骂人喜欢吃面食喜欢比较健壮的女人,这种细胳膊细腿一拧就断的根本入不了他的眼。

以前抓到一个女"共匪",能骑马、踩水打双枪,给毙了,吴将军感慨道,一个好女人,可惜了。他一辈子就喜欢豪迈的女人。

当然所有这些都是心娇后来才知道的。

就在众人愣神的时候,心娇不知哪来的豪气,扑通一声跪倒在吴将军面前,双手抱拳声音里却没有一丝慌乱,道,大王请高抬贵手把我留下,我可以在府上做粗使丫头,烧火做饭洗衣服我什么都会。说完深深俯下身去磕头。

她的临危不乱倒是把吴将军给镇住了,加上她俯下身去,吴将军看到了她背上的梅花琴,似乎找回一丁点印象。

吴将军又挠了挠头。

本来,吴夫人听说有人送来个女伶,心里老大不高兴,想着也是那种狐媚妖眼花枝乱颤的小贱人。可是碍着面子，她如果醋意大发岂不成了下人口里的笑话，以后还怎么跟他们发号施令。所以只好假装平湖秋月若无其事，其实私下里气得连晚饭都没吃。

吴夫人见到心娇的时候有些意外，因为心娇素衣素颜，而且低眉耷眼只看着地面，令她没有办法反感。而且一张小脸倔倔的，倒是让她有几分喜欢。

于是她说道，家里缺个端茶倒水的齐整人，那就留下吧。

这样既救了老爷的驾也显得自己善良大度，是正经官太太的做派。

有了这话，管家就把心娇领到月亮门后面去了。

吴夫人觉得这出戏自己演得严丝合缝，可下人们怎么会看不透，他们私下里嚼舌头，比着说聪明话，都被心娇无意间听到了。

· 4 ·

一个小妾差点被退回去，送上门来男人也不要，沦落得跟我们一样干皮糙肉贱的活儿。再没有什么事能让吴府的下人们这么开心快乐了。

心娇每天有洗不完的衣服，一直要洗到半夜。白天还要摘菜，拣豆子，晾晒干货，端茶倒水只是她分内的事。有些下人还把自己的衣服脱下来让她洗。你不是要留下吗，你不是什么都会干吗,那你就好好地干活吧。

心娇一声不吭,只是闷头做事。她太了解穷人了。

她也绝不能被退回去,真是笑死人了,那她以后还怎么在姐妹们面前说硬话,还怎么混。这是绝对不能发生的事。

再辛苦也要忍,就这样两个月眨眼间就过去了。

心娇也是慢慢才对吴府有所熟悉,一般人会觉得宏图府既威严又内敛,其实月亮门后面才是别有洞天,起居室、书斋、小客厅、水榭、小园林等,真是应有尽有,奢华阔绰。肖副官、司机、勤务兵等人住一个小灰楼,也有自己的活动区。

后院的重点是一个巨大的厨房,天花板上粗重的房梁被长年累月的油烟熏得漆黑,但是下面的若干灶台、饭锅、菜锅,根据不同的大小整齐排列着,而且擦拭得干干净净闪着幽光。

各种厨房用具的摆放,加上装有炊具餐具的橱柜一尘不染端庄肃立,给人的感觉就像是一座兵器仓库。

后院的西侧有一排同样是灰色的平房,是下人和帮佣们住的。平房的屋顶伸出来一段长屋檐,又称檐廊,约有一米宽,既能防晒又能防雨,平时就是走廊。平房前面是个庭院,有一个挺宽大的葡萄架,结的葡萄十分酸涩没人碰,纯粹就是摆设。另外还有一些不知名的绿植也攀缘而上纠缠在葡萄架子上,便形成了一个自然的荫凉顶棚。

葡萄架下有两张石桌子,外围是石凳子外加木凳和竹椅,平时下人们就围在一起吃饭,说些闲话。

心娇拿着饭盆,一个人坐在平房走廊的台阶处,因为没有什么声音所以感觉不到她的存在，反而下人们议论什么事都被她听得真真切切。

一天中午，心娇想回自己的房间喝一口水，走到门口时看见一个下人正拿着她的梅花琴翻过来倒过去地看，另外两个下人伸着脖子也是满脸好奇。

心娇脱口而出道，别动。

三个人都回过头来，拿琴的那个人道，这又不是纸糊的，有什么不能动的。说完顺手拨了一下琴弦，老琴叮叮咚咚地发出了声响。

心娇厉声道，我叫你不要动。

拿琴的下人扔下琴直冲过来，使劲推搡了心娇一下，你凶什么凶，你也不看看这是谁的地头，有本事你就当主子我们服侍你。说着又推搡了心娇一下，另外两个人也已经走到心娇面前，不仅怒目而且手也伸过来推她。

心娇不动声色地拔下头上的簪子扬手一划，所到之处无不鲜血淋漓，那三个下人的胳膊、手背和下颏都出现了长长的血道子。原来心娇头上的银簪子被磨得尖利无比，她握在手上，并不是她的簪子有多吓人，而是她必死的神情。

她们马上就要打起来了。

一个老帮佣跑过来劝架，拦住那三个下人并且说道，我们都是良人，不要惹她这样的恶人，等她碰到黑道的人会死得很难看。

心娇插回银簪道，我就是黑道。

自那以后,大家还是不理她,但是也没有人敢脱下衣服叫她洗了。

· 5 ·

阿麦不敢照镜子了,她觉得自己像一个裂开的节瓜,脖子短了,身子粗笨得很,两个大奶比原来更鼓更胀。

一眼看上去就是一个孕妇,可是没有人看得出来,因为根本没有人注意她。

她死死勒住肚子,但还是可以感觉到强烈的胎动。

而且最重要的是她明显地感觉到饿,估计这个孩子是个"吃山崩"。她每顿饭不管吃多少,隔不了多久就会饿得头晕眼花。所以吃饭的时候她先松松盛一碗,这样大家不会起疑心,如果宝珍只吃两碗半的大米饭别人会以为她病了,但是阿麦的饭量大家都熟悉,主要是她识字,又做一些对外联络的事宜,平时自然不会吃得那么狠。现在完全不同了,松松一碗饭很快吃完,再去添饭时没有人,阿麦就把碗底的饭压实,中间的也压实,最上面才是正常米饭的样子,这样等于实际上吃了三碗饭。

但还是饿,所以刚才她看到厨房放着一小盆饭焦[1],就用手帕包了几块藏在身上,等到大太太这边给房间通风时,可以把饭焦偷偷拿出来吃。

她很恨自己没骨气,早就应该吊死在大太太的房间里,一

---

1 锅巴。

是对不起大太太,二是从这里去阴曹地府不知大太太还能不能认出她来,给她一口饭吃。可是她又真的不想死,肚子里有生命的感觉对于女人来说无比奇妙,那就是在此之前她觉得自己孤单得要命,小小年纪被卖到饶家,唯一对她好的大太太又早早死了,否则她怎么会让鹏仔那么容易上手,都没有察觉出来他一直在骗她。现在的感觉就是有了一个伴啊,没有那么孤单了。但是她也知道自己走进了一条死巷子,没有出口的那种断头巷。

阿麦拿出饭焦来咬了一口,又干又硬,这边只有生水,她不敢喝生水怕生病,所以饭焦噎得她眼泪都要出来了。

这时她突然听见宝珍在喊她,阿麦——阿麦——

她赶紧把没吃完的饭焦包好放回身上,又使劲擦了两遍嘴,跑出房去。

你又死哪去了,见到阿麦,宝珍咕嘟道,每次找你都鬼影子不见一个。

阿麦支吾着不知道如何作答,宝珍例牌是不需要答案的,道,二太太找你呢。阿麦哦了一声,不知为何心下一沉。

宝珍道,你赶紧去吧,二太太在院子里的凉亭跟贺大夫喝茶呢。

阿麦顿时脸色惨白口唇灰暗,心想这下死定了。

是祸躲不过。

那天她在药街拉架子车,终于眼前一黑,就什么都不知道了。

醒来之后发现自己躺在贺大夫的医馆里,草帽也不知飞哪去了。贺大夫是认识她的,平时苏府里的人按贺大夫的方子拿药都是阿麦来取,加上这回小姐生病,贺大夫进进出出,苏府上下就没有他不认识的人。

贺大夫端来一碗中药叫她喝下去,虽然什么都没说,但从他平静的脸上阿麦知道她这明显的喜脉怎么可能逃过贺大夫的法眼。她喝完中药,贺大夫叫她再歇一会,她只好假装闭上眼睛,心里火烧火燎地要在关角门之前赶回去。

趁着贺大夫离开了诊室,阿麦赶紧跑出了喜儒堂。她一路狂奔,天早就黑下来了,她深一脚浅一脚奔到角门口,抱着自己来不及换回来的衣服,花匠差点没认出她来。阿麦也没解释,因为她一口气卡在胸口完全说不出话来,直到听到身后花匠锁角门的"咔嗒"一声,她才长长地呼出一口气。

她知道再也不能去药街了。

之后一连好几天,阿麦日日都惶恐不安,自然是害怕贺大夫跟二太太说什么。但好像贺大夫什么都没说,苏府的情况一切如常。

可是现在,刚刚放下的心又悬了起来,阿麦除了大难临头,其他的感觉就是大脑与外界彻底断开了。

你愣着干吗,还不赶紧去,宝珍在一旁催促一边又道,阿麦我观察你好久了,以前就是欢天喜地跟捡了金子似的,现在就傻傻的,什么事不说三遍你都听不到⋯⋯

阿麦不等她说完,径自去了院子。

阿麦一步一步走上凉亭，她两眼涣散，神情茫然，但是内心深处却有一个坚定的信念，那就是在任何情况下她都不会把鹏仔的名字供出来。不是要替他保密，而是她感觉太丢人了，一个穷得冒烟的比她还小的男人，搞大了她的肚子还跑掉了，她真是不用做人了。所以无论东家要怎么处置她，她都会保持沉默。这样大家就会以为不知道是哪个浑蛋欺侮了她，她又不敢声张。目前也只有这么做才能为她挽回一点颜面。

见到阿麦，二太太吩咐道，你一会就去收拾行李，到贺大夫家去帮忙，贺大夫最近要清理库房，腾换新药，贺太太最近身体又不好，你只管过去听从人家的安排。我本来是叫宝珍去的，她的力气大，但贺大夫一定要你去，说是还要过秤、记账什么的，你就去准备准备跟着贺大夫赶紧过去吧。

这时贺大夫温和地笑笑，对阿麦道，不着急，你先收拾一下，我在这里喝茶等着你，二太太的好茶刚刚喝出一点味道来。

阿麦哦了一声，回到她的房间收拾了一个小包。

小镜子道，以后我一个人住，谁叫我起床呢。

一眼看上去，贺太太是一个干净利索的人，头发梳得纹丝不乱，丹凤眼，鼻梁笔直。她常年在后院煎制膏药，所以一直穿着粗布衣服扎着围裙，那也难掩她的标致。而且难得的是她明白事理，说话不紧不慢。

阿麦跟着贺大夫走进药铺后面的院落，这她还是第一次进来，贺太太把她引进了一个小客厅，里面没有什么高档家具但也收拾得井然有序,正位的墙上挂着一幅字画"尺璧非宝,寸阴是竞"。别无其他装饰。

贺大夫把人交给贺太太就离开了。

关键性的谈话是在两个女人之间进行的。

贺太太告诉阿麦,她晕倒的那天贺大夫的确搭出了喜脉,看她的装束又下那么大的苦力肯定是不想要这个孩子。但是孩子已经四个多月了,再喝打胎药可能会有生命危险,贺大夫就给阿麦喝了安胎的药,而且想来想去他们还是决定收养这个孩子。

因为即使是贺大夫这样的名医,依然治不好贺太太的不孕症,他们至今膝下无子。

听了她说的话,阿麦才明白了事情的原委,现在她的身子又笨重了许多,贺大夫也是算着她的肚子再也瞒不过去的时候来到苏府借人。

这当然是帮了阿麦大忙,但是天上没有馅饼,哪里都没有免费的一盅两件。

贺太太说要跟阿麦签一个契约,第一条就是封口,阿麦任何时候都不能跟外人提及这件事,这个孩子就是贺太太治好了不孕症自己生的;第二条就是和孩子永不相认,将来孩子大了懂事了,阿麦不能跑来与其相认;最后一条就是不能反悔,不能因为任何原因找上门来纠缠不清。说完这些条件,贺太太就看着阿麦的眼睛,等待着她的反应。

阿麦当然也明白此时此刻她根本是没得选的,只能接受约定,而且还应该感谢贺大夫救她于水火,否则她就是挂在大太太房中的一尸两命。

然而,豆子大小的泪珠还是从她的脸上滚落下来。

她用手背擦掉眼泪,什么都没说,在契约上签上了"麦细花"三个字。

名字的下面写着"民国二十某年某月某日于药街一百零五号喜儒堂谨订此约"。

还按了手印。

人家根本没问孩子的父亲是谁,还是自己想多了。

· 6 ·

下午大约两点四十分,心娇要到书斋送一次茶水。

如果不是在外面执行公务,一般情况下吴将军都在书斋看书写字。别看吴将军是一介武夫,但是他十分看重"风雅"。为什么那么多人送给吴将军古玩字画、文房四宝,都是在无声地赞美吴将军是一代儒将。

如果吴将军在别人新送的书案上写字,常常是背对着门口。心娇就像猫一样,没有声音地把茶盘放到小圆桌上,悄悄地离开就可以了。

这一天的下午是个阴天,偶尔下点牛毛细雨,断断续续的,既不下大又不停止,很令人厌烦,但却是读书的好时节,晴耕雨读嘛。

可是书斋里没有人,而且比平时凌乱了不少,书案下方满地扔着写了一半的宣纸，七零八落。心娇放下茶盘就开始收拾地上的废纸，展平码好以后卷到一边，又把实木地板仔细扫了一遍。这时她看见书案上放着毛笔，笔是好笔，"湘妃""梅鹿"各一支，旁边放着刚刚研好的墨，饱满黑亮，裁好的宣纸两个条幅用镇尺压着就摆在面前，她心想自打我来到吴府尽洗衣服了，趁着没人我写两笔字总不会被枪毙吧。

心娇提起笔来信手写道：昨夜海棠初着雨，数朵轻盈娇欲语。

不想身后忽然冒出一个声音轻声叹道，嗯，有点意思。

心娇吃了一惊回过头来，见是肖副官。正不知说什么好，有一种被人赃俱获的尴尬。原来刚才肖副官一直站在她的身后屏住呼吸看着她写字，她竟一点也没有察觉。

不过此时肖副官倒也没有搭理她，而是拿起心娇刚刚写好的条幅匆匆忙忙地出去了。

吴将军这个人呢，的确是酷爱书法，字也写得不错，但是写成作品送人还是欠把火，这一点吴将军是有自知之明的。

他说字画这个东西它挂在那里就是要耐看，有些书法家的字根本一点特点都没有，四平八稳天正地方但就是耐看，越看越喜欢。所以逢到送人字画，私下里吴将军还是要找顾怀玉代笔。他也不见老顾，一般是找个黄昏时分，肖副官从后门把老顾领进书斋按照吩咐把字写好，然后拿到润笔费再由肖副官把他送出去。

老顾心里也明白，但他就是这点好，不说破。

署名盖章当然是吴将军亲自来，裱好之后便品相上乘。

　　然而这一天的情况有点特殊，起因是吴将军上司的儿子要结婚，需要吴将军的条幅挂在新房里，就是太爱吴将军的字了。于是上司要求吴将军三天之内把字画送到他府上去。

　　非常不巧的是顾怀玉回乡下拜山[1]了。

　　吴将军天天在书斋练字，就是没有写出一张满意的。

　　现在好了，心娇简直是送上门来救驾的，她的字正大仙容老气横秋，于是听命于肖副官，写下了"忠厚传家久，诗书继世长"的条幅。请吴将军署名盖章然后托裱起来镶嵌在红木的相框里，真的是光彩照人。

　　吴将军大喜，让心娇搬到遇仙馆去住。

　　按照吴将军的想法，心娇肯定感激涕零，跪倒在他的军靴前磕头也不一定。然而心娇的脸上波澜不惊，只给他深深地道了个万福，轻声说道，谢谢大王。

　　心娇搬进遇仙馆，先花了几天的时间临摹了一张赵孟𫖯的《水村图》，挂在茶室。茶室本身是个水榭亭台，足有两面的满洲窗可以全开的，那么花园的景色便可以尽收眼底，《水村图》临得不仅乱真，还给茶室平添了雅致。

　　吴将军看了《水村图》叹为观止。

　　他对肖副官说道，能弹琴唱曲儿，能写字画画，那一个人就是一个劳军服务队，何乐而不为呢。肖副官只是笑笑不说话。

1　祭祀祖先。

遇仙馆是吴府的一个别院，一个能遇到神仙的地方自然是别有洞天，透空的太湖石随处可见，最有特色的一尊太湖石造型犹如猛虎回头，甚是威严，此外还有一池碧泉以及妙不可言的绿植和曲廊。这个地方吴老爷子曾经住过，可是后来他还是嫌南方的气候湿热难耐，过完生日后不久就回山东老家了。

关于这个小院，传说早年有一何姓书生，二十五岁时中进士，授巡按御史，以为官清廉闻名，所以混得不好。后被削职回籍，隐居于此，号其居为"端凝院"，曾挂一副楹联题为："座中斟酌谈心易，局外输赢袖手难。"犹可见其忧国忧民、端平凝重之心。然而如今别院几易其手，曾称号为"云园""米园""欲仙小馆"，简直是民风不古。

肖副官让心娇挑个下人去遇仙馆帮佣，心娇一个也看不上。

于是肖副官就给她买了一个小丫头，名叫好彩。

有一次好彩去后厨大厨领饭，有下人对她说道，你晚上不要睡那么死，你主子是狐狸变的，当心半夜吃了你。

下人们搞不清状况，为何一夜之间平地惊雷画风大变。

那还不是这个女人有手段，就连平日里从不挂相的肖副官也总是往遇仙馆跑，难道不是遇到了妖精？

所以每次好彩领饭，下人们就会拖住她问长问短。

好彩回道，其实肖副官到遇仙馆来就是为了喝茶，他是浙江南浔人，喜欢喝明前龙井。而且呢，心娇小姐的茶具实在是太好了，是一个名叫梅贵的姐姐专门派人给她送来的。这个茶壶侈口细颈，溜肩鼓腹，底部微微外撇如橄榄，胎质细腻。茶壶和四只茶杯都是通体翠绿，釉色莹润制作精良，最奇特的是茶杯的沿口和侧耳都镶嵌着一线暗黄的铜丝，如果茶水过热会感受到烫手或者烫嘴，可以歇一歇再喝。

这一套茶具的壶底和杯底都有"大清雍正年制"的两行六字双圈楷书。内壁白净粉嫩如婴儿的脸，极为可爱。

好彩小嘴巴巴地，她哪里懂那么多，全是心娇让她背诵的。

只有心娇心底明白，肖副官是为着那几款点心而来。

鑫振源的生煎，唐招娣的赤豆猪油糕，卢新年的艾草汤团，这些食品在鬼棚尾的烟火街全部都能找得到。烟火街是从小吃夜市发展起来的，本来有个正经名称，可是由于开饮食夜市烟火腾腾，远远看去像战火硝烟一样，因而得名。

这里曾经混乱不堪，鱼龙混杂，现在也好不到哪里去，可是无论你是谁都得吃饭对不对，于是这里被称作平民夜市，云集着各种小吃摊贩，号称各地美食大全。当然还有赌鬼、流氓、喝得醉醺醺的男子、非法移民和"车货"（私娼）、嫖客等。

心娇就派好彩去买。

像烟火街这样的地方肖副官哪里听说过，他以为这些家乡点心是心娇素手锦心专门给他做出来的，自然是如获至宝，吃得热泪盈眶。

所以说广州是个口福之城。

广府菜固然好吃，可是这个千年商都对于美食的包容度真是无边无际无问东西啊。

7

这一次吴将军去执行公务，时间特别长，一去就是小半年，音信全无。

就连以气定神闲著称的吴太太也有点绷不住了，她由下人陪着来到遇仙馆，明面上是看看心娇生活得怎么样，既然吴将军不在，她也不能漠不关心吧。暗地里她是想探探心娇的口风，万一肖副官有口信给她呢。

心娇心想，不编排她跟肖副官有一腿，葡萄架下那群扑街的"冚家铲"[1]混账王八蛋怎么解得了心头之恨。

但是真的没有，肖副官怎么可能给她带什么口信。

于是心娇回复吴太太，肖副官完全没有任何口信，只是走之前叮嘱过她，必须协助吴太太看好家，而且记住没有消息才是好消息，就是平安。

这后半截话是心娇编出来的，一是给肖副官卖个好，二是这样安慰吴太太比较合适，否则以她的身份也轮不到她来安慰吴太太。

吴太太紧绷的脸慢慢松弛下来，说了几句闲话就离开了。

心娇为什么要对肖副官那么好呢？是因为她心中有个长远的盘算：以前在妙合，她不当红，那些安公子严公子都是穷鬼，

---

1 意"全家惨"。

只能捧个人场，旺丁不旺财，她没挣下几个贴己。现在她到了吴府，至少脱籍洗白了，虽然每个月也给点零花钱，却都是毛毛雨，想要赚得多一点就得靠打赏。而让吴将军高兴就一定会有大赏，可是具体办事的人是肖副官啊，如果他板着脸，心不跳手不抖，只给她几个小钱她也不能说什么。

现在的情况就不一样了，肖副官领旨之后对她也挺大方的。

心娇的凌云之志就是要攒钱把乡下的母亲和弟弟接出来，在广州城落户。

茶室除了八仙桌以外，窗前还有一张长案，心娇平时就坐在案前临帖。

一天下午，心娇在茶室临帖临得有点累了，她走出茶室，来到碧池边。遇仙馆的碧池足有两亩地见方，如一块明镜镶嵌在绿色的灌木丛中，娴静清漪。然而由于这些天一直细雨潇潇，岸边的羊蹄甲花瓣纷纷飘落坠入池水，有宫粉，有白色，形成一片锦缎在水上浮漂，偶有整朵的木棉缀在其中，鲜红夺目，木棉花就是有陪衬才好看啊。

花间有鱼儿来回穿梭，心娇撒了一点鱼食，成群的锦鲤便蜂拥而至，争抢中水面噼啪作响。这时好彩慌里慌张地跑过来叫道，小姐小姐，吴将军回来了。

心娇手上一松，鱼食全部落入水里，她下意识地拍了拍手道，你看清楚了吗？

好彩道,当然看清楚了,有吴将军、肖副官,还有好几个不认识的男人,都穿着军装挎着盒子炮,风尘仆仆的,吴太太张罗着杀鸡宰鸭还让人出门割肉呢。

心娇回了一句,知道了。

暮色四起的时候,吴将军和他的同僚们围着餐桌先喝了一轮铁观音,然后上了四个冷菜分别是花生米、酱猪手、拍黄瓜和炝拌土豆丝。酒是不能少的,全是军队里的特供。

酒过三巡,趁着吴将军高兴,有一位同僚道,吴将军,听说你收了一个色艺双全的伶人,也请出来给我们助助兴嘛。

马上有人附和道,就是就是,我们跟着你出生入死回来就喝一顿斋酒,哥几个看着那些大头兵,光脑袋壳看得都要吐了,还不如看老母猪呢。

众人哄笑起来。

吴将军不屑道,广东戏有什么好听的。

大伙道,什么好听不好听的,弄出点动静就行,总比这么干喝强。

吴将军挠了挠脑袋,便吩咐肖副官叫心娇出来唱一曲。

隔了好一会,正菜都上来了,自然是鸡鸭鱼肉满坑满谷,主食是高庄馒头和葱油大饼,屋子里一股独有的面香。

这时心娇也出来了,她穿一件月白色的中式斜襟紧身上衣,珍珠扣,微型喇叭袖,手腕上戴着一只玛瑙镯子,通体橙红晶莹剔透。裤子是雪青色的窄脚裤,脚上穿着一双红色缎面的绣花鞋。乌云一般的黑发在脑后随便绾了个髻,用一根银簪子插着,几绺发丝纷纷落下,说不出的妩媚动人。

心娇手提一把弦子,给众人道了万福,坐在一张红木官椅上调弦,神情沉静自若云淡风轻。

餐厅里忽然就静了下来,所有人的眼睛嘴巴齐齐张着,似乎被一种无形的气势镇住。

心娇手起弦动,一声琴响仿佛玉帛炸裂,紧接着阵阵委婉明丽却又隐隐缠绵幽怨的曲调从她的纤指下奔涌而出,一泻千里。正在喝酒的吴将军像被闪电击中了一样,呆呆地怔在那里,眼泪如同听到命令一般当即湿了眼眶。

原来心娇唱的是吕剧《王小赶脚》。

谁还没有一点乡愁呢?尤其是四处征战风餐露宿的男人。

早在这次执行公务出发之前,心娇就委托肖副官给她找个教吕剧的师傅。

肖副官找到太平剧院的田老板请他举荐。田老板五短身材,是个矮胖子,外号肥田,说一口地道的广州白话,但他其实是陕西人,是个"戏癫子",就是哪里的地方戏他都能唱两嗓子。粤剧就不用说了,其他的只要是名剧都不在话下。

田老板道,肖副官,这事您可难不倒我,我还真认识一个唱正宗吕剧的师傅,以前在义和班唱过,后来年岁大了,再说唱戏也挣不到什么钱就到南边来跟着女儿过,女儿是嫁到南方来的。

这位会唱吕剧的老太太名叫韩萍萍,头发全都白了,在脑后梳了一个髻，五官是个笑模样儿，应该是挺有观众缘的。见人时穿一件中式的黑丝绒褂子，戴一副金丝眼镜，收拾得干净整洁并没有戏子的穷酸气，说话和唱腔都是温和和慢条斯理的，凡事宠辱不惊的样子。于是肖副官就把她带到遇仙馆去了。

韩萍萍给心娇挑了一把三弦，每周来上课两次，其余时间都是心娇自己练习。

肖副官也没想到这么短的时间，心娇就能显现出惊人才艺。

那些吴将军的同僚大部分都是山东人，后来跟着心娇的弦子一起唱起了山东柳琴戏《喝面叶》，其实就是山东的民间小调：

"大路上来了我陈士铎……"

轰隆轰隆的男声还真是动人心魄。

第四章

· 1 ·

苏步溪大婚的那一天,坐在小轿车上大街小巷地转悠,人车都乏了才开到离苏府并不太远的恩师的家门口。

在所有的抗争都不起作用的情况下,步溪也只有呆如木鸡地跟在母亲身后去"开脸"[1];还要为了做几套衣服被上门的裁缝转着圈地量尺寸。

大婚当天她穿的是红底缎袍的中式衣裙,上面缀着浮起的金线盘成的飞舞凤凰,两只手上腕子上布满了金戒指和金镯子,明晃晃地闪着金光。

还定制了很多高级的喜饼[2]赠送给亲朋好友。

苏家花钱在报纸上买了通栏的广告位置,写道:"严、苏两姓联姻,一堂缔约,良缘永结,匹配同称。看此日桃花灼灼,宜室宜家,卜他年瓜瓞绵绵,尔昌尔炽。谨以白头之约,书向鸿

---

1 用一种特殊的线卷掉脸上的小茸毛,据说会显得面容明亮。
2 象征家有喜事的礼饼。

笺,好将红叶之盟,载明鸳谱。"

这样的郑重其事自然是出自恩师严守贤之手。

看这阵势的确是苏大阔想要全城都知道他风光嫁女,真实情况却是外热内冷,并没有在九如舫大摆宴席举杯豪请,说辞是小两口要去法国度蜜月,属于新派又浪漫的旅行结婚。

大婚当天,步溪下了车走进严家,说不出的冷清,除了两家人以外没有一个客人,就是两家人坐在一起吃了个饭。

原来严瞠已经病倒了,人瘦了很多,曾经度身定做的西式礼服穿在他身上显得空空荡荡的。他面色苍白两眼失神,被人扶着勉强跟苏步溪拜了天地,又回床上躺着去了。

见到严瞠,苏步溪也暗自吃了一惊,她结婚前最后一次见他,还是在一品面馆(面馆里云吞面馄饨和面条各占一半,是本地的特色饮食)。步溪走上二楼,见严瞠临窗而坐,一碗云吞面齐齐整整地放在桌上,他却目光虚缈地望着窗外的远方。

他注意的那扇门始终有人进进出出,却没有他想看到的身影。

本来步溪胸中一团浊气,想着自己一定要站在严瞠面前厉声道,跟我回家。不信不能把他镇住。按照老规矩,他们这样马上要婚配的男女是不能在婚前私自见面的,然而苏步溪心想既然此事毫无转机,至少不能叫严瞠继续这么胡闹,大家没有面子。

但是看到严瞠这个鬼样子,她不仅没有发作,反而有些心酸,于是心平气和地坐在严瞠对面,递给他一支烟。

两个人默默地坐了好长时间。

到了晚上,师娘对步溪说道,你就跟着我睡吧,这样安稳点。

于是和师娘一起服侍严瞠喝了药,各自安歇。

第二天上午,师娘将事先准备好的整只烧乳猪,派人送到苏家,以示苏家小姐实为完璧。这是当地的风俗,就是嫁出去的女儿必须验明为贞女,所以要将贞女之血染于绫绡之上,并一同献上一只烧猪。如果女子不贞,则将烧猪剁其耳尾,送至女家,甚至逼女子原路返回也不一定。

大明星胡蝶结婚也是如此,被登在报纸上以示正听。

师娘用的绫绡之血当然是鸡血代替。这样才算体面地把一套完整的程序走下来,让两家人都松了口气。

一天夜里,步溪仍旧是背对着师娘睡着,无声无息。

这时她听见师娘在她身后轻声叹道,严瞠是个纯良的孩子,你就多担待一点吧。步溪没有说话,师娘性情温柔,但温柔的伤害更令人心冷。

严家只有一个帮佣叫作阿勤,每天忙得脚不沾地。恩师是什么都不做的,只要他从书院回来,师娘是听着他的脚步声起锅炒菜,等到恩师换好便服洗好手,坐在餐桌前时,刚炒好的可口小菜正好端上桌来。所以贴心的服务还是得师娘操心。步溪现在进了门,家里有钱也罢千金小姐也罢,全都一笔勾销,然后老老实实地在婆家尽妇道。

步溪并没有把结婚的事告诉金流漓,她又不需要伴娘,而且也没脸开口,金小姐知道多少就由她去吧。学校更是早就不去了,还不是同学茶余饭后的笑料。

她现在就是每天跟着师娘做些家务,学女红。

然后每天给严瞠煲中药。

步溪感觉她被突然扔到了井里,以前所有的美好都随风而去。她现在的白天和黑夜都加倍漫长,没有人跟她说话,当然也没有人关心她。可能是因为严瞠的情况太出人意料了,恩师和师娘脸上都沉甸甸的,没有一丝笑容。

眼前发生的一切都令她窒息,她就像霜打的花骨朵一样,不等开放却完全委顿了。

· 2 ·

苏家办喜事之前,阿麦就从药街的喜儒堂回来了。

虽然作为一个女人,自身已经有过惊天动地的变化,然而就在踏进苏家大门的一瞬间,阿麦又觉得一切如常,似乎什么都没有改变。

阿麦给贺家生了一个男孩,八斤重的大胖小子,取名贺小偶。

阿麦给孩子喂了一个月的母乳(兼坐月子),这才喝中药回掉奶水,整个人也就没有那么泡泡肿肿了,这才打道回府。临行的前一晚哭了一夜,那也没有办法。人不能太贪心,闯过了生死关口又想别的,而且很多事也是想不来的。孩子从生下来就是跟着贺太太睡,喂奶时贺太太也守在旁边,不让他们有一点点亲近的机会。

小偶很快就熟悉了贺太太身上的味道,只有贺太太抱他才不哭。

贺太太爱孩子爱得肉紧[1],跟小偶片刻不离。

宝珍见到阿麦,上下打量她道,你喝珍珠翡翠白玉汤了吗?养得这么白白胖胖的。同样,她也不打算听阿麦说那些搪塞她的话,继续撇嘴道,本来到贺大夫家帮忙是派我去的,二太太只相信我不会丢了苏家的面子。

你要记得你是欠了我人情的。宝珍这样说道。

阿麦点头称是。

一天傍晚约莫八点钟,下人们才在厨房外的矮桌上吃晚饭,餐桌虽矮但是台面不小,大家就坐在小凳子上围着餐桌吃饭,厨师、花匠、小镜子等人松松地也能坐七八个。

吃饭的时候宝珍一直少有地满脸笑意,或者说有点洋洋得意也不为过。饭后总算有了片刻的休闲时光,一般情况下大家也不收拾碗筷,要说一些闲话解除一天的疲劳再收拾也不迟。宝珍终于忍不住内心的喜悦道,告诉你们一个秘密吧,我今天,她停顿了一下才加重语气道,我今天坐了小汽车。

一时间,大家的反应正如宝珍希望的那样,都是张着嘴巴露出十分惊讶的神情。因为平常有什么远途的事,下人们自然是搭公车,也只有陪着主人才有可能坐上人力车。小汽车,我们真

---

[1] 疼爱状。

是连摸都不敢摸啊,万一摸坏了怎么办。是啊,当初小姐开到院子里一辆没有房顶的小汽车,我都不敢多看一眼,好名贵的样子啊。看你们说的,好像我们苏家是乡巴佬似的,小汽车就是沙发上装了四个轮子而已。可是你也没有坐过啊,人家宝珍是坐了小汽车的。

大家七嘴八舌一片啧啧赞叹。

只有半天没吭气的阿麦问了一句有点价值的话,那么宝珍,你坐上小汽车去了哪里呢?

宝珍这才想到她的话还只说了一半,就因为反响太激烈影响了她往下说,急忙拍着大腿道,你们听我说听我说,她继续说道,苏小姐不是要出嫁吗,二太太肯定要送给她贵重的陪嫁啊,所以要到银行里面租的保险柜里去拿首饰,路上怕有人打劫是不是要坐小汽车,是不是要我跟着当保镖呢。

大家也急忙呼应说那是当然啊。

银行里面真是气派啊,地板和墙壁都是大理石的,擦得跟镜子一样。穿黑衣服的经理头上好像抹了油,黑亮黑亮地梳得整整齐齐,他很客气地带着二太太去了地下室。我站在那里紧张得都不知道手往哪里放,这时候有一个青瓜头[1]的男人请我到贵宾室等待,等待不是干坐着哦,有下午茶喝,黑得像墨鱼汁一样的咖啡和漂亮的各式各样的高级点心随便吃随便喝哦,可是你们知道我啦,是不会给二太太丢面子的,我就什么都没吃,连茶水都没有喝一口呢。说到这里,宝珍自我赞许地笑了笑。

---

1 意年轻。

于是大家又开始了新一轮的热议。原来世界上还有不要钱随便吃东西的地方。看来我这辈子是不可能去银行的,全是豆腐账连算都不用算啊。我们是手停口停哪里有多余的钱放到那么犀利的地方去啊。

说者无意,可是听者有心。

就在大家议论纷纷的嘈杂声中,一直发怔的阿麦突然问宝珍道,你是说贵重的珠宝首饰都是放在银行的保险柜里吗?

当然是啊,不然放在哪里。宝珍斜着眼睛回道。

阿麦小心翼翼道,可是家里也有上锁的珠宝箱啊。

宝珍压低声音,又看了看四周确定没有人注意她们俩,才更小声地说道,珠宝箱里的首饰都是假的啊,那是骗小偷的。二太太说如果家里进了贼,什么浮财都偷不到,有可能一生气把房子点着,那不是天大的事。

阿麦的脑袋像被人打了一棍子,她闷在那里,隔了半晌想喝口水压压惊,却被呛得剧烈地咳嗽起来。

· 3 ·

一般情况下,步溪是不到新房去的,为了冲喜严瞠一直睡在新房里养病。送饭这样的事都是师娘精心做好送过去,实在分不开身就派阿勤去送。步溪只负责熬药,上午下午各一次送到床边服侍严瞠喝下。两个人也不交谈,因为严瞠病得一点力气都没有,步溪也觉得新房里病气很重,只想尽快离开。

一天下午，贺大夫来给严瞠搭脉——严瞠这病也是贺大夫看开的，隔三岔五都要过来一趟。这一天也是如此，他坐在床边静静地给严瞠搭脉，师娘、步溪和阿勤都肃立在他的身后。

好一会儿贺大夫才起身对师娘说道，眼下严公子的情况，他的方子里还要加一味药，就叫严太太跟我到医馆去拿吧。

于是苏步溪就跟着贺大夫到医馆取药，一路无话。

到了药街的医馆，贺大夫把步溪引进诊室，叫伙计给她倒了茶就去拿药了。步溪环视了一眼诊室，只见墙壁上挂着贺大夫的父亲贺观柏的黑白照片，贺观柏是一代名医，照片上的他天庭开阔一脸漠然。贺家到贺喜儒这一辈已经是四代的中医世家。据称贺观柏见儿子已经可以独当一面便回了乡下，每天清风明月，偶尔给乡里乡亲看看病，得些油柴米菜还有鸡蛋，过得悠闲。同时他还是吴氏太极拳的高手，教拳也能吃饭。

隔了一会儿贺大夫端着一个碟子进来，步溪看到里面放的是黑乎乎的几根中药材。贺大夫道，这味药叫作"鳖血柴胡"，也就是把柴胡浸在甲鱼的血水里制成，是舒肝重要的药材之一。我给严瞠开的方子里并没有漏开，是你把这味药拣出来扔掉了吧。

想不到贺大夫搭脉如此精准。

步溪低下头去不敢跟贺大夫对视，她并不知道这味药叫什么名字，只是觉得它在一堆草草秆秆里面是最显眼的，就把它挑出来扔掉了，她不想严瞠病好了以后又去胡闹。

我们女人难道不是人吗，我们是不要脸的吗，和男人一样我们也是活一个面子，我苏步溪也是活一个心气啊。

苏步溪抿住嘴一声不吭。贺大夫依旧温和地说道，严公子的病也是一样凶险啊。紧接着，贺大夫后面说的话彻底把苏步溪给镇住了。

他说，你当初得的也是相思病，可是我对谁都没有说，只说你是肝郁，我知道你是要强的女孩子，这是你心里隐藏的一道伤疤，所以我是不能说的，就是你死了我也不会说。

这话惊得步溪天崩地裂，她一直以为这件事被她瞒得无人知晓，想不到贺大夫根本了然于胸。按照常理，许多大夫是不会为病人隐瞒病情的，如果是相思病也会大张旗鼓地说出来。隔街的那个女孩子，差不多半城的人都知道她得的是相思病，死得毫无尊严。男人想女人太正常了，可以上青楼，可女人怎么可以不守妇道想男人想成了花痴，实在死不足惜，甚至是给家族丢脸。

贺大夫说道，不管对方是谁，这都不重要，感情上的事可能比天还大，但还是比生命小啊。

他还说，所以生病的辛苦你是知道的，活过来也很不容易。

贺大夫说这些话一点也不奇怪，因为从前贺观柏看病也是先不开药方，也不针灸、拔罐地操作起来，而是耐心地观察、询问患者的情况，从患者的人际关系、言行举止、为人处世上找出病因，指出患者的过失。一旦患者良心忏悔便会出现痛哭流涕、上吐下泻、浑身发抖等状况，贺观柏就用"怒、恨、怨、恼、烦"这五行性的思维方式来分类，达到"治心"的效果。

贺观柏认为禀性对于生命作用的能量非常之大。他也是师承父辈的教诲，或者说是贺家成为名医世家的"传世之宝"。

步溪始知，为什么贺大夫要把她带到医馆里来。

这时的她神色恍惚，身体微微有些抽搐，粉白的脸上滚下珍珠般的泪水。

她怔怔地站起身来向门口走去，看着像是要离开。见她失魂落魄的样子，贺大夫也急忙起身打算送送她。步溪走到门口却回过身来，用几乎听不到的抽丝一般的声音说道，贺大夫，你能抱抱我吗？

贺大夫一言不发张开了双臂，苏步溪抱住贺大夫失声痛哭。

自生病以来，她就没有掉过一滴眼泪。

· 4 ·

步溪十一岁的时候，家里来了一个小伙计，名字叫杨双庆。他是从乡下来的，穿着对襟的褂子，有些土气，但是他与众不同的地方是少年老成，虽然只有十六岁，但是一脸的与年龄不符的刚毅，两只眼睛里居然闪烁着坚定的光芒。他不是由顺路的成年人从乡下带出来的，而是独自一人押着一船红木的书柜、书桌、书椅来到广州。

因为那个时候的私人书院是要学生自己带桌椅的，恩师的知德书院当然也一样。问题是桌椅各式各样，会显得凌乱不搭，所以苏大阔决定从乡下订一批红木家具上来，除了物美价廉之外，也是对恩师的赞助。带上来的东西果然好，潮州木雕的精美这谁都知道，送来的书柜的柜门上雕着童男童女，分别骑在飞龙和飞凤上，手中捧着古卷，十分精美雅致，同时暗示着黄金屋、颜如玉、龙凤吉祥。恩师抚摸着桌椅、书柜赞不绝口。

杨双庆成为苏步溪的陪读也是理所当然的事。

往常，乡下来人是司空见惯的现象，前辈们总是相信培养同声同气的自己人是家族生意兴隆立于不败之地的重要因素。而这个杨双庆的家世又非同寻常。早年，他的家族是开地下钱庄的。杨家的创始人是个帮华侨带钱回乡的水客，有一次他坐的船遇到台风沉了，全部银信掉进大海。这个水客鼻祖获救之后，回家把全部的家产变卖兑成银元，按照贴身口袋里仅存的名单把钱一一赔付给老乡，从此赢得信任。靠着一个信字，尽管后来没有再度发家，他的后辈们仍旧可以得到乡亲的照顾和尊重。

所以杨双庆虽然是小伙计，却没有养成讨好性人格，他做事认真、明了、有主见。他在乡下只读过两年村塾，只是识字而已，但是他喜欢看书，不认识的字就向人讨教，慢慢地能看《聊斋》和《阅微草堂笔记》。

在守贤恩师的知德书院念书，能一点就通，深得恩师的喜爱。

然而杨双庆毕竟不是苏虾米，读了两年多的书院，苏大阔觉得对杨家面子上很说得过去了，于是就开始叫杨双庆干各种杂役，各种帮忙各种跑腿，当然主要还是跟着账房先生学习算账做账。双庆的聪明依旧无人能敌，很快就能够两只手同时打算盘。

那一年他才十九岁。

然而，做一个普通的会计仅仅靠着聪明是不够的。商人就是这样，表面看都是体面富有的，背地里却是每人一笔烂账。因为一种米养百样人，有的人就是有钱还账也要能拖几日拖几日；有的就是一堆话说来说去都是自己吃亏了；还有的人则能少给就少给，一点款子支使人跑来跑去，跑烦了尾数就自然省去。这类收账的事最吃力不讨好，谁都不愿意去，于是就扔给杨双庆去做，那些好做的事早就有人分头打点清楚了。

杨双庆这个人几乎从来不发牢骚，他也不急不恼，每天穿得整整齐齐，斜背着布包，布包里放着账本去收账。人家不理他故意晾着他他也不介意，既不离开也不絮叨只是安静地等待。有一次一个叫福哥的商人打了三个小时的电话，等到最后双庆还是没有拿到钱，但是他一声不吭，第二天仍旧穿戴整齐在福哥公司的门口肃立，进进出出的生意人都问福哥门口那个醒目仔是谁，气得福哥叫他的财务经理跟双庆平账，然后叫他赶紧滚。

也有的客户叫双庆陪自己的妈妈饮茶，双庆陪老人说话主要还是倾听，车轱辘话听了一轮又一轮，大家都觉得辛苦，双庆说都不用说话有什么辛苦的，只需面带微笑点头称是或者颔首相应就可以把账收到手，是很划算的事。

至于那个以孤寒鬼出名的商人，很少的一笔款子他叫双庆跑了九趟才厘清账目。双庆也没有抱怨过什么，因为这个商人一次只买一个鸡蛋，认为省到就是赚到，那么只要能收到他的尾数都是意外惊喜吧。

有一天，福哥问杨双庆，你这么年轻怎么会没有火气呢？

双庆答道，我爸说成事的命门是耐住性子，不是发火。

福哥道，不如你到我的公司来做，不管苏老板给你多少钱我都翻三倍。

双庆道，谢谢福哥这么看得起我，主要还是苏老板有恩于我。双庆很聪明，他不围着钱说话，因为他知道轻视钱就是轻视福哥，会得罪人的。谈不拢的事尤其不要得罪人。

福哥沉吟片刻道，我承认你们杨家是块金字招牌，可是到你这里已经是第三代，也没有东山再起啊。福哥眯起眼睛用余光扫了一眼双庆，意思是好名声也当不得真吧。

双庆道，我爸说时运什么时候启动这谁都不知道，但是信誉也是本钱，牙齿可以当金使，承诺可以当支票开。

福哥无言以对，又是他先不淡定了。

终于，杨双庆的特别还是惊动了苏大阔，本来他对这个平头小子只有一个浅显的印象，提到双庆必须提到那一船的红木家具他才想得起来。每年，这样的后生仔从乡下跑上来多如过江之鲫，每个人都怀揣一个发财梦，但是能有多大的造化就全靠个人的努力和运气了。

苏大阔注意到了杨双庆的平稳，同时他的传说也有些不同凡响。渐渐地苏大阔出门办事都习惯带着双庆，感觉用起来顺手还能商量事。

双庆果然也没有辜负苏大阔的青睐，他除了收账还会暗中观察和记录下客户的买卖状况。有一次苏大阔叫他去给客户送银票,他去到公司之后,发现那个公司的老板正一脸怒气地呆坐,印堂黯黑,隔了一会又嘟嘟囔囔地骂人。加上这个公司已经有一段时间生意不好,又与外界有财务纠纷,所以双庆只是找了个借口在公司坐了一会,又把银票带回来了。

果然没过多久,那个老板就卷款跑路了。

这件事让苏大阔对杨双庆刮目相看。

· 5 ·

苏步溪一直觉得自己的内心是一片密不透风的原始森林,神秘而富饶。优渥的生活使她看上去恬静随和,然而心底却十分骄傲。她知道自己是美丽聪慧的,加上衣食无忧,所以幸福得无边无际。

她也不知道是从什么时候开始喜欢杨双庆的。

就是觉得他是射进森林里的一线阳光,一缕春风,一股清泉。或者别的女孩子会觉得少女怀春总是诗,但是苏步溪跟她们的感受完全不同,她突然对自己有了深深的怀疑和耻感。一个正常的女孩子不是应该正经端庄没有邪念的吗,不是应该贤淑典雅而没有非分之想的吗。

并且人家杨双庆对她一点意思也没有,根本没有诱惑过她。他们在一起读书的时候杨双庆如饥似渴,总有一堆的问题要问恩师,步溪觉得自己才是他的陪读。他明明是一个没钱的小伙计,可是在他面前步溪完全没有办法做到颐指气使,总是自动矮了一头似的,有时候还会不自主地看他的脸色。她这是怎么了,她的骄傲都跑到哪里去了,难道她也是半夜想男人想成花痴的人吗。

这太可怕了。

可是她越是惶惑不安就越是陷入一种无法自拔的境地,总是无意中在家里寻找他的身影,只要见到他,天都亮了。

这种感觉并没有给步溪带来多少欣喜,反而是无尽的烦恼。最可怕的是她见到他居然还会有生理反应,远不是脸红心跳那么简单,而是……而是她的全身都是松软的润泽的,这种从未有过的感觉加重了她的耻感。

再繁忙的工作与生活也要有歇息的时刻,苏府也不例外,每逢休息日(当然所有人都是错峰出行),或者是"出粮"[1],大家的神情都会变得舒朗一些,就连平常尤其粗枝大叶的宝珍也会换一身衣服去"行街"[2]。她和阿麦还有小镜子会换上一条簇新的黑胶绸宽脚唐装裤,露出半截小腿,足踏嫣红粉绿的木屐,上面画着飞燕迎春或者月桂飘香。

一般情况下她们最热衷的是趁墟,墟场大多设在寺庙附近,各种摊档、店铺,密密麻麻从寺内一直摆到寺外,各种名花珍果、珠玉古玩、糖果小吃无所不有,所以人如潮涌盈街塞巷,处处语笑喧呼。

---

1 发工资。

2 逛街。

伙计们呢，也是往墟场跑的都是因为好赌，流行的赌博游戏五花八门，掷骰、围棋、象棋、斗鹌鹑、斗鸡、斗鸭，不可胜举。墟场里围成一堆一堆的人大呼小叫，必是烂赌之徒。

这里还搭台演戏，表演吞刀、吐火、顶水缸之类。

不赌的伙计要么是酒徒，跑去喝酒找东西吃；要么就是好色，他们从高第街沿着玉带濠往西走，便开始了花团锦簇步步繁华，只见水面泊着无数的花艇，船头坐着头戴绿巾、腰缠红褡膊的男人，便是娼家的标识，艇女向岸上的男人频频招手呼唤。

每逢假日，杨双庆也和大家一样瞬间消失，跑得影都没有，像是被勾了魂一样。步溪并不知道他去了哪里。

步溪因为要画鱼，所以在家中的院子里养了一缸金鱼，常常蹲在鱼缸前面观察它们的生活习性和形态神韵，细心临摹专心致志。

金鱼美丽却也不寿，步溪便常要去较场路一带买鱼。广州人做生意讲究成行成市，那边有一溜的店铺都是卖观赏鱼的，可以慢慢挑选。有一天中午步溪正在选鱼，无意之中看到杨双庆从她的眼前匆匆而过，手里托着一张咸煎饼一边嚼一边大步流星。咸煎饼微咸，因为和面的时候放进了南乳，所以油炸之后有一股特殊的香味，人人爱吃，卖得满街都是。

步溪实在好奇，鱼也不选了，不由自主地尾随其后，想看看他休息日究竟是在忙什么。

行到山穷水尽时，便是东较场路的南边，立有一排讲古寮，讲古就是北方话"说书"的意思，寮是连排的茅草棚。据说每天正午前后总有上百的人结集此地,大抵中午一时左右开讲。这种"茶档"式已经比"街档"式好太多了,讲古也是挟技走江湖,开街档只能找个空旷且嘈杂的环境,靠丹田发声把故事讲得抑扬顿挫、跌宕起伏、引人入胜。不过必须看天吃饭,收入与天气的好坏成正比,刮风一半,下雨全无。

茶档就好太多,至少头顶有遮不怕日晒雨淋。到时讲古先生据上座,前置一小长台,惊堂木、茶壶、茶杯、小香炉一应俱全。香炉里点着粗香,烧了一截便下来收一次钱,小休一会继续开讲,直到四时为止。

"讲古佬"不止一个人,各有各的受众。最南边的主讲人是年先生,闻说是前清秀才,学问很好,可惜声线带沙。中间的是何先生,也有学问,还把书中所提到的艰深的字贴在壁上,讲完一字撕去一字。其中还有一位先生手持小锣小鼓各一枚,专唱龙舟故事,也算别开生面。

靠北边的这一间便是杨双庆最仰慕的先生,这个人姓黄,中等身材,穿着斯文,不管多热的天都是深色西裤束着浅色衬衫,戴一块看上去挺高级的手表,梳着小分头还抹有发油,棕色的皮鞋。总之讲究的程度和这里的环境完全不搭,因为来听书的市井小民大部分是衣着随便穿件旧衫脚上一双木屐,但是这点冒犯丝毫不影响黄先生的雅致和仪式感。

据说黄先生是马来西亚归侨。他讲古的时候不用惊堂木,如果带一本书就是《世界知识》。

黄先生先讲《三国志》,他也不会声情并茂、唾沫横飞,就是安静地讲,但是他这一片的观众偏偏就可以鸦雀无声屏息静气,有时候还张着嘴巴都忘记了嗑瓜子吃花生。

他说,官渡之战前,郭嘉对曹操说你不必担心袁绍,他一定会失败,因为他出身世家,处处讲规矩摆架子。你曹操是什么人啊,不讲究这些,特点是豁达自然、机动灵活,这就是胜利的先决条件。

然后黄先生就会讲一会人生道理。

杨双庆便在下面默默点头。

黄先生还讲到诸葛亮挥泪斩马谡,这个故事《三国志》上并没有,历史上街亭失守以后,马谡就潜逃了,后来死在狱中。诸葛亮挥泪斩马谡是《三国演义》里面虚构的,这个故事大家都知道,但是有没有想过,诸葛亮这样的高人,难道他会不知道马谡是骄傲自大的人吗?怎么可能让他去守那么重要的街亭啊。

然后黄先生又开始说,无论多么聪明的人都会犯错误对不对,关键是你怎么去处理这个错误。

杨双庆听得聚精会神,根本不知道身后还会有来自苏步溪的目光。

黄先生讲三国都是戛然而止,然后留出一点时间讲世界上奇妙的事。

他说非洲的赤道雪峰乞力马扎罗山,山顶终年积雪,山下的石板上打鸡蛋马上熟,温度相差之大令人惊讶。

他还讲了哥伦布发现新大陆的故事。1492年意大利航海家哥伦布从巴罗斯港启航,横渡大西洋,先后在巴哈马、古巴、海地等诸岛登陆。

接着讲了百慕大三角是一个魔鬼三角。几百年来许多轮船和飞机来到这里就无缘无故地失踪了。晴朗的天气会突然狂风大作巨浪滔天,船上磁罗盘上的指针都不管用了,为什么会这样直到现在都是个谜。

作为对比他又讲了葡萄牙航海家麦哲伦,他于1519年8月率领船队从西班牙向西出发,经过大西洋、太平洋和印度洋。虽然麦哲伦本人在到达菲律宾的时候被当地土著杀害,但是他的船队继续向西航行,最终回到西班牙,历时三年多,完成了人类第一次环绕地球一圈的壮举,并且证明了地球是圆的。

黄先生说海市蜃楼不只在海洋上才有,在沙漠里也会出现,朝着那个方向走就会陷入绝境。

随着黄先生的讲述,他的听众也跟着一起惊奇、恐惧、叹息、长长吁一口气或者干脆哇哇地叫出声来。

看得出来,杨双庆是一个求知若渴的人,虽然黄先生天南地北的见闻没有什么实际用处,但是人只有有了见识,才会认识到这个世界有比吃喝嫖赌更好玩的事。从这个角度说,步溪觉得双庆一点都没有让她失望啊。

像黄先生这样天文地理无所不知的人,同样也吸引着苏步溪,所以她没事的时候也会跑去听黄先生讲古。不过说来也有点奇怪,后来她混在讲古寮的人群里居然一次都没碰上过杨双庆。

然而两个人也不是完全没有交集点,那就是杨双庆喜欢看苏步溪画画,不管苏步溪画什么,只要他碰上了就会站在旁边看，也不说话。以前杨双庆做陪读的时候时间多一些，后来开始干活打杂就没有时间了，偶尔碰上他也还是会看，还是不说话，等步溪画完他就走了。

只有一次，步溪画了一条金鱼，红高头，龙眼睛，鲤鱼鳞，芙蓉燕子尾。还配了一些青色茜草为衬托，更加显现出金鱼娴静自若优哉游哉的神态。

这时站在一旁的双庆突然用手指了指并说了一句，这里该画两个泡泡，说明金鱼在水里呼吸。步溪心想鱼在水里呼吸怎么可能有泡泡，当然她还是画上去了两个泡泡。然后那条鱼就活了。

从此以后大家都说她画的鱼见水就活。

· 6 ·

上午十点钟左右，宝珍叫阿麦去致美斋买天顶头抽，天顶头抽是致美斋酱园的招牌酱油。顺便再买一些酱瓜和五柳菜，酱瓜拿来送粥，五柳菜是用来做五柳炸蛋的，做法是鸡蛋落油镬炸定型之后，用五柳菜勾一个糖醋薄芡浇在上面，是一道醒胃的菜。

阿麦走出苏府，心想这么好的机会我为什么不先去药街走一圈。所以她并没有直奔致美斋而是掉转方向去了药街。

她当然是希望遇到小偶。

毕竟小偶是亲生的孩子，离开的时间越长越会产生刻骨的思念，血亲是会产生心流的，就是只有母亲可以感受到与孩子的血脉相通，是一种扯着心肝的牵挂。她也知道贺太太会宝贝小偶，但是想念是另一回事，是没法克制的啊。

上午的药街还有一点点冷清，广州的生意街全部都是晚上不睡早上不醒，要到中午才渐渐开市。阿麦连续走了两趟，又在贺大夫的药馆喜儒堂前的隐秘处停留了片刻，希望碰巧看到贺太太带着小偶出街的影子。可是这是不可能的，阿麦也知道不可能，但是又管不住自己的两条腿。

只好又转回致美斋买好东西回家，宝珍骂道，你是不是去饮茶吃点心了，买这点东西要这么久吗，我们都要到差馆报你失踪了。阿麦道，有没有这么夸张，难道我去买东西不用排队吗。宝珍道，大上午的排你个头啊，当我不知道你最会耍奸偷懒，不声不响地占便宜，看我不告诉二太太去。阿麦自知理亏也不敢再还嘴，小镜子看了阿麦一眼做了个鬼脸。宝珍仿佛身后有眼，骂道，小镜子，叫你去打扫凉亭，你扫了吗。

当然扫了。小镜子回答得理直气壮。

那为什么没泡茶呢，一会二太太要在那里待客。

小镜子哇的一声跑掉了，宝珍的声音追着她飘过去，记得泡大红袍。随即宝珍的嘴角上扬，她就是坚信苏府如果没有她的存在必定梁倒房塌。

虽然白跑了一趟，又给宝珍骂了一餐，但是真正让阿麦内心里五味杂陈的还不是没见到小偶，本来她也没抱多大希望，只是多跑一趟图个心安，想孩子的滋味太不好受了，就像是一块膏药贴在心口甩都甩不掉，无论做什么事小偶望着她吃奶的样子都会如影随形。

所以与其说她是想到药街碰碰运气，不如说是为了祛魔让神灵可怜可怜她，让她变得心硬一点冷漠一点。

花园里的虎头茉莉开得气势汹汹，香气大杀四方。花匠曾经说过植物也要生在好人家啊。阿麦浇完花，开始收拾大太太的房间，其实也没有什么好收拾的，就是例牌的打扫卫生擦灰拖地。但是阿麦还是喜欢一个人待在这里，可以发一会儿怔。她为什么心情复杂呢？

刚才在药街，虽然门店都没开有些冷清，但是她在几个旱桥洞下看到一些衣衫褴褛的流浪汉，他们或坐或躺，就像一堆垃圾一样无人理会，甚至是死是活都无人知晓。偶尔有行人匆匆而过，阿麦当然也是匆匆而过。

还有一条僻静的巷子里，有几个身强力壮的年轻人围着一个男人痛打，那个倒地不起的男人两手抱头蜷曲着身子挨揍，那几个年轻人神情漠然手臂上还有纹身，他们又踢又打，下手之狠让人心惊胆战。

等到那几个年轻人走了好半天，阿麦才又绕回那条巷子里，那个被打的男人果然还没有苏醒过来，俯身趴在地上看不到脸。阿麦见前后无人便慌里慌张地把那个尸体一样的男人翻过来，看到不是鹏仔才暗自松了一口气。

流浪汉她就不敢走得太近去辨认，但从外形上看也不太像。

所以她才会恨自己，如果被打的是鹏仔那不是他活该吗？

她应该高兴才对,这就是报应,而且是现世报。可是不知道是什么原因,或许是她觉得偷到的是假首饰她也有责任,又或许是她都为他生了孩子,斩断的情丝似乎又有一些飘忽不定。还有就是她总会回忆起鹏仔在她胸前疯狂乱抓的感觉,跟小偶的那块膏药一样也是挥之不去的。

就这样,阿麦一边在心里痛骂自己贱,麦细花你忘了那个在码头上被抛弃的漆黑的夜晚了吗,你忘了吗,你差一点就跳江一了百了了。

可是每每想到他们曾经在一起的情景,又因为短暂而感到宝贵。于是一边又总是会心生一种哀伤和担心,鹏仔,他不会已经被人打死了吧。

她还惦记他什么呢,他跟她还有什么关系呢。

・ 7 ・

随着苏大阔生意地盘一点点地扩张,他的身边太需要一个忠实可靠的、头脑灵活的、办事稳妥的帮手了。显然这个人就是杨双庆。

如果做生意要去外地,苏大阔也只相信杨双庆带着银票去到那么远的地方,天津、青岛、江浙一带更是无数次往返,从来都没有出过半点纰漏。有时候苏大阔高兴了还会给双庆接风,饮得杯落[1]。看到陪在一旁只知道喝酒吃菜的苏虾米,也只有长叹

---

1 喝开心酒。

一声当他透明。

杨双庆最后一次出差是去湖州南浔进高档丝绸,带着一张大银票。南浔是江南丝绸重镇,出产的辑里丝曾是皇家织造的指定原料。

苏步溪至今都记得,杨双庆临走的前一晚她毫无缘由地坐立难安,甚至有些心乱如麻,总是有一种隐隐的不祥之兆,但是具体会发生什么事又甚是茫然。后来她还是决定去找杨双庆,无论如何要跟他说一句话,就是等他这次回来以后有话跟他说。其实说什么她也不知道。

可是杨双庆早早就睡了,熄了灯。这也是他的习惯,出差前一定早睡,不喝酒也不到外面疯跑,因为身处乱世外出还是要打醒十二分精神。

所以就是这么一句话,步溪也没有说成。

她半夜才迷糊过去,第二天天没亮杨双庆就出门了。

这一去杨双庆就没有再回来。开始还以为有什么特殊情况耽搁了,后来日子一天天过去,不但不见人,也没有带信回来,如同人间蒸发一般。

渐渐地坊间出现了好几种说法,大家都比较相信的是他遇到劫匪被杀了,或者舟车劳顿又去的是水乡,可能失足掉到水里淹死了。只有很少的几个人说他肯定是私吞了苏大阔的银票,以前的扮相无非是想憋个大的。但是这种说法没有什么市场,大家还是相信杨双庆的人品。

这件事最受打击的当然是苏步溪,隔了一段时间她就生病了。

同时苏大阔受到的打击也不小,表面上他从不跟人提及这件事,甚至杨双庆这个名字都不要在他跟前提。但是他自己跑了一趟湖州南浔,又回了一趟潮汕乡下,都没有找到杨双庆的半点线索。

这个人就这么消失了。

· 8 ·

苏步溪提着贺大夫重新添补的鳖血柴胡回到了严家。

师娘问道,贺大夫说要增补的药拿回来了吗?步溪道,拿回来了。师娘道,那就赶紧煲上吧,我们都等半天了。

步溪答应着去了厨房,她把新拿来的一包中药倒进药罐子,先用水泡上半小时,再用武火烧开,然后再用文火慢慢熬。怎么煮中药是贺大夫教给步溪的,小火咕嘟的时候,步溪心想,贺大夫还真是了不起的人物,如果我是一个男人一定拜他为师,将来也悬壶济世受人敬重。

也许是带有一种赎罪的心境,步溪开始认真地熬药,她也不再以"无事绝不近身"的态度对待严瞳,有时候还会进房间问问他要不要喝水。

过了差不多两周的时间,严瞳的身体渐渐有点起色了。

有一天晚上,他竟然提议叫步溪扶着他到院子里走一走,否则腿都软得迈不开步了。步溪架着严瞠,一只手还要扶住他的腰,好在他的分量也不是太重,他们在院子里很慢很慢地兜圈子。

严瞠微微有一点喘,步溪下意识地轻轻拍了拍他的背。

严瞠说道,步溪你是一个好人。

步溪心想我哪里是什么好人,正不知道该怎么接话,严瞠自顾自地说道,你是好人,你看破不说破,自从你去一品面店找我一直到现在,从来没有说过我一句,就是我的父母也做不到啊,没人的时候我妈会数落我,我爸,他停顿了一下继续说道,我爸一杯茶水都泼到我脸上了。

停了好一会,步溪才低声道,他们是心疼你。

我知道他们心疼我,但是不理解我。严瞠回道,步溪你是读过书的人,你说情为何物,在别人眼里用一个字说,就是傻,两个字,就是不值。

我怎么会不知道呢。

可是我就是喜欢她啊,一闭上眼睛满脑子都是她。有什么办法,我也不想这样啊。严瞠的眼泪流下来。

那一天晚上的月亮圆得跟饼似的,月光下的严瞠孤寂无助。

她肯定也是想起了什么,哭了。

她感受到了严瞠的感激和一点点不理解的目光。

第五章

· 1 ·

夏天过去了。仍旧热烈的风尾会掺有一丝寒意,就像美人的发梢滑过肌肤,那么不经意地一闪而过。还有一个不太显著的标识是遇仙馆里的花草绿植都不再那么盛气凌人了,即使繁茂也有一些不为人察的慵懒疲惫。

昨天晚上心娇没有睡好,半夜醒了两次。原因是肖副官跟她说,吴将军的上司过两天要到家里来吃一顿便饭,具体时间待定。

他的意思就是要心娇做好准备,毕竟吴将军的家宴名声在外,竟然都惊动了自己的顶头上司,那就没有理由不隆重对待,可是人家定的调子又是便饭简餐,而且人家山珍海味飞禽走兽什么没吃过,再上那些鲍翅参燕简直就是愚蠢的行为。吴太太脑子都想爆了,说是做一桌精美素食,吴将军听了直摇头,一群铁血男儿全是吃素的,也不是那么一回事。

心娇这一头呢,也给难住了。因为心娇的弱项就是做饭,在妙合的时候试过炒菜,一等一的难吃。

学了好久,还是难吃。梅贵姐手把手地教,还是那种没人动筷子的无法下咽。

她也傻了眼。

下午约莫四点钟,心娇便到茶室外的回廊处等着迎接梅贵姐的到来。她一大早叫好彩到妙合送帖子,请梅贵姐下午过来一趟。按照约定时间,好彩已到后门处等门了。

须臾,好彩引路,梅贵姐便一摇一摆地走过来了。

她穿一件姜黄色底上缀着胭脂红小碎花的旗袍,平底皮便鞋,最时尚的玻璃丝长筒袜,淡妆。远观近看都是日历牌上的那种美人,也难怪老男人都喜欢跟她搞暧昧,说些体己的话。有一个姓易的客人是开报馆的,自称下半身休眠没有武功,还是常常到妙合来开大厅,带着朋友过来喝酒聊天只为了给梅贵姐撑场子,说梅贵姐才是女人中的女人。

梅贵姐是讲究人,即使见熟人、入深院也不会空手,她提着一小竹篮龙眼,个个饱满滚圆,递给心娇,淡淡道,泰国的品种,肉厚多汁清甜得很。

两个人在茶室坐定之后,先喝了三道茶又寒暄了几句,心娇便道出了实情,又说吴将军的这位上司是客家人,客家菜翻来覆去就是酿豆腐,根本就是无米之炊。梅贵姐听了以后一直没有作声,然后从自己的镶着细珠亮片的手提袋里拿出纯银烟盒,点着了一支烟。

梅贵姐这个人称得上百变成精，她有时候天真得要命，无辜卖惨，有时候又如千年老妖目光如炬，眼神能穿透人的内心。此时她徐徐喷出一个烟圈，漫不经心道，那要看你肯出多少钱了，而且我要三成的订金。

心娇道，这张空白银票就押在你那，事后填数你说了算。说完便把手边的一个白色信封推到梅贵姐的面前。

梅贵姐把信封装进了手提包，脸上闪过一道落袋为安的似笑非笑，这才掐灭了半截香烟，吊起一根细长的弯眉道，你先带我看看院子和餐厅吧。

院子里有紫藤、素馨、桂花、秋海棠、茉莉和三角梅，当然无竹不成园，有一片竹林浓密异常，无风的时候也感觉风正萧萧。各种绿色的植物深浅参差，其间松杉叠翠。池塘自不必说了，池边还有柳树和芭蕉。

餐厅也没有什么特别，除了名贵的满洲窗，餐桌和椅子都是进口木材，颜色暗深，沉稳厚重。推开餐厅一面的落地门，便是通向院子的大阳台，从餐厅到阳台的木地板全部镶了黄铜。餐厅只在楼梯的两侧挂了两幅瓷板画，瓷如少女肌肤洁白紧致，胎似蓝宝石一样通透明亮，画面只是青花瓷山水小品，然而品质和品位都让人叹为观止。

回到茶室之后，梅贵姐沉吟片刻道，我看你这里也只适合做一桌青楼菜。

心娇听说过青楼菜但没有吃过，不是因为贵而是太麻烦。传说这些菜都是当年那些曼妙的女人为了留住恩客创作的隐秘菜单，并不轻易示人，后来就变成了虽然手工繁复但可口的家常小菜了。

吃的就是一个神秘和功夫。

这套菜还有人会做吗？心娇问道。

梅贵姐解释说，高手在民间，她认识的一个女人特别会做隐秘菜单，姓钟，人称钟小姐，年轻的时候是个美人，身材窈窕，五官就像画上去的那么完美，大眼睛樱桃嘴睫毛往上翘，皮肤还细如凝脂。所以呢，就被一个官员收作外室，给她买了大院子大把的银子供着。

其实这种生活也没什么好羡慕的，男人就规定一条，断绝和外人的一切来往，麻将搭子也不许见。还不是杀人于无形。

钟小姐是个心气高的人，最适合做官太太，可是没名没分的做不成，闲来无事的时候就开始琢磨做菜，越麻烦越好，收集各种菜单子关在房子里试。她的舅舅舅妈都特别会做菜，就请到家里住着，一边研究菜式一边上手教她。

她痴迷到什么程度呢，日本八百善店主写的料理书都被她找到，叫作什么，让我想想，对，叫作《江户流行料理通》，据说里面有很厉害的创意料理。她也不认识日文，就靠看图猜里面的汉字确认什么菜和什么菜搭配。后来找了个学生翻译这本书，人家把书送回来了，说太专业了看不明白。

现在她老了，将近五十岁了，男人给了她一笔钱把关系断了个干净。还自创了一套说辞，说是即便是男女之情，该道别的时候就好好道别彼此留个念想，从来好聚好散才是正经。

不过这个钟小姐一辈子够"硬净"。她不来那个伤春悲秋顾影自怜,一样过得岁月静好。高兴了就下厨做几样小菜招待朋友,只做熟客生意,事先预订,全额付款,没有菜单只凭她临时起意。再多说两句她就不做了叫账房退款。

可不像我们这些人为了钱从早笑到晚,赔尽了小心。

说得心娇一阵心酸。

梅贵姐走的时候嘱咐心娇,我走以后你就办两件事,一个是你家院子够大,你给我在僻静处搭一个临时的卷棚,要有你那个厨房三个那么大,你那个厨房太小了,不行,要砌四个灶台,还要买最少两个料理台。第二件事找好十个精壮的挑夫,吃饭那天一大早就去白云山九龙泉挑水,钟小姐泡茶做菜都得用,一定要是九龙泉的,付费贴封条的那种,别的她可不认。

心娇暗自倒吸一口冷气。

梅贵姐幽幽笑道,谁说麻烦不值钱,麻烦才是最费钱的。

心娇撇了撇嘴,没有作声。梅贵姐看穿了她的那点小心思,道,只有穷人才想着怎么省钱,什么以小博大以弱胜强,都是些没影儿的事,凡事要想做成个样子,银子和功夫都要用足,还都要用在看不见的地方。

说完这才一摇一摆地走了,心娇要去送送她,她头都没回地挥了挥手。

· 2 ·

暮色四合的傍晚,一管洞箫若隐若现地吹奏着《天光云影》,寂寥呜咽。遇仙馆今天设局宴客,虽然没有佣人林立、蓄势待发的架势,但是过分的冷清让人想到大战前的片刻宁静。

心娇从茶室的窗户往下看去,只见肖副官引路,吴将军陪着他的上司走在前面,后面跟着两位同僚,神情稍显拘谨,边走边四处张望,肯定是第一次进这边的园子。走在最后的是上司的副官,姓马。马副官个子不高,还有些驼背、谢顶,但是两眼总是放射出鹰一般的光芒。据说他是个笑面虎,而且很难取悦,但是颇得上司的信任。

吴将军的这位上司也是武人文相,看似温和实际上清高有架子,同样是目光锐利略带嘲讽,是骨子里的不可一世,怪不得吴将军那么小心翼翼。

这一群人全都穿着便服,硬领的白衬衣束在军裤里。

一行人步入餐厅,迎面最宽的那面墙上挂着一幅南宋马远的《云舒浪卷》,是梅贵姐花钱叫老顾临的。马远下笔严正,雄奇简淡,喜欢大幅空白。微波平远却有一个抬起的浪头凛然咆哮,寓意悠长。

这幅画前两天才挂上,老顾临得用心自然多费了一些时间。梅贵姐带了两个小工来挂画,心娇看了这幅画道,老顾还是喜欢梅贵姐,细微之处是动了感情的。梅贵姐笑道,喜欢有什么用,还不是穷鬼。心娇笑道,可是老顾还是有气节的。梅贵姐淡淡道,整天跟着我们混就别谈什么气节不气节了,他哪里会不喜欢娥姐的钱,没看上罢了。

心娇用手背掩住嘴笑。

第五章

客人落座之后,先来一道清茶。

德化白瓷细胎的餐具,象牙筷子,茶水微凉清澈令人心定神闲。

这茶水是钟小姐自带的小泥炉,用炭火烧出来的九龙泉水泡制。

客人说了一阵子闲话,肖副官拿起桌上的一把旧折扇,打开放在餐桌中间,上面写着今晚的菜单。

先是每人一小碗的杏仁猪肚汤,半点油腥都没有,只有猪肚单纯的纯正清香,因为融合了杏仁和白胡椒,汤色洁白并没有任何沉渣,这就要求食材品种讲究且绝对新鲜,否则汤品不可能那么爽口开胃。

梅贵姐说,钟小姐买重要的食材是不让人跟着的,也不让人送上门,就是自己出街搞掂,有时还要跑好几趟,但也绝不肯让任何人代劳,哪怕是配料南北杏她也不会告诉你是在哪家干货店进的货,全部是她一家一家品尝对比之后得出的结晶,自然不能轻易示人。

所以她做的菜独一无二,还学不来。

今天早上不到五点钟,天还没亮,只有叽叽喳喳的鸟叫声,钟小姐就出现在后门口,她是坐人力车来的,带了两个厨子,四个小工,全是男人,还有一辆推车装满了炊具、餐具、食材、作料,柴和炭也是自带的,一顿饭要带一条队伍,浩浩荡荡的,也是没谁了。

心娇站在后门迎接,心想这顿饭吃的是人力、物力和财力。

幸好心娇提前半个钟就在此恭候了,否则钟小姐先到了那就是失礼。闲来无事她还跟后门的门房胡子叔聊了一会儿。胡子叔原来是吴将军的马夫,因长了一脸络腮胡子,大家就都这么叫他,已经不大记得他的本名了。胡子叔没什么文化但是忠诚有加,素喜沉着,一张脸人穷志不短那种,就被留下来做看更[1]。他是山西人,懂得节俭,却拒人于千里之外,绝不占一点小便宜。

一开始他看都不看心娇一眼。

心娇知道这样的人性躁心窄,可是自己认识的人在后门进进出出,和这位门神抬头不见低头见,较起真来大家没面子。心娇心想,但凡是人就必有软肋,她发现胡子叔好喝一口,就把吴将军喝剩的酒倒到旧的军用水壶里,壶身不起眼的地方贴一个标记,拇指盖大小的圆纸上只有一个"仙"字,表示是遇仙馆送出去的,然后让好彩放在门房的窗台上,不经意的样子。

酒肯定是好酒,吴将军喝的酒并没有牌子,瓶子上深绿色的张贴纸写着"军需专供"四个大字。

一来二往,时间长了胡子叔的脸就绷得没那么紧了。

此刻见心娇在门口等人还特意给她拿了张凳子。

两个女人见了面难免相互打量,当然也是一瞬间的事。只见钟小姐穿着一件豆绿色的旗袍,淡施脂粉,手拿一把檀香扇,头发像是新做的,大波浪散满香肩,她戴一双白色的丝质手套,

---

1 门房。

配白皮鞋、白手袋，一副来走亲戚的模样。

她的五官精致，虽说有了年纪，又是在南方这么湿热的水土环境，但皮肤竟然保养得白皙而且细腻润泽，身材也没有半点走样。是个冰山美人。心娇毕恭毕敬道，劳烦姐姐了。钟小姐欠了欠身子道，客气了。见心娇并没有金主的轻狂，姿态也柔软下来。

接下来是每人一份的四小件"想不到"，装在一个白瓷盒子里，有四只碟子。一碟是像黑色药丸一样的菜品，每碟也就四五颗，颗颗干净利落没有汁水，吃到嘴里才发现是梅菜扣肉。第二碟看似白萝卜片，其实是香瓜片里面夹着一层西班牙火腿，显现出大理石一般的花纹。另外两只碟子一碟是冬菇模样的脆皮婆参，和传说中很难吃到的"礼云子"。

礼云子就是蟛蜞膏。蟛蜞是蟹家族的小弟弟，比一块麻将牌大不了多少，它的籽更是少之又少，刮出来做成蘸料叫作礼云子。最后的这碟焖柚皮就是用礼云子来提鲜。

搭配的是烫过的黄酒。

这时吴将军的上司吃出一点感觉来了，不禁道，老吴你还跟我留一手，深藏不露啊，有人跟我说你家的饭好吃，我想就那个签子馒头[1]哪叫好吃，顶多就是有特色吧，但是这桌菜看着普普通通怎么这么好吃呢。

吴将军一时接不上话来，高兴得直挠后脑勺。

1　山东的一种做成竹签子形的长馒头。

老马见肖副官暗自得意，不觉道，老肖啊，你这桌子菜我承认是请高手做的，但是传菜的都是些青瓜蛋子勤务兵可差点意思啊。

肖副官笑道，老马你别急嘛，渐入佳境渐入佳境。

马副官没说话，满脸写着就你这么个小园子，能翻出什么花来。

不知不觉天黑了下来，晚风阵阵，应该夜宴这才正式开始。

一位琴师手拿京胡走了进来，行过礼后说道，为了给各位军爷助兴，我们这边准备了京剧唱段《武家坡》，请问可以开始吗？

马副官回道，开始开始。

琴师坐定，拉响了过门，只听得一把平实暗沉的声音由远至近，"一马离了西凉界——"唱腔尚未落音，上司猛拍一下桌子叫好，然后兴冲冲地挽起白衬衣两边的袖子，据说这是他的招牌动作，只要一高兴就挽袖子。

这时心娇背对着观众疾步出场，手拿一根戏用的马鞭子，转身，亮相，"不由人一阵阵泪洒胸怀——"心娇穿一身城墙红色的长衫，全身上下无一饰物，梳着背头，所有头发抿于脑后一丝不乱，妆容俊朗。上司这回没有叫好，因为他想不到这样的声线出自一位如此弱小的女性，"青是山绿是水花花世界，薛平贵好一似孤雁归来"。

一曲唱罢，满桌的人都鼓起掌来。

吴将军叫过心娇，叫她给上司敬酒。心娇将手中的马鞭子交给琴师，走到桌前端起一杯酒双手示意，一饮而尽，大伙也都纷纷干了。心娇说道，"各位军爷请移步到阳台，今晚的贵客赏花也是重要的一道菜啊。"

于是大伙便跟着心娇来到阳台，随着叭嗒叭嗒的开关声响，池塘边上所有的探灯都打开了，光明达曙，如是积日，只见刚才还是镜面一般的池水里，半塘的荷叶荷花仿佛从天而降，它们相互簇拥结伴而来，荷叶伸张开阔让人想到"接天莲叶无穷碧"，更衬得荷花亭亭玉立，宛如刚刚出浴的美人，微风过处送来缕缕清香，不经意间的丝丝颤动尤显静美异常。荷花有粉色、红色两个品种，粉色为"彩云飞渡"，红色又称"案头红"，穿插恣意，相映生辉。

这又让宾客惊掉了下巴，回想傍晚穿园而过不曾见到一花一叶，就连吴将军也不知道这是怎么一回事。

其实也没有什么神奇的，心娇在池塘里搭了铁架子，上面放着若干大型水柜，里面种植了名贵的荷花，然后将池塘注水淹没花顶，待天黑后开始放水，满池荷花便水淋淋地出场。

池塘边上，锣鼓喧天，只见两位妙龄戏子身穿中式白衣白裤，手持长剑正在排演京剧《聂隐娘》中的紫云剑舞，杀得难解难分，甚是热闹。

众人看得眼花缭乱，争相喝彩。

转过身来，大伙余兴未消地回到餐厅，但见满室薄烟缭绕，两只小鼎一般大的白瓷香炉立在餐厅的两侧，蒙蒙满室，霭若云雾，而无半点烟火之烈。据称用的是"宣和御制香"，相传宋徽宗常以此香赏赐近臣，备受香家推崇。香方记载：合香用沉香、檀香、金颜香、背阴草、朱砂、龙脑、麝香、丁香汇制而成，香气冷峻，华而不俗。可解心中郁闷，缓解心情，醒神开慧。

香雾之中但见一排红粉兵团，梅贵姐带着众姐妹盛装迎接，红姑、绛真、仙蒂、举举、咪咪，又有两张新面孔分别是蓝殊和鹤春，无不金钗花钿，翠绕珠围。

梅贵姐还搬来了大喇叭的留声机，放在乌木的餐边柜上，黑胶唱片缓缓地绕着圈子，一个慵懒的女中音唱道，"我不管你是谁，在你的怀里沉醉……我和你形影相随，尝一尝风流滋味……"靡靡之音在烟雾中缓缓流淌，是钢筋铁骨都难以抵御的迷情软香。

"梁上燕子双栖双飞，池里鸳鸯游去游回……我不管你是谁，在你的怀里沉醉……"

金粉红尘也可以搅动风云，吴将军上司的眼睛笑成了月牙状，露出男人少有的欣喜与天真。众人也为之乘兴开颜。

餐桌换成了大台面，餐具也撤去素瓷换上了广彩，颜色繁丽明艳，小小的碗碟上挤满了男男女女在春天的庭院里下棋、踢毽、饮酒、赋诗、作画，孩子们嬉戏奔跑、捕蝶摘花，稍不留神就会从碗边跌落下来吧。广彩的颜色更是将水绿、湖青、茜红、茄紫、胭脂等无差别拥堵在一碟一碗上，好不热闹，说是仿造西洋画法加以彩绘，洋人就喜欢这种云集繁盛之感。

添酒回灯重开宴。

上来的第一道菜是"见手青"，见手青是牛肝菌伤后变蓝故而得名。钟小姐将其用毛茸茸的南瓜叶擦洗干净，大火蒸，轻过油，把烧得滚烫的鹅卵石放在生铁的托盘内，将见手青倒在鹅卵石上，听到一声爆响之后只撒少许白芝麻，顿时香气四溢，口感鲜美。

还有一样菜也是美味异常，就是取鸡腿中间的部位，去骨，然后把黑松露裹在夹层里面扎紧。黑松露味道浓郁独特，闻到它的气味犹如感受来自女人的魅惑。这样的鸡腿再用新鲜的荷叶包住，用浓厚的鸡汤慢火将其煨熟。端上桌来依旧是鸡腿肉的样子，味道却是惊艳清香自成一格。

这道菜的关键还是选鸡，钟小姐也还是秘而不宣，鸡的品种、年龄、喂食、生存环境都有讲究，老虎钳也撬不开她的嘴。

莺莺燕燕之间，马副官一脸诚恳道，这是什么菜系啊，怎么这么好吃。

肖副官笑道，老马你就别装了，谁还不知道你有几个老相好。

马副官假装一怔，然后瞬间脸上笑成一朵怒放的菊花。

再板正再诡谲的男人你都不能说他没有女人缘，那就真正是得罪他了。肖副官对心娇这样说道。

· 3 ·

曲终人散,喧嚣渐远。此时已经是凌晨两点了。

钟小姐叫她带来的伙计们收拾了餐桌,撤下大台面,端上来几样小菜,和心娇与梅贵姐一起吃消夜。三个女人各自斟了一小盏黄酒,围坐在餐台前都暗自松了口气。心娇举杯敬道,两位姐姐辛苦了。

两位姐姐相互点上烟,深吸一口,然后用手轻轻挥散吁出来的烟雾。

酒这个东西有时候就像是一个解锁器,只要喝高了都会有些情不自禁。钟小姐喝得脸色微红话也多了起来。她的本名叫钟月蓓。

她说她小时候,母亲也是漂亮的,对父亲也一往情深。父亲爱喝母亲亲手酿制的李子酒,母亲就找来翁源的三华李,有一个品种叫作紫皮黄肉,量非常少所以价格也贵。晚上清静的时候,母亲一个人洗净李子,先要用盐水煮一道,然后去核,再在表皮划上几刀泡在薄荷酒里,要放大量的冰糖,出来的酒色渐渐粉红。母亲做得非常仔细,似乎在回忆曾经的甜蜜。

可是父亲有一次出远门就再也没有回来,很久以后才听说他在外面又有了一个家。母亲后来说,哪怕他托人告诉我们他死了,我都不会怨他。

自那之后,母亲就总是告诫她女人要懂得自立,因为男人根本靠不住啊,好的时候有多恩爱变的时候就有多无情。幸亏母亲手上还有一个杂货店，否则她们母女俩吃饭都成问题。告诉她们父亲近况的朋友问到了父亲的新住址，好像是在杭州，那时候拖儿带女寻找丈夫的人也不少，不能算丢人，但是母亲留下了那个地址，却没有找上门去。

看到了就更扎心。母亲嘴上虽然硬气，身体却不争气，不久就因为怄气而生了病，又不肯休息，终日一声不吭只埋头做事直到累倒，拖了两三年就走了。那坛李子酒也没有人碰，最终和房子一起转让给别人了。

所以，钟小姐在男人堆里混饭却从来就没有相信过任何一个男人，哪怕甜言蜜语，哪怕金山银山。母亲走得太可怜了，日见枯萎然后油干灯灭。走的时候还对她说，我有哪点不好，你如果知道就告诉我，也让我走得明白。钟小姐说得声调平缓，波澜不惊，一切与己无关的样子。

梅贵姐不说话，只是微微扬着下巴吸烟。她在上海时曾经做过百乐门的舞女，后来跟着一个商人来到广州，才知道那个男人已经有家室，并且根本没有给她租房子，只让她在他的表亲家暂住。

那个商人的表亲家在郊区，有一栋看上去还富裕的三层小楼，其中第二层都是商人的，据商人说他对表亲一家多有照顾，整栋楼也都是他出资买的。可是他十天半个月不来一趟，表亲家里所有的人都不跟她说话，就是那种氛围杀人的环境。上海女人多讲面子啊，她算是回不去了。但是梅贵姐也知道，再待下去会死在这个瘴疠之地。

本来她想跟商人好好谈一次，了断这层关系，拿到一笔遣散费。可是呢，在上海的时候商人是大方的，不仅给她钱还带着她吃饭喝茶跟人谈生意，答应她到广州就明媒正娶，否则她也不会那么高调地离开上海。

然而广州不是她的地头，有些话就讲不出来了，哪怕是吃了哑巴亏。

趁手上还有一点钱，梅贵姐找了一个晚上连夜出走，住在事先订好的旅馆里，然后去一家夜总会当了坐台小姐，成为勾魂的白玫瑰。

餐台上有一碟小菜是盐烧小斗鲳鱼，表皮焦脆，里面的鱼肉洁白鲜嫩，吃到嘴里汁液饱满。刚才在夜宴上也是独树一帜，被客人们赞不绝口，心娇品尝之后也被惊艳到。钟小姐道，这个菜我给它取的名字叫"一将功成"，小斗鲳并没有多贵，只是无细刺，关键是瓦煲底要放一层肉厚又无筋的老姜，再放一层独头蒜，然后把小斗鲳架在上面，从头到尾都是大火，然后溅酒，白兰地。老姜的底都成炭了，瓦煲也裂掉不能再用，这菜才算烧成，就是简单的去腥，鱼肉不仅保有原味，而且汁水丰富还有淡淡的蒜香。

心娇笑道，钟小姐不是不教人做菜的吗。

钟小姐垂下眼皮掸了掸烟灰道，教给你你也找不到肉厚无筋的老姜啊。说完对着心娇淡淡莞尔。

两位姐姐还对心娇说道，你就好啦，正当红又受宠，可是女人的好时光真的是太短暂了啊,也就是一季的花开花落。

谁说不是呢,心娇的眼前闪过自己的扑通一跪,每个人的悲凉都是冷暖自知。繁华过往,寂寥生烟。

难得钟小姐高兴,在夜宴的尾声,最后亲手做了一小锅桂花鸡头米的糖水,在场的客人每人只得半碗。鸡头米雪白润滑充满了不确定性,吃到嘴里又有一点弹脆半点酥爽。这样的食材不是贵重而是难找,并且,桂花糖水煮好之后,鸡头米下锅只得三十秒,好吃与否全在钟小姐的手感。这款糖水也让夜宴收场收得令人浮想联翩。

宾主分手的时候小脸都红扑扑的。

天快亮的时候,心娇才沉沉地睡去。

第二天醒来已经是上午十点时分,昨晚怎么送走的两位姐姐完全记忆模糊,幸亏一直有好彩陪着,应该没有出什么疏漏。

再看餐厅整洁如故,好彩说是昨晚钟小姐走后她的伙计们收拾的。外面的卷棚一大早肖副官也让人拆除了。

一切就像没发生过,真的是如梦如幻啊。只有半池子的荷花静立盛开,让人回味起昨晚的纸醉金迷,步步生辉。昨天夜里的高潮部分是心娇和吴将军的上司对唱《武家坡》的片段,上司反串旦角,男声并不尖厉反而软糯,一只手还在餐桌上轻轻打着拍子,"忆昔当年泪不干,彩楼绣球配良缘,平贵降了红鬃战,唐王犒封我督府官……"

心娇接唱道,"黄沙起烽烟漫,到后来我番邦驾坐在银安，那一日宾鸿大雁衔罗衫，才知道三姐受熬煎……"

而后两个人合唱，"啊我的妻王氏宝钏（我的夫薛郎）……我（你）不该心起疑窦，我（你）不该口吐轻言，落得个忘恩负义，宛如欺了天……待我将这一十八载从头说一番，方知我（你）薛平男昼夜回家赶，只为夫妻两团圆。"

这一段合唱可谓行云流水，珠联璧合，获得满堂喝彩自不必说。吴将军的上司大喜，把白衬衫的两只袖子撸平又重新挽了一遍。

一曲唱罢，呈上来的新菜是一碟腌雪牛肉，青楼菜嘛，既要刁钻又要普通，通常都没有什么隆重的鲍参翅肚登场。然而这一道看似稀松平常的小菜却非同凡响。首先当然是肉好，雪花，又称脖仁，位于牛肩背脊前端，与牛颈相连，肌肉运动相对频繁，这一部分的牛肉有似大理石一般的花纹，因而得名。其肉质细腻香嫩爽滑，通常一头牛只能出700克左右的雪花肉，所以在市场上根本踪影全无，也只有钟小姐有专门的供应商，而且从杀牛到炒肉上桌不能超过六小时。至于这道菜是怎么出现在此时此刻那就只能靠猜测和联想了。

这还不是最令人称道的，点睛之笔是它用的调料为"腌雪"。腌雪，就是将北方连下数日的鹅毛大雪储蓄在缸内，一层雪一层粗盐层层固叠，至差不多缸满盖好即成，待到夏天方可取用，说白了就是盐水。这样的盐水夏天炒菜时舀一勺，可令肉色鲜红瓜菜翠绿，味道清新别致压倒一切酱料。

此方出自清人顾仲所著的《养小录》。但广州无雪，据说是钟小姐的朋友送她的礼物，大多都是传说。

不过这还算不了什么，最令心娇称奇的是，梅贵姐说钟小姐为人慈悲，说钟小姐认为只有品德高尚的人才能煮出好吃的东西。

做菜做出了境界还真让人始料不及，难怪梅贵姐左挑右选，阅过千帆皆不是，没有请大饭店的高厨，她说高手在民间。果然，这道腌雪牛肉好吃的程度的确无可复加，一人一筷子瞬间光盘，回味无穷，在场宾客无不交口称赞，就连生性悁悁[1]的马副官都对着肖副官频频点头，表示服气。

心中的一块石头落地，心娇昨晚睡得也是四平八稳，所有发生过的喧嚣都不复存在，寂如深渊。清晨她醒过来一次，意识恍惚地听到从天边传来的隐隐约约的晨钟暮鼓，声声肃穆，由远至近渐渐清晰。可是她困得实在睁不开眼睛，又一次昏睡过去。

刚才，她问好彩可曾听到，好彩一脸茫然地摇了摇头。

· 4 ·

广州城旧时的繁荣都是从"吃"开始的，到了民国时期，各种茶楼酒楼更是开得如火如荼，遍布六街九陌。听听这些名字：祥珍、成珠、涎香、巧心、枕江、醉观、天如、玉波，简直堪比当红妓寨的花名册。仅长堤一地，就有东亚、一景、金轮、金龙、大东、大同，数都数不清。总之市内的各种食肆多达

---

1 挑剔。

一千二百家,可谓天天爆满,夜夜笙歌。

茶楼、酒楼之外的街头巷尾,便是"经济时菜""平民食堂",穷人也有穷人的美食,最常见的就是粥、粉、面,以及各式小炒。这些小店之间哪怕有道缝,那也要收拾妥帖,放张桌子卖糖水,芝麻糊、花生糊、杏仁糊、绿豆沙应有尽有,香气扑鼻,只得五个铜仙一碗。

这就是广式的黄金时代,所有商行的开张尾牙、商务宴请,人们的婚丧嫁娶、满月寿席、人情交往、同乡联谊,包括节假日、时令、节气等说辞都不过是找个理由吃饭而已。

广州人爱吃,这当然是没有问题的。但是每天茶馆酒楼食客如云,还有一个重要原因是这里是各种小道消息、八卦新闻的集散地。在一片片"起筷起筷""饮胜饮胜"的喧嚷声中,谈论着时局、政事,包括家长里短,尤其是富贵人家的豪门恩怨倒霉事,那才叫身心俱爽啊。

有人谈论起遥远北方发生着激烈战事,国军流血抵抗草民四处流亡,说得嘘唏不已,然而马上就被新的美食盛事所淹没——大三元酒家推出六十元大裙翅"益街坊",食客趋之若鹜,那是挤破脑袋都必须吃到的呀。

眼下,中秋节临近,每个广州人都在规划着自己的吃喝蓝图。这个国家到底是谁话事[1]关我们鬼事。

经过家人的细心照料,严瞠的身体渐渐好起来。主要是可

---

1 掌权。

以吃东西了，不像在这之前毫无胃口，面色死灰，现在胖了一些，脸颊也有了一点红润。每天步溪都给他精心煲药，还时不时地扶着他在院子里散步，讨论一些关于法国文学的话题。在这一方面，步溪感觉严暄还是才华横溢的，可以滔滔不绝讲好一阵呢。

可能是家里度过了最困难的时期，恩师脸上的神情也开始有所松动，不再那么僵硬刻板冷漠忧愤，师娘就更是有了一点点守得云开见月明的喜悦，家里乌云压顶的氛围得到了扭转。

眼下又到了中秋佳节，于是恩师便下帖子请亲家公苏大阔两口子到家里来吃个团圆饭。

本来呢，师娘的家常小炒做得是不错的，但是她知道步溪的母亲二太太的厨艺了得，自己那些家常菜简直没办法见客。

整整一个白天，步溪都在厨房帮忙，基本就是给师娘和阿勤打下手，因为她会干的事情也很有限。想到自己有可能做一世人就是师娘的翻版，几乎饼印一样，步溪不觉悲从中来，她一边剥红葱头一边觉得眼睛有些隐隐的刺痛，似有泪雾，她想起母亲的话，女人要过得太平就是一个忍字。

师娘和阿勤一大清早就跑到菜市场排队，买了上好的牛肉，准备烧牛肋骨肉。摆出来打横放一根牛大骨，下面是两排看着新鲜紧致却口感厚实酥松的牛肉片，镇在餐桌上天生有一种隆重感。然而这个菜是看着简单其实大有功夫。而师娘最大的问题就是发挥不稳定，只有一次做得非常成功，这得肉好，手法好，还要心情好，天气也不能太差，如果湿热沉闷就不要做这道菜。

师娘分了心，这个菜就做砸了，不知道怎么回事牛肉硬得咬不动。还有一个风靡坊间的"鼎湖上素"，用的是西园酒家招牌菜的菜谱，选用上等斋料"三菇六耳"，即香菇、蘑菇、草菇、石耳、黄耳、桂花耳、白背耳、榆耳、雪耳，配以竹荪、鲜莲子、银芽等作料煨透。师娘也是照做，备料就备了三四个钟，结果做出来索然无味一点都不好吃。

师娘急得脸色通红，满脑门都是汗。

阿勤和步溪也只能傻呆呆地看着她，脑子空白。

这时已经是下午将近五点钟，客人都上门了。幸亏母亲带着宝珍过来，宝珍穿得一身光鲜拎着食盒。这是步溪最佩服母亲的一点，她料事如神却又不动声色，准知道师娘会搞砸。也不是只有师娘会出偏差，但凡自己认为最重要的事却办砸的例子就太多了。

母亲带了一只做好的烧大鸭，鸭肚子全部掏空，装进花胶、牛筋牛肚、腊肠，然后将鸭肚子重新缝上，与四两烧肉和母亲自制的一种咸菜一起烧成，菜名叫作"金玉满堂（膛）"，打开鸭肚子的那一刻香味像雾气一样弥漫开来令人晕厥。尤其腊肠，必须是沧州栈的出品，他家的腊肠非猪的前后腿肉不用；肠衣是自家伙计制作；料酒一定是正牌江西回龙酒；上等的白砂糖；生抽运回店内要重新晾晒、一滴一滴过滤。总之就是细密的功夫细密做，出品的腊肠才豉味浓郁，口感独特。

母亲说，沧州栈的腊肠不能多放只得两根，否则太抢戏了，食客都不记得鸭子的味道。

有一个这样的主菜，师娘马上就不慌了。

看了"鼎湖上素"，母亲说，把高汤和猪油都拿出来。师娘道，这是素菜啊，是西园酒家的菜谱。母亲笑道，可是他们隐瞒了要用肉汤烹制的环节，所以谁把菜谱带回家做都不好吃。

母亲还说，时任国民革命军陆军一级上将，号称"南天王"的陈济棠也邀请西园的厨师去府上做这道素菜，厨师偷偷带了"肉毛巾"，就是用毛巾吸饱浓肉汁，晒干之后带进去，烹饪的时候偷偷用水浸出毛巾里的肉汁调味，肉汁才是素菜的灵魂啊。师娘听得如梦初醒，连连点头。果然，被母亲加入由老鸡、猪瘦肉、火腿骨为主要原料熬制出来的高汤和着半汤匙猪油，又煨了半粒钟（一粒钟是一小时），这个菜立刻就精神抖擞了。

· 5 ·

晚餐依时开饭，餐桌上摆放着两个主菜和若干小炒，看上去相得益彰，没有人会提及幕后纷乱的一切，这就是广州人的智慧，广州人懂得省略。

餐桌上共计六位，恩师、师娘、父亲、母亲，步溪和严瞠并排而坐。

父亲对"金玉满堂"和"鼎湖上素"赞不绝口，他真不知道母亲赴宴还会带菜，以为宝珍提着大包小包都是手信。再熟的关系，广州人都不会空手上门，这是不成文的规矩，哪怕少少一点东西也是一个意思，如果是红白喜事，可以礼到人不到，一定不可以空手到人。

而且"金玉满堂"这个菜做起来很麻烦，所以母亲在家也很少做，这样一来，父亲更加认为师娘的厨艺大有长进。

爱吃的人家其实平日里吃的都非常素简，意在养住胃口，顶级的佳肴没有好的胃口来配合也是枉凝眉。

恩师当然知道师娘没有这么好的厨艺，但他不会说穿，不仅自己吃得津津有味，还把美味的腊肠夹到严瞠的碗里，爱子心切完全不加掩饰，倒也十分自然。师娘则一直看着严瞠说，你多吃点多吃点。严瞠也没有推让，吃得比平时多，还说今天的菜怎么这么好吃，尤其是这个素菜称得上风采照人。母亲在桌底轻轻碰了一下步溪，步溪心领神会地起身给公公婆婆夹菜。一切都是那么长幼有序，和谐温厚，其乐融融。

酒过三巡，恩师的情绪慢慢高涨，不觉对着小两口笑道，你看你们两个人，简直是天造地设，一对璧人，别提多般配了。幸福的源泉是什么，就是门当户对啊，以前的事情就不说了，从现在开始好好过日子。

众人自然跟着附和，母亲也很高兴，对身边的步溪耳语道，我这次用的花胶是名贵的灯笼胶，又叫生仔胶。说完夹了一块大的花胶放在步溪的碗里。

步溪心想，真是搞笑，自己嫁过来一直完好无损，这一点也是没法跟母亲说的。尽管，或许也有她自身的原因，她也并不期待发生什么。问题是严家的人并没有一个人对她不好，可是她还是有一种窒息感。

恩师又提及他托熟人在某大学给严瞠谋到一份在图书馆工作的补缺，这样没那么累，可以一边养身体一边慢慢完成他的翻译作品，说得前景一片光明。严瞠歪着头看着恩师认真听着，偶尔也点点头，眼神却有些许游离。

这一天的晚上，步溪第一次正式和严瞠肩并肩躺在新房的婚床上，可是一时又无话可说。这样的时刻干柴烈火好办，雪落无声就比较尴尬。漫长的黑暗中，谁都没有说话。

隔了好一会，严瞠才轻声说道，请问，我可以拉住你的手吗？

步溪没有说话，只是默默地把一只手从一侧伸到严瞠的被子里去，严瞠握住她的手，好像是哭了。

第六章

· 1 ·

后来严瞠在留给步溪的信中写道,"……当我握住你的手时,你的手那么细腻柔软,我想这是我跟这个凡尘世界最后的联系,所以我哭了……"

几天之后,严瞠留下一封信,走了。

严瞠留下的放妻书里摘录了前辈的一段话,"……愿妻娘子相离之后,重梳蝉鬓,美扫蛾眉,巧逞窈窕之姿,选聘高官之主,弄影庭前,美效琴瑟合韵之态……"

他去了山西五台山的佛光寺,他说你们也不用去找我,找我我也是不见的。他只给步溪留下了一封信,词汇再美也还是一封休书,他叫苏步溪回到自己家去,以后再嫁个好人家(他说得轻巧)。对于他的父母,他没有留下哪怕一个字。毫无疑问,这封信是步溪拿给恩师和师娘看的。

有好长一段时间,恩师和师娘好像都没有反应过来,就像家里没有发生过任何事情一样,平常如故。

直到步溪离开严家的那一天,她故意选择了一个细雨绵绵的晚上,因为行人相对稀少。苏家派了一辆轿车来接步溪,车上只有母亲一个人,虽然面容愁苦但是仍旧能够感觉到她的镇定和克制。

对于这件事父亲苏大阔的反应是暴怒,冷静之后又想叫步溪留在严家,对外宣称严瞠又外出求学了,这样至少可以保全面子。(面子,这是男人的底裤啊。)母亲少有地以死相逼,她说步溪才只有二十二岁,她这一辈子要怎么办,你们男人的面子就是不惜毁掉女儿的一生吗,我一定要带女儿回家,你也可以把我休掉,我就带着女儿回娘家住,我爸不是你,他会心疼女儿。我嫁的时候我爸对我说,有一间米铺写着你的名字,如果苏大阔对你不好,马上回来,娘家是你最后的底气。

母亲必死的意志吓住了父亲。

步溪没有什么行李,只有随身的衣物。只有这一次,恩师拉住她的手老泪纵横,他说,步溪,我们严家对不起你,从一开始就对不起你,你不要记恨我们,我和你师娘一起鞠躬给你道歉。

说着恩师和师娘双双弯下腰去。见到两位老人一夜白头,而且行动也变得迟缓、蹒跚、颤颤巍巍,好像脚底无跟随时都会倒地不起。步溪泪如泉涌。

她可以感觉到那份恋恋不舍,但是她知道她不能一时冲动而留下来。

汽车开动之后隔了许久,她忍不住回过头去,从后车窗看到越来越远的严府门口依然有两位老人的身影，他们没有挥手只是呆立在那里，黑影的背后是灯光昏暗的门庭，那也是她内心的黑洞。她想她再也不会回到这儿来了，有一种伤害是温柔的、日常的，甚至是光鲜亮丽的，犹如祭果。

这时她才发现自己后背湿凉，两只手上汗津津的，坐在一侧的母亲则呆呆地望着漆黑的窗外。

· 2 ·

家里的日子并不好过，虽说还是住回自己的房间，她也知道自己是完璧归赵，可是一切都不一样了，一个女孩子无论带了多少陪嫁风光大婚，最后烂尾了、给休掉了，依然算是奇耻大辱。步溪有三个星期都没下过楼，饭菜也是母亲亲自送上来。下人们一个个双目低垂牙关紧闭没有人议论这件事，但是步溪知道他们心里是怎么想的，越是觉得她可怜越是让她心里不好受，他们曾经那么捧着她，说到他们家小姐都会眼冒星光。

看书写字画画这些她从前爱做的事如今都失去了魔力，她感觉内心一片荒芜寸草不生，从楼上望下去，她以前用的鱼缸还在院子里，有几尾金鱼在水中悠然自得。但自出嫁后她再也没有画过金鱼，就是心很淡，没有心气了。

十分闲闷的时候她会拿出严瞠的信件，不是严瞠跟她说了什么，也不是她对严瞠有什么留恋，而是严瞠在走之前有过缜密的思考，他知道他是注定要伤害步溪的，当然也知道步溪回家后会过得暗无天日，所以他重新整理了手头的译稿，附在放妻书的后面留给步溪解闷。其中就有莫泊桑的《一夕豪华，十年辛酸》（后来的人把它译成《项链》），还有生命力旺盛的乔治·桑的作品片段。在不能成眠的夜里也是些许安慰。

然而即使如此她也不会喜欢文人，他们身上那种骨子里的肺痨气质令一切了无生机，爱而不得拼不了血性，不爱的也要温暖备至，多情而软弱，决绝而拖沓。

每逢这样的深夜她又会想起杨双庆，她喜欢勤勉、务实而又坚忍的人，尽管他在她的生命中消失得无影无踪。

家里还有一个大变化就是苏虾米结婚了。

他老婆的名字叫姜穗，长得不好看还有点男相，脸形细长、扫帚眉、高颧骨这都算了，还有一脸白麻子。苏虾米当然不喜欢她。步溪搬回家的第二天苏虾米就上楼来探望她，毕竟两个人之间有过交情，不过眼下同是"沦落人"，以前苏虾米嘴角总是翘翘的，饱含讥讽之意，现在也尝到了别人见到他时似笑非笑的滋味。

关灯也不行啊，他说，就像抱着搓衣板，怎么啃得落啊[1]，新婚之夜你知不知道是她强奸我，她一瞪眼我好惊啊。

步溪几乎被他逗笑。据说姜穗一点也不觉得苏虾米有残疾，反而认为他一边戴着黑色的眼罩很帅，口齿不清少说话就行了，贵人语迟不说又怎样，反而声音浑厚很是性感，论个子、身

---

1 意"吞不下去"。

材、皮肤，哪一点不是富贵公子。

所以姜穗看苏虾米眼神拉丝。

苏大阔为什么要认这门亲事？当然是姜穗的父亲姜载林熏天的财力。

康熙二十五年（1686）官府发出文告，把广州商人分为金丝行和洋货行两大类。金丝行从事沿海地区的对内贸易，缴纳住税；洋货行也称公行，就是大名鼎鼎的十三行，专门从事外贸，缴纳的是行税。这是官方第一次把外贸作为一个独立行业从普通商业中划分出来。洋货行总揽对外贸易，代理外商报关缴税并负责转达、承办官府与外商的一切交涉，实际上是兼有商务和外交双重性质的半官方组织。

从事对外贸易的商行不止十三家，全盛时期多达四五十家。姜载林的广林行排名靠前，他原籍福建泉州，父亲曾在福建茶行打工，属于平庸无奇之辈，但是一到广州便如飞龙在天鱼跃大海，发财的速度简直山都挡不住。姜载林的性格沉默寡言毫无幽默感，就是捡到金子也不笑的那种人。但是他很会做生意，并且洋人称他诚实亲切、细心慷慨。有一位美国商人跟他合伙做生意亏了本，欠了姜载林七万二千银元无力偿还，但他信守合约老实待在广州不敢开溜。姜载林知道后心生恻隐，便当着这位商人的面撕碎债据，让其回国，并对他说，你是一个诚实的人，也是我最好的朋友，只是差一点运气而已。

当年的知府大人一年的俸禄加养廉银收入还不到一千两，

姜载林随手一撕就是他们五十年的工资收入。

这样的江湖传说多不胜数。

凭借着品行与财富，姜载林终于熬成总商之一（共两人），一切评定货价和对外通商事宜，统由总商负责，其他商人不得过问。

姜载林口含官宪，手握议价权，处尊居显，如日中天。

他的女儿姜穗虽然长相不济但也心高气傲，自小聪颖好学兼有统帅气质，目前是一所颇为新潮的学校的校长，打算一辈子不嫁人。

有一次苏大阔和一众行商去姜家拜访，身边带着苏虾米，希望他见见世面。姜家的别墅庭院青松成林，又称万松岗，园中大湖面积达数千平方米，西通龙溪，北至漱珠涌，每年端午可以在此举办龙舟竞赛。花园里的中央大厅能够摆下数十桌筵席，能容上千名和尚诵经礼佛。号称天天鸣钟列鼎，夜夜冠盖辉煌。

想不到的是苏虾米被姜穗一眼看中，以苏大阔的势利，来提亲的人只管喝酒吃饭哪需要费什么口舌，他已经笑得有牙没眼，忙不迭地答应下来。

还是养儿子管用啊，女儿砸在手上真是要多麻烦有多麻烦。

· 3 ·

随着时间无声无息地浸漫，痛苦这个东西也会被渐渐稀释。

母亲说,你也不能一直不下楼,永远不见人,人生无论有多少烦恼都得靠自己排解。第一要事就是要受得了委屈,凭什么你就不能受委屈。

母亲与众不同的地方是该心软的时候横眉冷对。

傍晚,步溪乘着夜色下楼在院子里走了一圈,两脚落地的一瞬间她仿佛听到一个声音说道"放下",低沉但是坚定。放下什么呢,她边走边想,一路上花园和凉亭在夜色里如同素描一般没有颜色,但她仍旧可以看到那个曾经美丽稚嫩的自己,在采花在画画在玫瑰色的梦中。她明白了这一切的虚无缥缈,连同杨双庆和严瞠,也只是两个远去的背影,是时候对此有个了结了。

第二天下午不明来由地起心动念,步溪换了一身便服去了讲古寮,人间烟火包治百病。还是那个地方,还是那些贩夫走卒、屠儿苦力,为口吃的奔驰了一天,筋疲力尽只等讲古佬续茶点香再把惊堂木一拍,说一句"闲文少叙,书接上回……",算是还魂。

讲古寮的外面围了一圈"打古钉"[1],北方话就是"蹭听",一个个伸长耳朵听得津津有味。

以前来过多少次,步溪都没有发现有那么多"打古钉",以为他们只是闲坐纳凉。她走上吱嘎作响的楼梯,直奔黄先生的场子而去。

黄先生正在讲《薛仁贵征东》,他还是那么装容整洁,头发梳得三七分明,还是戴着那块看起来很名贵的手表,白衬衣配

---

1 听书不付钱的人。

浅色的裤子，说到高兴的地方还是会斯文地起身手足上下一起比画，神情应景。

听众也还是捧场地报以知音般的哄笑。

《薛仁贵征东》的段落讲完，黄先生又开始讲世界见闻。听众也还是跟从前一样目圆口张，就连步溪自己也听入了神。

直到听众全部散尽，天已经黑了下来。黄先生独自一人坐在椅子上喝水，脸上洋溢着淡淡的满足感。

步溪走上前去跟他打招呼，寒暄了几句之后，步溪说道，我就是好奇，黄先生怎么知道那么多天南地北的事啊。黄先生道，看书啊，我没别的嗜好就是喜欢看书，只要是字就会先通读几遍。步溪道，我也上过学也去过双门底（现在的北京路）的书局，广益书店、开明书店，还有世界书局，没觉得有什么特别。黄先生道，那是你没找对地方，书这个东西也是见钱眼开。步溪道，什么意思。黄先生道，印刷技术、彩色和纸张的要求，不知多么消耗银两呢。

黄先生又道，十三行前三位里有个颜老板你可知道，他家最著名的是有一座豪华的庭院，叫作磊园，自家有个藏书阁名字叫作"临沂书屋"。

步溪道，颜老板我听说过，据说去他家磊园赴宴是八人骑骏马开道，可见他家庭院之大，所以老百姓都叫他铁骑颜。

黄先生道没错，说的就是他，可是外人只知道他园子里的藏书阁，不知道他在园子外还寻到一块风水宝地盖了一间书局，取名"静观堂"，最大的特色就是贵，没有钱的人摸都不让你摸。但是那书的品种可就太多了，有好多国外的书市面上根本见不到，喜欢书的人到了那里才是公鸡掉进米缸里。

两个人说到兴头上，黄先生道，你今晚有事吗，我正要过去书局买书，我可以带你过去看看。

步溪当然高兴，连声说好。

就这样才互报了姓名。苏步溪，黄千祥。

他们坐上叮叮作响的人力车，上车之前黄先生还不忘在讲古寮的小贩手里买了一包新鲜炒熟的良乡风栗，一边说道，有点饿，顶住档先[1]。人力车跑起来，车后的小贩还在叫卖，"剥壳九里香，食落百日味，食过个个都会返寻味啦"。空气里飘荡着糖炒栗子独有的煳香。

跟着一个陌生男人大晚上边吃糖炒栗子边要跑去一个陌生的地方，哪个年轻女人会心不惊呢，可是步溪觉得好自然。

她就是觉得喜欢看书的男人给人一种神奇的安全感。

他们来到一处园林式的建筑前，下了人力车，黄先生付费打发了车夫便带着步溪走进园子，这种园子在广州多到数不清，都可以达到移步异景的效果，并没有什么稀奇。不过也只走了二十多米远，但见一栋五层楼房扑面而立，每一层都灯火辉煌人声鼎沸，这个当然不可能是书局，而是海棠居茶楼。

南方天气炎热，晚上才是一天的开始，吃吃喝喝越夜越快乐。第二天如果不是开早餐店的就直接中午见了。

1　先凑合着用。

绕到茶楼的背后，沿小径北行数十步便是静观堂，这是一幢三层小楼，古朴静谧，和海棠居形成鲜明的对照。海棠居也是颜老板开的，本来是想偶尔在静观堂这边雅集小聚、吟诗作画、观摩雅什时有个地方送点心过来，想不到食客蜂拥而至，成为名号响亮的食肆。静观堂倒是想象中的冷清。

即使如此，静观堂也不接待"街客"，必须熟人推荐，一直用熟人的名字才有买书的资格（相当于作保，省得客人胡闹，订了的书又不要了）。这里的工作人员都精瘦整洁，穿素色长衫，冷着一张四方面孔，仿佛手里掌控着金库的钥匙。

这也难怪，因为有许多从不显山露水的富人会从这里购买国外的图书、杂志、精美画册、裸体写真等名贵书籍。（别忘了十三行是"一口通商"，只要开了这道口子，又有什么渠道是打不通的呢，就在白鹅潭北岸约五万平方米的范围内，除去各大商馆，便是风貌各异的"夷馆"，法兰西馆、美利坚馆、荷兰馆、西班牙馆、丹麦馆等井然有序错落有致。夷馆外飘扬着不同国家的国旗，江面上停泊着来自五湖四海的船只。这便是《竹枝词》里唱到的"十三行外水西头，粉壁犀帘鬼子楼"。广州人管外国人叫"鬼佬"。）到货之后会有专人把密封好的书籍送到府上。眼睛要吃大餐外加冰淇淋才是富人的象征。

所以书局里的堂倌都自带一点点嚣张。

书局一楼的外厅就是一个阅览区，松散地摆着几组米色的沙发。

里面根据不同的分类便是一间一间的书房，一排排厚重的实木书架摆放着不同的书籍，整整齐齐一尘不染。

贵重的书籍和字画（代卖）放在专门的区域，进去之前要先戴上白手套，非常讲究。名贵的画册封在玻璃纸里不能翻动，价格高昂。

堂倌还拿来了"特藏目录"，有一本书那么厚，全是偏门书籍，有些相当禁忌的话题也在书里面堂而皇之地讨论。

比如性学。

黄千祥说，对他影响最深的两个地方是马来亚的怡保，另一个是南京。由于他父亲曾经是南京华侨中学的校长，少时便叫他在家中读四书五经，五四运动后他又入新学堂学数理和英文，然后就读于南京东南大学高等师范。他爱好文学，喜欢游历并愿意做各种尝试。

他说，"中国之弱，主要弱于精神上之力者，即所谓无决心无勇气是也"，又说，"国人屈辱而不奋发，要想国强民富还是要开启民智"，这也是他教书之余仍来坚持讲古的重要原因之一，"人民之少知识是也"。他说这些话的时候经常会用到书面语言，但是从他口里冒出来又不觉得别扭和违和，完全自然而然，同时感觉到他的单纯与赤诚。

这一天晚上步溪回家比较晚，远远看到苏府门口，宝珍陪着母亲在大门口等她，她从人力车上下来，叫宝珍把一袋书和一摞精美画册搬到楼上她的房间去。

宝珍走后母亲才小声说道，你再不回来我们就要报差馆了。母亲也不想听她解释，径自沉着脸又道，要不然就不下楼，要不然就大晚上的不回家,你看你爸整天黑口黑面,你还是小心一点才好。

· 4 ·

大太太的花园里有两棵白兰花树,等到了花期,白兰花的香气弥漫沁心,女人们会把白兰花插在头上,或者放在碟子里熏染室香,也可以放在包袱皮里香衣服。到了傍晚更是香气逼人,好不容易做完了分内的事,阿麦就和小镜子去摘白兰花,阿麦拿着一根竹竿,顶上绑一截坚硬的树杈,把树上的花用力卡下来,小镜子就挎个提篮捡,一边还指着树上说这里这里那里那里。

其实香什么,香哪里,都不是重点,重点是摘多一点白兰花可以去巷子里的阿婆小吃店换两块好吃的米花糖,里面还掺着花生,咬一口又香又脆;另外一人可以吃到一条"咸酸"。不知阿婆是怎么腌制的,肯定有秘方,因为跟别人家的完全不同,总之她的咸酸最清靓、爽脆、醒胃。女孩子用一根竹签叉住一条咸酸,仰头要把滴下来的汁液都照单全收。

广州人就是这样,一切的快乐都来源于吃。

这时宝珍拎着一个食盒走过来道,阿麦,小姐和少爷看书都看饿了,你去买两碗云吞面,再买一碟鱼皮。

阿麦还没说话,小镜子不快道,肯定是叫你去买,你就把事派给我们,没看见我们正忙着呢。

宝珍道,我倒是想去,可是明天家里请客,我要泡发海参。

小镜子道,对,就你有本事,我们都是来打杂的。说完还不忘翻个白鸽眼,一边捡地上阿麦叉下来的白兰花一边说道,你把食盒放下,我马上就去买,正好出门逛逛。

宝珍道,不用你去,上次叫你在云吞面里点两滴虾油你都忘了。

几时的事啊,小镜子叫起来,唱了一百八十遍。

阿麦懒得多说,就地放下竹竿,走过来接过宝珍手上的食盒和零钱袋子扭头就走。只听宝珍在她身后跟小镜子要白兰花,小镜子不给,说你去告诉二太太吧。

出了苏府,月挂树梢。

巷口榕树下的石凳和各自家里搬出来的竹椅上坐满了轻摇葵扇的街坊邻里,孩子们在巷口追逐奔跑,深街陋巷里传出粤剧私伙局[1]的琴瑟之声,一股生切烟丝的味道时有时无,东游西逛。

街市上都是人,大都是出来消夜的,什么都不如一碗猪杂汤能够平复一天的辛苦劳作。也有些临街铺面的人家刚刚吃晚饭,像修车铺,里面一团黝黑脏乱,门口照样放一低矮方桌,上面放着整齐的四菜一汤,一家人围坐一堆吃得天昏地暗,哪怕是去捡菜场收市后的菜叶子,鱼贩不要的鱼泡鱼肠,炼过板油之后的猪油渣,广州人都能吃出花来。

---

1 票友。

阿麦去了街角的一家面馆。

这家馆子的云吞面做得不错，微黄的碱面掺和着鲜虾小云吞，苏虾米和苏步溪都很爱吃。二太太尝过一口说汤头不行，又说现在的人都不太懂吃了，也一点都不讲究。做汤头要用大骨、扇骨、老母鸡吊鲜，瑶柱是不能省的呀。苏小姐说家里一时没有，外食有外食的风味。

这家面馆的店面不大，只够放六张桌子，营业全靠晚上出街占道经营，露天摆了十张桌子也不止，但也依旧是食客满满，因为除了云吞面之外还有花样繁多的碟头饭和五加皮。

临时柜台也设在露天，阿麦先要排队交钱领到一个木牌，上面写着号码，伙计会根据号码送过来客人点的食品。她的前面排着七八个人。

这时阿麦听到一个声音，是一把正在吹水[1]的男声，这声音实在是太熟悉了，她忍不住回过头来循声望去，顿时惊到浑身颤抖。没错，那个人就是鹏仔，那个死了烧成灰她也认识的男人。

事实上他们的目光是撞上的，此时鹏仔正在跟两个与他年纪相仿的兄弟吃消夜，一边聊得热火朝天。他们三个人全是短打扮，精瘦，大地色的皮肤，脖子上围挂着一条旧毛巾，自然都是靠出力气吃饭的。认出阿麦之后鹏仔走了过来，直到走到她面前她的神情一直都是怔怔的，如在梦中。她看见他比原来健壮了一些，最明显的是左边的额头有一道刀疤，眉毛生生地断掉了。

鹏仔见到她反而是一点也不吃惊，用低声但是命令的口气

---

[1] 吹牛。

对她说,你身上有钱吗,有多少都给我。

一个声音从阿麦的脑海里飘过,我哪有钱,我的钱不是都被你骗光了吗。可是现实中的阿麦下意识地接受了命令,伸手从零钱袋里掏出了两块钱,鹏仔迅速地把钱抓到手里,顺势站在阿麦前面,两个人只讲了几句话就排到了,鹏仔买了一碗萝卜牛杂外加两瓶五加皮就回到餐桌上去了。

阿麦提着食盒回到苏府,从衣柜里拿出自己的私房钱,钱用一块旧手帕包着,她拿出两块钱放回零钱袋。宝珍虽然不认识字,但是钱她是认识的。

这天晚上,阿麦一夜未睡。

伴随着白兰花的阵阵幽香,她非常不解为何心里升起一缕温柔,她好庆幸鹏仔没有死。是的,她曾诅咒他碎尸万段,直到现在她也知道他是一个衰人[1],他骗她玩弄她抛弃她,根本不管她的死活。

刚才他对她说,明晚你还到这里来,我一个人过来等你。阿麦道,我也不知道能不能出来。鹏仔道,那我后天还来,反正等到你出来。说完不等她回话就走了。

阿麦心想我才不去呢,你对我就是吃干抹净汁都捞埋渣都不剩,我再也不要见到你了。信念无比坚定。

这样想着,她在天快亮的时候才迷糊了一会。

可是到了第三天阿麦就熬不住了,人像被勾去了魂魄一

---

[1] 坏人。

样。眼见着天黑下来干完各种杂事，她在头上插了两朵白兰花还是去了那家面店，果然见到鹏仔一个人坐在马路牙子上，还是那副打扮，只是手里拿着毛巾在扇凉，见到她之后就起身往食肆的后面走去，当然她也往那个方向走。面店后厨的门口有两个厨师蹲在地上抽烟，因为天黑看不清他们的面容，再往纵深里走就有两个巨大的垃圾箱散发着恶臭，接着是一片小树林，树长得七零八落，一看就是无人修整的野林子，可能是因为臭气熏天，根本没有人肯过来。

阿麦捂住鼻子，这时鹏仔猛地转身一把把她抱住，马上又腾出一只手来在她的胸脯上乱抓，一边把她拖到一条石凳上呼呼喘着粗气却又小小声说，阿麦我好想你，我们"坐观音"好不好。说着就直接扯阿麦的裤子。阿麦推开鹏仔也小声道，不行不行，你再这样我就走了。鹏仔气道，那你还来干吗，难道不是想我了吗。阿麦道，我想问问你这两年是怎么过的。

鹏仔松开手，隔了好一会才道，还能怎么过，你没有看到我被人追杀差点被劈死，现在别人都管我叫断眉鹏。

鹏仔说因为珠宝是假的，别人肯定不会放过他，没有钱就没有饭吃，只好重新返回广州。最惨的时候就住在桥洞里，三天没吃没喝奄奄一息，后来听说六榕寺门口有人给残疾人施粥，他就冒充残疾人让一只空袖筒在风里飘来飘去混一碗粥续命。后来总算碰到两个"砂煲兄弟"[1]，就是上次跟他一起喝五加皮的虫虫和花猪，三个人都是靠拉板车在十三行给人运货，勉强搵

---

1 交情像沙煲一样容易摔烂的难兄难弟。

两餐。

他也曾在苏府对面的巷子里等待,但不确定阿麦还在不在那里,总之也是没有等到人。只有一个大嗓门的帮佣出出进进,比我还壮(估计是宝珍)。阿麦开始抹眼泪,千头万绪涌上心头。她说那时候我们都不知道珠宝是假的,你为什么抛下我就不管了。我就是来质问你的。

你年纪比我大,又丑,我怎么会娶你,是你昏了头啊。

那你刚才是干吗。

干吗?不是你也需要吗,不然你过来干吗。

那你有钱吗。

卖是要本钱的,姐姐,你有本钱卖吗,你是红姑吗。鹏仔边笑边坐到石凳子上去,拍拍自己的大腿,示意阿麦过来。

阿麦扭头就走,鹏仔突然像饿急了的土狗一样扑过来,从后面抱住阿麦,力气大到瞬间阿麦就和鹏仔叠坐在石凳上,鹏仔一把扯下她的裤子,她差点叫出声来,但是她明白这里是不能出声的,不远处还有后厨的人进进出出,于是两个人就开始了无声的搏斗,精虫上脑的男人就跟疯子一样,情急之下阿麦用膝盖顶了一下鹏仔的裤裆,他那里硬邦邦的,像是夹了根木棍,他下意识地捂住那里弯下腰去,阿麦提上裤子就跑。

一路狂奔回到苏府,她在心里狠狠扇了自己一记耳光,她对自己说,麦细花你真的是够贱,他这样对你,连骗骗你哄你开心都省了,你疯魔一样地跑去找他是想怎样啊,你就是喜欢流氓喜欢流氓喜欢流氓。

这天深夜，阿麦又做梦了。

每次受到伤害阿麦是一定要做梦的，梦里有一只黑猫被蛇咬伤了一条腿。那是一条剧毒的眼镜蛇，那只黑猫先把眼镜蛇咬死了，舔了一会伤口然后离家出走，跛足走了很远才回过头来，虽然伤口痛得令它的身体有点微微颤抖，但是黑猫的眼睛雪亮，目光凶狠，犹如猛虎回头。

阿麦吃了一惊，醒了。

· 5 ·

周日的傍晚，家里比平时显得冷清。步溪下楼吃饭，果然看到餐厅的饭桌上孤零零地放着一副碗筷。

她知道除了她之外全家人又去应酬了。

自她回到娘家以后，一开始父亲还是心疼她的，不管怎么说也是他对她的婚事考虑不周，才造成此错。但是时间一长到底觉得她有些碍眼，谁家有个年轻女人是结了婚被退回来的，越漂亮越被人轻视。如果出去吃饭带着她，怎么说，一介绍，别人都是眼睛一亮，意思是哦哦哦知道知道。

于是她就不去了，感觉父亲还暗自松了口气。

可是她心里还是难过的，她希望这个家能容下她，也知道父亲的态度至关重要。有一次父亲出门前看了她一眼，又是掩饰不住地长叹一声。母亲的眼圈红了，但也什么都没说。

这些都算不了什么，她虽然年纪轻轻，却是过来人，毕竟父母把她从严家接回来了，这也是海一样深的恩情，否则她的人生情何以堪。问题是姜穗嫁进来以后，父亲对姜穗的态度几近谄媚，多少有点看她脸色的意思。虽然步溪也承认姜穗是有能量的女人，勇立潮头领风气之先，她办的新学取名博雅女校，教学内容除了中国传统文化，还有历史、地理、数学、物理、外语等课程，一扫陈腐之风，的确是不折不扣的新女性。那么她对步溪的态度是不是应该更宽厚更友善，然而不，最吊诡的是她比市井之人还要漠视步溪，步溪从她的冷淡中看到了不屑和鄙夷，她几乎不跟步溪说话。

但是姜穗会在饭桌上跟父亲大谈国事、时局、派系之争，所有人都插不上嘴，只有他们两个人高谈阔论，颇有优越感。父亲也夸她是真正的新女性。

那些追求时髦的摩登女士根本不是什么新女性，就是博眼球。博眼球懂吗，我们姜穗才是真正的新女性。父亲这样称赞姜穗。

可是后来姜穗突然不大爱说话了，饭桌上就变得有些尴尬，大家都在闷头吃饭。原因是姜穗辛苦工作一天回到家，苏虾米却总是在步溪的房间里看书，当然他看的都是些大百科、汽车杂志、外国油画什么的。笑话，这些书姜穗会买不到吗，姜穗博雅学校的图书馆里难道没有这类高级读物吗，不就是苏虾米找借口躲着她嘛。

这种事大家心里都明白，但又不能挑明了说，何况苏虾米也是公子哥脾气，说也未必听。有一次步溪叫他回自己房间去，说你总待在我这里，嫂子会不高兴。苏虾米道，她不高兴，我还不高兴呢，我有时候挺高兴的，一看见她就什么想法都没有了。

这两口子也不吵架，姜穗偏爱苏虾米，还就是喜欢他不喜欢自己的那个劲儿，有问题当然全是别人的错。

姜穗不高兴了，父亲的脸也随即垮下来，应该还是觉得步溪待在家里太久了，时间一久就会觉得她既多余又碍眼。

步溪独自一人吃完了饭，决定到院子里走一走。全家人外出应酬，下人们是最开心的，知道步溪吃不多反而要多做一些，这样就可以吃到剩菜啦。叉烧拿来炒饭，配上二太太亲手调制的甜酱油，香味飘得满院子无死角，帮佣、花工、门房，大家都是闻香而动，快活得像过小年一样。

走至门口，步溪想起扇子忘在餐厅了，便折回原路，走近餐厅时听见小镜子说道，小姐真是命苦，要不是二太太不肯……步溪心里一惊正要听下去，宝珍却一把截住话头，道，几时轮到我们下人说东家的是非了，小镜子你就是不懂规矩。餐厅里安静下来，只听见叮叮当当收拾碗筷的声音。这时步溪听到阿麦说了一句，小姐的扇子忘记拿了，我一会儿给她送上去。

步溪转过身，也不想去院子里散步了，直接上楼，怔怔地坐了一会儿，心里七上八下的，不知道又要碰到什么鬼了。

阿麦到楼上来送扇子，步溪心想她的事还真不能问小镜子和宝珍，那两个人一个嘴快一个嘴大，只有阿麦是个闷人又有分寸。而且她和阿麦还有一点点交情，就是好早以前，有一次阿麦在她的房间擦满洲玻璃窗，突然低血糖了，整个人滑坐在窗户下面的地板上，面色苍白口唇土灰，吓得步溪要去喊人，阿麦用尽最后的一点力气抓住她的裙角，只是摇头，眼睛里全部都是乞求的目光，于是步溪也就没去喊人了，喂阿麦喝了一点水，又吃了两块她的鸡仔饼[1]，算是缓过来了。

这件事步溪也没有跟人提起，想着肯定是阿麦怕人知道她身体虚弱被赶出苏府。此后阿麦对她都十分客气，有一种对待救命恩人的虔诚。

还有一次，也是在步溪的房间，挑个没有外人的时候，阿麦突然嗫嚅道，小姐，我可以借一本书去看吗？步溪说可以啊。心想她肯定是借花花绿绿的女性杂志，什么《玲珑》啊，《良友》画报啊。结果她借了一本《呐喊》，对，没错，就是《呐喊》。

步溪忍不住问道，你看得明白吗？阿麦道，看不明白。步溪不解地看了她一眼，阿麦又道，有时候，她停了片刻，有时候是真的想尖叫啊。她小声咕嘟了一句。步溪还蛮意外的，为什么她的感觉会和阿麦相似呢。

也就是说，比起姜穗，她和阿麦的交集反而还多一些。

于是阿麦上来送扇子，步溪就直接问阿麦刚才在餐厅里说什么，到底是怎么回事。阿麦下意识地看看身后，见无人，才去关上房门，压低嗓音告诉步溪，原来还是父亲想尽快把她嫁出去，男方是一个姓黄的老板，是做糖生意的，所以大家都不记得他叫什么名字，只喊他黄糖（广州人就是这么图省事）。黄糖做

---

[1] 一种咸甜相间的饼干。

的生意很大，有钱，老婆生病死了有小半年了，苏大阔觉得让女儿给他做填房也不吃亏。可是黄糖快五十岁了，秃顶，有三个儿子，所以二太太就是不松口，死也不肯。

步溪气得脸色发白，半天没说出话来。

第二天广州打台风，风吹着呼哨转着圈子四处疯跑。下午三四点钟的时候，渐渐地乌云密布，一时间天黑得像夜里，这样酝酿了许久，铜钱大的雨点才从天上一颗一颗地砸下来。

看更的何伯传话过来，说有人找小姐。步溪心想，自从自己被休，便断了与外界的一切联系，早就水泥封心带发修行，谁还会来找我，还是一个台风天。

来客竟然是金流漓金小姐，一脸灿烂笑容地说，我刚进了门房雨就下来了，一点也没有淋着。她剪了利落的短发，是最时髦的齐腮短发，这让她的脖子显得格外修长。虽然她没穿旗袍，而是中性的马裤便装，反而更显现出细幼娇嫩的女性气质。她还是那么热忱天真，美丽如初，步溪觉得自己和她简直是活在两个时代的人。

憋了很久的眼泪一下子就流了出来，她拉着流漓的手走上楼去。

本以为进了自己的房间，人会平静一些，想不到的是步溪反而抱住金小姐泪流满面。两个人细细密密说着各自的情况，金小姐的脸慢慢阴沉下来，横眉怒目厉声道，步溪你怎么这么能忍，你是念过书上过新学堂的人，你这哪里是在牢笼里，简直就是在地狱里啊。

金流漓又道,外面的世界都变成什么样子了,你还在说下不下楼,使性子,你是金丝雀吗,金丝雀又怎样啊,现在早就不流行女人千娇百媚楚楚动人了,你要想跟上潮流不被这个时代抛弃,就要独立。独立,你明白吗。你得走出去,你得离开这里,你敢吗。

说这些话的时候金流漓看着步溪闺房里的白色书架,上面满满当当的,书根本放不下,倾泻了一地,像一座花红柳绿的小山,尽管她没有评价一句,但是她满脸都写着亏你还读了这么多书。

苏步溪呆立在她的面前不知所措。

老实说,金流漓的这次来访对苏步溪来说无异于一场生命中的暴风骤雨,尽管她来去匆匆,赶在晚饭前一定要离开。步溪把她送到大门口,看她打着伞头都不回地消失在细雨中,都没有想明白金流漓为什么会突然从天而降,似乎是上天派她来拯救自己的。在这之前她有想过要不要去找金流漓,那时候她已经委顿到了极限,每每想起和婆婆睡在一张床上,完璧归赵原路退回,即使在衣食无忧的家中也只是一只无处搁置的旧花瓶,她的心都会紧缩在一起,像石头一样冰冷。甚至她想到金流漓灿烂的笑容对自己都是一种深刻的刺痛,又因为她的自信心早已被打得粉碎,令她不愿意再见到任何一个熟人。但是此时此刻她真是万分感激她,在她即将窒息和沉没的瞬间拉了她一把。

她还想到了黄千祥,后来她又跟着黄先生去过一次静观堂买书，黄先生对于她来说就是一道光，以往步溪一直认为生活本身并没有问题，只是自己当黑、走霉运，但是黄先生说这个社会是有问题的，而且有很大的问题，并且这些问题会体现在每一个人身上。这话像闪电一般击中了她，她从来没有这么想过。黄先生还推荐她看了发表在《新青年》杂志上蔡元培先生写的文章《劳工神圣》，并且肯定地说劳动者才是最值得尊重的。这些言论都让她耳目一新，她发现自己同样是属于"民智未开"，她跟那些贫穷的"打古钉"是没有区别的啊。所以黄先生就像一块磁铁吸引着她。

然而前段时间她再去找黄先生，那个熟悉的讲古台上换了一个肥佬在讲《七侠五义》里的白眉大侠。她问旁边面善的老听众黄先生怎么不讲了，有人说不知道，有人说他去上海了，还有人评价黄先生讲古还是太文气，不如肥佬讲得快意恩仇。前面的人扭过头来做了一个嘘的手势。

这样说来，金流漓和黄先生都不是会在她的生命中落地生根的人，可是又如同一束光照亮了她的生活。

本来就是急火攻心，再加上当头棒喝，在金流漓离开后，步溪一直感觉到胸口疼，吃不下东西，再加上脑子里翻江倒海，没有片刻的歇息。对于这样的症状她是有创伤性记忆的，所以格外忧心，便决定去找贺大夫搭搭脉，开几剂中药调理一下身体。

将近中午时分，来看病的患者已经很少了，因为原则上中午十二时休诊（急症除外），要到下午两点才继续开诊，所以喜儒堂的院子里静悄悄的。

步溪到这里来并无禁忌,皆因跟贺大夫熟悉得和家人一样。她走进院子,只见一个小男孩坐在一个石墩子上,低着头自顾自地摆弄一本书。要说这孩子的长相,便如书中常写的"面若凝脂,口如朱丹",而且也不怵生人,神情沉着淡定。照说这么小的孩子对于书都是又撕又扯才正常吧,这个孩子却是翻过来倒过去地把书翻开又合上,甚至还抚平书里的折页,继续合上,就是爱不释手的感觉。步溪好奇地蹲下身去,见孩子拿着的是一本《神农本草经》。这时孩子也抬起头来,眼睛清澈得像深潭里的石子,黑亮黑亮的。

你叫什么名字?步溪握住孩子的小胖手问道。

这时她身后冒出来贺太太的声音,她笑道,他叫贺小偶,还不到三岁,说话晚,现在还不会叫人呢。

步溪跟贺太太也熟,若非亲眼所见,想不到她都有儿子了。感觉平日里贺太太也是深居简出不喜张扬,外人若是得到这么个宝贝,巴不得做完满月酒做百天宴,哪里有清闲的时刻。

贺太太抱起小偶陪着步溪去了诊室,贺大夫并不在诊室,而是在后院打太极拳,一套拳下来如行云流水,并无剑拔弩张的气势,脸上也是旁若无人的安稳和舒缓,完成了最后一个收势才过来跟步溪打招呼。

贺大夫再回到诊室的时候,已经换了一身干净的衣服,是淘米水色的中式盘扣外衣,粗纺麻棉的布料和他相配总是相得益彰。

他坐下来准备给步溪搭脉，步溪却并没有把手腕放在脉枕上。她突然正色说道，贺大夫，我要跟你学中医。此话一出口，步溪先是把自己给惊着了，不知这话从何说起。还是孩子玉石一样的眼睛启发了她，人是可以重生的，只要你肯，只要你够绝望，够孤寂，够压抑，够无路可寻。

与此同时贺大夫也愣住了，大概是觉得人生在世，终其一生地努力，说到底不都是为了提升自己的阶层吗，哪有自甘下沉的人啊，所以他以为自己听错了，半天没有反应过来。这时步溪又道，我绝对不是讲笑，我会找一天叫我妈妈带我来正式拜师的。贺大夫道，可是这条路很辛苦啊，一年有一半的时间要去山里采药，还要到乡下看诊，没有一天是清闲的。

这话并没有吓住苏步溪，因为她是女人，也只有女人知道嫁人同样辛苦，她不愿意被放在精美的盘子上成为祭品。

虽然是一瞬间做出的决定，然而她感觉到内心像铸铁了一般坚定。

你容我想一想。贺大夫说道。医生通常都是稳妥之人，贺大夫说你三天以后再来吧。苏步溪道，三天太长了，我明天还会来。

苏步溪离开家的时候，跟父亲说了同样的话。

苏大阔说道，你这是在跟谁赌气啊，人生不是靠赌气活下去的，有多少人想投胎托生到我们这样的家庭，过上衣食无忧的生活。你不要发梦，你的吃穿用度，手里有花不完的钱，包括你

第六章

的随心所欲、小姐脾气都是我用银子给你堆出来的,你有赚过一文钱吗,你知道赚钱有多难吗。

你是金枝玉叶之身啊,要去做那么腥风血气的生计吗。

你想清楚,如果你走,就不要再回来了,回来年纪都大了还怎么嫁人。而且你这一生都会过得很辛苦,你要想清楚。

哪有父母不爱子女的,年轻的时候女孩子要懂得吃点亏,有点担待,才可能一辈子过得平稳。你以为黄糖是看上你了吗,他是看上了我苏大阔,你要是穷女人你看他会看你一眼吗,他那么有钱,手面又大,省去你多少烦恼。你不肯,人家转身找了个十八岁的,还是头婚,家底也不差,女人年轻就是本钱,年轻的时候找到靠山才是正经。

苏步溪微低着头一声不吭,她一身素色旗袍,首饰全部褪去,随身的行李也就是一只旧皮箱。她想好了,这辈子咬钉嚼铁只活这一点点骨气。

母亲什么都没说,也没有表情,只在她临出门的时候云淡风轻地说了一句,遇到麻烦就回来,这里永远是你的家。

那天离开喜儒堂的时候,贺大夫递给她一本《黄帝内经》,叫她翻一翻测试一下自己的医缘。当天晚上,她就打开了这本书,开篇便是"昔在黄帝,生而神灵,弱而能言,幼而徇齐,长而敦敏,成而登天"。一辈子,二十四个字就说完了。

步溪即刻目瞪口呆。她一直以为但凡医书一定是枯燥乏味的,想不到却如《诗经》一样古朴而富有诗意,她忍不住看到半夜。

她把心得告诉贺大夫，贺大夫说，安静入定，藏之心意，凡用心用意去做的事都能通神，回到上古天真的状态。

随后，贺大夫又给了她张仲景《金匮玉函要略方》三卷：上则辩伤寒，中则论杂病，下则载其方，并疗妇人。其中有不懂的地方便随时向贺大夫请教，两人相谈甚欢。

不过步溪并没有去喜儒堂拜师学医，贺大夫经过反复思量，劝她先到夏葛医学校学习。这家学校的前身是光绪十三年（1887）基督教美北长老会的女传教士富玛利创办的一家妇女赠医所，后来的广东女子医学校就是在赠医所的基础上筹建的。光绪二十七年（1901），美国人夏葛捐款扩建了广东女子医学校，四年后更名为夏葛医学校。贺大夫对步溪说，你如果在这个基础之上学习中医，才可能彰显你的优势，你父亲也才有可能同意你学医。

毕竟大家对女子学医是有偏见的，认为女人只能学护士，而护士类似佣人，是卑微粗贱的工作，每天接触的又都是血水恶臭，甚至还不如帮佣。苏大阔也是这么认为的，一时间认为女儿是不是疯掉了，你不做小姐不做少奶奶要去做宝珍，不是脑子坏掉了是什么。但其实即便是学习护士专业，学校的课程里也包括看护礼法、产科护法、小儿护法、手术护理、五官护理等，专业课程十分严谨。至于女医生，1920年夏葛医学校就已经培养出一百六十多名了。

苏步溪是住校生，她在办理好入学手续之后搬进了可以用简陋来形容的学生宿舍，四人一间的架子床上下都要睡人的，房间里除了桌椅和一个杂木的所谓衣柜（里面也是分为四格），就再没有任何东西了。

然而，步溪的心情是明媚的。

校门口的一条土路逶迤地伸向远方，这时候已经薄暮渐起，路的两侧各有一排浅青色的松树，俗称"绿盆子"，就是一层一层的枝叶围着树干像盆子一样向上舒展，仿佛随时准备接受喜从天降。广州难得有这样的好天气，清风拂面，四下安静，心情则如在旷野里奔跑。

步溪要去金流漓家，想第一时间告诉她自己获得自由的心情。

金家的门房告诉步溪，金流漓突然离家出走了，就是在打台风的第二天，没见她拿什么行李，也没说她会去哪里，以为她像往常一样出门办事，其实就这样走了，也不知道她去了哪里。

回学校的路上，步溪想起流漓来家的时候，她也问过流漓的理想，她觉得流漓是可以找到如意郎君的，不会像自己这么窝囊。流漓想了一会儿，似乎在犹豫该不该告诉她，不过最终还是小声地跟她说，我想做一个革命者。流漓看着她的眼睛这样说，目光和声音都非常坚定。

第七章

· 1 ·

时局就像停靠在江边的花船，时不时地就会动荡起来。

吴将军外出执行公务的次数也变得频密。后来队伍的上峰又要求整肃纪律，重点就是自家的后院，总不能服务性的人员比部队的人还多吧。肖副官说，现在弄得有点不像话，部队换防的绝密文件还没下发，商人就知道了，和军界合伙倒卖紧俏物资。军界本身也不太平，全是关起门来当山大王，小阅兵的、唱堂会的、翻牌子的比比皆是，上面也看不下去了。

心娇脸都白了，道，那我们算是唱堂会吧。肖副官道，关我们什么事，我们那叫聚餐联络士气，你知道唱堂会是什么阵仗吗？整个戏班子请进来搭台子唱个三天三夜，所有的粤剧大老倌一网打尽。

话虽这么说，但是家里的多余人员还是要遣散，心娇也在遣散名单之列。

肖副官说，还是有人打了小报告，说吴将军家吃一顿饭，

"粉黛成阵，丝肉羹沸"，"夜夜管弦不绝于耳，日日香熏经久不散"，被人称作小朝廷。这还得了，不整肃根本过不了名目。

否则轮到谁也轮不到心娇走人。

具体到遣散人员，每个人自然是心情各异，不过看上去全部是失落和悲苦的表情，这些人最知道怎么做才能捞到更多的实惠。心娇当然也是低眉耷眼，想到"观昔之富贵利达者，其绮衣、玉石、朱户、翠箔，转瞬化为荒烟，荡为冷风"，不禁悲从中来，仿佛做了一场春秋大梦。

不过冷静下来之后，她的脑袋又开始迅速地运转起来，想着自己应该怎么处置，哪有什么资格伤春悲秋。

发送遣散费和安抚人心都是吴太太最擅长的，难舍难分涕泪横流总是会有的，被她阿弥陀佛地说上一顿感觉心里舒服很多。

吴太太还说给时间让大家出去找出路，一个月之内走掉就可以了。

某一天的晚上，肖副官来找心娇，说第二天又要开拔去执行公务，回来可能就见不着面了，所以晚一点吴将军要过来坐一坐。

心娇说，好。

到了晚上吴将军果然过来了，穿着衬衣，下摆扎在军裤里。他还是军人风格，也不寒暄，还是挠挠后脑勺道，你要是个男的多好，我就随身带着你，没事的时候给我唱唱吕剧，也能解解闷。心娇束手而立，唯唯诺诺。不知为何她一直都有点害怕吴将军,尤其是单独和他在一起的时候。

她会紧张、出汗,偶尔结巴。

吴将军又道,说吧,想要点什么,或者看上什么了,大家相聚一场也不容易。心娇心想我就是再糊涂也不能开口要钱啊,刀架在脖子上也不能说我要钱,那不是坐实了婊子无情戏子无义。

想了片刻,心娇双手作揖道,大王的帐前不弃之恩我报答还来不及呢,怎敢有什么非分之想,真的什么都不需要了。吴将军道,我就知道你会这么说,你要是个男的多好,有情有义我肯定提拔你。好了不说这些没用的,我今天给你带来个物件,送给你也留个念想。说完他从裤子口袋里掏出一个布包。

仔细看包东西的布是一块男士手帕,浅蓝色的格子,虽然旧了但是洗得很干净。布包沉甸甸的,会不会是金条?这样一想心娇的眼睛都亮了,还有点耳热心跳,没错,就是即将见到久别重逢的情人的那种感觉。

打开,是一把黑色的勃朗宁袖珍手枪,俗称"花口撸子"。

吴将军用两只手抚摸着枪身叹道,这可是我的心爱之物啊。

配合着他的神态,心娇也做出了既稀罕又惊喜的表情。

・ 2 ・

此后的一个月里,心娇也跟吴府其他的被遣散人员一样,早出晚归忙得脚后跟不沾地。不用说了,好彩无处可去,只能跟定她了。心娇找到老顾帮她租房子，见面先叫姐夫，提着肥鸡和叉烧，老顾的眼睛都笑眯了，连说没问题没问题一切包在我身上。倒不是老顾有多能干，但他经多识广又是个体面人，往那一站，别人至少不敢欺侮两个年轻女子。

老顾给心娇出主意道，你想开个茶室为生养住自己，千万别开那种"二厘馆"，最穷的人都能一脚踏进来，一两个铜板喝到饱，累到死混个旺丁不旺财。你直接就开一个讲究的茶馆，挡住那些穷人，只喝讲究的好茶和吃精致的点心，岂不省心。当然前期要费点银子，可是你又要接乡下的老母和两个弟弟过来，吃的住的什么能省下来？如果钱不够就当我没说，有钱的话还是富从险中求。

心娇觉得老顾的话也有几分道理，于是就走马灯似的跟着老顾看房，总算在闹市区寻到一处冷僻的旧院子，院子里有一栋斑驳的两层小楼，一层可隔出七八间大小不一的雅座，楼上住人就可以了。

院子里还有一个凉亭和一个禅房，凉亭里可以喝茶，禅房四大皆空只铺着蒲席，也可以席地而坐品茶聊天。

这么好的地方怎么可能闲租呢？原因是这里是一条断头巷，院子顶到头了前方不是四通八达，广州人觉得这种地方不适合做生意。另外就是包租婆非常俺怆不好说话，不过这样的人最难不住老顾，七说八说就把包租婆给说高兴了，很快就办好了租赁的合同和繁杂的手续。

接下来就是修整园林和装修房子，也是老顾每天过去监理,见他那么辛苦,心娇就把中介费用提前给他了,而且比他想象的还要多,老顾感慨道我就是喜欢给漂亮的女人办事,见过世面,体恤人心。

老顾自然是跑得更勤快了,包括园林、门楣、条案、桌椅、装饰、摆件,无一不精心选置,说到茶馆的名称,心娇选了"凤穹谷""翠雨""怜香""碧橙"等,老顾道,咱们也不是再开一个妙合,我看就叫"福安茶舍",岂不岁月静好。心娇道,嗯,还是老顾有学问,这个名字最合我心意。

心娇心里的确想的也是从此既不卖艺也不卖身,做个良人。

福安茶舍的匾额也是老顾题写的,此外每一个雅座的房间取名和题字也都是老顾一手包办,还在禅房里挂了一幅狂草,飞龙走凤写着"作如是观"。

心娇带着好彩离开遇仙馆的那天,距离一个月只剩下两天了,她背着老琴,几乎跟来时一样,并没有多出什么显赫的细软和行李。出了后门,她忍不住回头望了一眼,时至晚霞升空,遇仙馆宛如海市蜃楼一般呈现出恍惚的糖果色,更显朦胧绮丽,寄身于此虽说是火中石、梦中身,终是忘不了"疏影横斜水清浅""软红光里涌银山"。

胡子叔站在门口目送心娇离去,面无表情。

直到离开,两个人谁都没有提过"军需特供"这件事。

都说老顾的书法是财神手写字,见字即发。所以福安茶舍的生意一开始就没有想象的那么清淡，广州人做生意讲究一个"守"字，耐不住性子是发不了财的。难得老顾对茶舍的事很上心，他认识的文人墨客都被介绍到茶舍来谈事或者闲聊，还说服心娇在报纸上登了广告，广告词也是他亲自拟写的。

茶舍请了两个点心师傅，好彩做服务生，心娇收账。多请一个人都是钱，何况这段时间钱已经像流水一样花出去了。

然而即使如此，心娇还是托人把母亲和两个弟弟从乡下带出来了。此前她会不定时往家里汇钱，叮嘱母亲一定要叫两个弟弟识字。但现在哥俩来到广州，根本呆头呆脑，大的叫邓一，小的叫邓二，两个人加起来也不认识几个字。母亲说乡下过日子艰难，女孩子八岁就顶个全劳力，洗衣服做饭带弟妹喂猪喂鸡，何况男丁，都是要干活的，有钱人家的孩子才能识字。

心娇给大弟弟改名邓临一，小弟弟叫邓二友。相比较还是二友伶俐一些，年纪也小，就送他去念书，临一和母亲一起照顾店里的生意。

母亲还要做全部人一日三餐的饭，一般情况下早午餐相对比较简单，由于从傍晚开始茶客会多一些，所以下午四点半钟大伙就要吃一顿结实的正餐。如果天气晴好就围坐在院子凉亭里的八仙桌上吃。每当看见大伙默不作声埋头吃饭的样子，心娇都会觉得自己仰人鼻息看人脸色的心酸真是不堪回首，不过所有的辛苦又都是值得的。

烟火素淡，守心自暖。

3

福安茶舍的生意真正有了一点起色是在两个月之后，心娇感觉里里外外都收拾得差不多了，就下帖子请了梅贵姐和钟小姐前来饮茶暖店。

那天下午三点多钟，心娇在素馨房里精心布置好了茶点。茶舍每个喝茶的房间都是用花卉命名的，分别为素馨、丹桂、紫薇、绣球、秋英、墨兰，还有扶桑。素馨房相对宽敞，又有一面大窗户正对着院子，从窗户里望出去，整个院子略显粗放。左边有两棵巨大的罗汉松，被密集的棕榈和龟背竹簇拥着，右边是几棵夹竹桃，开满艳粉色的花朵，左右衔接的部分是几排茁壮成长的美人蕉和一些说不出名字的藤蔓。总而言之给人的感觉是一种别致的不讲究，看着莫名地心生欢喜，景致还可随着季节变换无穷，于是窗子就变成了画框。

房间里的屋角处也有一棵长得细长的高大植物银叶金合欢，精巧的小叶子，陪伴在一旁稍矮的植物是一盆绿珊瑚，外面的阳光洒向室内，营造出独特的树影斑驳的氛围。

实木的桌子是长方形的，结实厚重纹丝不动，桌子中间铺着细竹卷帘，上面放的茶具是粉引。粉引的特质是外面挂了一层白泥浆后再烧制，介于土釉和玻璃釉之间，呈现出另一种釉色，微黄的暖白，它的表面略显粗糙，有裂纹或者气泡，并不十分细腻光滑，但是衬托性极强，极尽淳朴、低调和包容，无论是搭配茶水还是瓜果和糕点都不会显得突兀。有一说称粉引会让茶叶回归大地，使得茶汤更鲜。

桌子两边配着四把六方扶手椅，是仿明式家具的样式，后背宽，座位面积大，既美观又舒适，比较坐得住。

然而，梅贵姐喝了一会茶就坐不住了，她说你们喝着，我出去转转。从她的眼神里心娇可以看出她的羡慕之情，有点像小女孩那样充满好奇。果然她一出门钟小姐便道，梅贵姐的心愿一不小心就被你实现了。

两个人说了一阵子闲话，心娇书归正传道，开门做生意我知道的可太少了，还请钟小姐指点一二。钟小姐道，粉引用得挺好，也是上等的绿茶，但是呢，广州的水最适合泡的是乌龙茶，你可以选武夷岩茶，一个是经泡；二来价格也下来了，做生意跟请客不同，太贵的东西好是好，但是难长久；三是岩茶芳香浓郁，回甘生津，解腻也恰到好处。

还有单枞，跟大油的点心是绝配。

想想也是，像龙凤灌汤饺、金陵鸭粉卷、千层鲈鱼块、香煎卤肉包、鸡粒粟米盏，又有哪一件是不油腻的呢，就连咖啡奶糕、桂花枣泥卷也都是绝不肯败下阵来的甜腻皇后，配什么茶太重要了。

钟小姐还说，点心做得不错，只是来回就这几样难免单调，以后我逢周六周日会做一些"星期美点"送过来，卖掉了你就给我结账，卖不掉你们就自己吃了吧，也别给我送回去了。

心娇笑道，钟小姐亲手做的点心我们就是用胳膊肘想都知道会供不应求啊。一边心想，生活在西关的女子真是豪爽大气。

领教，领教。

这一次梅贵姐说是来喝茶品点心，其实心不在此，不仅把茶舍的角角落落都细细看了一遍，还跟心娇的妈妈说了些家常话，又追问了福安茶舍的生意怎么样，末了还认识了两个茶客。钟小姐道，好像你马上就要开店似的。梅贵姐酸溜溜地回道，你们就好啦，只剩下我一个人没有着落。说得眼圈都红了，心娇怎么会不明白，捞偏门的人最大的心愿都是上岸。

这之后隔了一个星期，钟小姐果然打发伙计送来"星期美点"，果然也是不到两个钟头就卖得精光。

"星期美点"由陆羽居茶楼的点心师傅郭兴首创，意在每周推出一定数量的新点心区别于"长期美点"，一经推出便茶客盈门，上档次的茶楼纷纷效仿。一般情况下，"星期美点"最少也是八咸八甜十六款点心，多的时候不可计数，总之只要是为了招揽食客大家都是勤力有加。

钟小姐做的点心里面，最出彩的就是红豆酥饼和椰蓉雪饼，简称黑白双饼。红豆馅入口即化，满口豆香给人丰富的满足感；雪饼的饼身丝滑软糯极尽缠绵悱恻，体验鲜见的缱绻温柔，自然是备受欢迎。

福安茶舍的两个点心师傅不服气，非要做出自己的黑白双饼，吃了做，做了吃，反复试验也没成功，只得出了一个"真知灼见"，就是除了红豆和糯米粉以外肯定加了什么食材，至于是什么根本试不出来。

好彩不快道，算了算了你们也别试了，就你们做的废点心我们都快吃吐了,闻到味就想吐。说完还翻了个白鸽眼。

心娇心想,你们都能把食材吃出来,那钟小姐还是钟小姐吗?真是青皮仔没见过真佛[1]。

· 4 ·

梅贵姐说老顾这个人,帮闲确实是一把好手。

这话一点不假,自福安开张以来,他也会时常搞个雅集什么的,并不是特别风雅那种,而是各种闲杂人士聚在一起吹吹水,顺便做点小生意。比如一些旧货佬、文物店的跑街[2]、代笔师、写稿佬等,感觉老顾认识人多,可以帮他们卖掉手上的一些假古董赚点小钱。这一类人的特点是随时随地可以从兜里掏出一块和田玉或者吊饰什么的,加上一个真假难辨的小故事,把别人的注意力吸引到他那里去。

而且老顾还真的就有这个本事,总能找到一个半个为大家吃喝埋单的纨绔子弟或者小商人,让那些斯文的穷鬼占到实惠。

他自己又可以心安理得地喝一壶好茶吃一顿美点,面子上又给福安拉来生意,岂不两全其美。

要说老顾这个人还是有些见识的,就是太穷,找钱这件事本来就不容易,加上他爱吃手里留不住钱,只有吃掉才能安心做事。所以他平时总是显得黯淡萎靡,还有一点睡不醒的潦倒风。

---

1 形容生瓜蛋子没见过世面。
2 销售。

只有聊起文化来他才会突然变得神采奕奕眼冒精光，处处显现他的博学，把那些不明来路的东西说得价值连城。

这一天下午，天空怒蓝清风自徐，应该也是雅集的美好时辰。还是这堆人在老顾的召集下，聚合在素馨房内喝茶吹水，顺手带来的物品有砚台、墨盒、水洗、书镇一类的文房物品。玉器的小把玩有伏虎罗汉、瑞兽、花佩等。一般他们闲聊的时候，心娇并不出现。

只因在她眼里，这些人与物都是残次品。

不过这一天又有所不同，老顾专门跑出来把心娇叫到房间里去，说是有个朋友弄到一本宋本的《四大家帖》，当然只是其中的一册，品相残破但还是相当精彩，心娇轻轻翻动看得入神。另有一个跑街带来一幅长卷，也颇有些看头。此卷并非出自名人之手，作者无名氏，应该也是位民间高人。长卷徐徐展开，但见一段江流，浩浩荡荡一望无际，却又一马平川波澜不惊，时值傍晚月亮初明，江上一船一船的鲜花疏密有度，依稀可见载花的木船上有人手摇双桨，你追我赶，冲岸而来。

要说猜画是最有意思的一件事，老顾在一旁解释道，这一段河流肯定是珠江，为什么呢，因为摇船的都不是妙龄少女，而是身体丰满的妇人，又黑又壮，穿着黑油油的香云纱绸，长期摇橹撑桨腰臀粗壮，如果是江南女子必定是纤云弄巧人细如竹。再说时间，应该是南汉王朝，那时皇家的酷奢之风已经影响到民间，广州人对鲜花疯狂的消费近乎成为无底洞一般。珠江南面有一个叫庄头的地方，从西汉开始就大量种花了，古人用"弥望如雪"来形容，慢慢靠种花养家的人越来越多，形成一个巨大的市场。

为什么傍晚才运花呢？因为鲜花娇嫩，不仅不能让阳光直晒，还要用湿布覆盖，鲜花才不会一下子开尽。所以这也许不是傍晚而是凌晨，素馨花就是要半夜去采摘，花期短而金贵。不过你看这船上还有茉莉、吊钟、水仙，真是合匝缤纷，弥望不绝啊。

长卷的名字叫作《万花临岸图》。画长九百二十厘米，高七十四厘米，为绢裱卷轴水粉画。创作时间不详，大概是在乾隆或者道光年间。

画卷所描绘的岸上，锦天绣地的花花世界成行成市，女人是买花的最大主顾，有人十朵八朵，有人升计斗量，整筐地买回家，还有些女孩头戴花冠或者花项链四处行走，可以从她们的服饰上分辨出贫富之别，但都个个喜笑颜开。还有用车载花的男人，估计是拉去自己的铺面卖花。

这时心娇听到一个浙江口音的男人说道，老顾老顾，别再讲花了，没意思，讲一点荤的好伐，讲讲江边的花艇，怎么会有这么多花艇哦。

他的话引起一阵哄笑，有人道，我都不明白，女人怎么会那么中意花，又不当吃又不当喝，看两眼，一觉醒来就啥都没了。

马上有人接话道，女人就是花呀，一开一谢鬼那么快，然后就唠唠叨叨真是没法忍啊。

好几个脑袋埋得更深了，都在画中江边停靠的密密层层的各类船舶中寻找花艇，老顾居然可以在其中分辨出"推拿艇"和"酒菜艇"，并且指着一个看上去比较高级的"娱乐艇"道，这个就是"紫洞花艇"，工笔画得细致，艇有两层，下层的窗户还镶嵌玻璃，看得见里面的冶游公子和香粉美人围在一起品茶吃点心，还有两个琴师在伴奏助兴。舱内陈设灯洋镜，入夜张灯犹如广寒宫般明星普照，十里繁灯，喧闹达旦，无复知有人间事也。

浙江口音道，我猜这还是晚上，明月初升，晚潮乍起，小艇如梭，游人如市，仿佛在阵阵花香中听到卖花声过不绝于耳，不可能是凌晨。

老顾笑道，极尽纷华靡丽，早上晚上又有什么区别啊。

由于素馨房里的声浪高潮迭起，招惹到好彩和临一都跑来看热闹。心娇听到有茶客在走廊大叫加水啊，便急忙抽身出来去招呼客人。她去拎开水壶时，帮忙照看茶水的母亲说道，你也太惯着好彩了，她现在说话粗声粗气连你都敢支使，真是妹仔大过主人婆了。心娇叹道，妈你也省口气吧，家里如果没有一个伶牙俐齿的，万一有人欺侮我们是你出去骂，还是我出去吵。

说完垂下眼帘，拎着一壶开水扭身走了。

· 5 ·

每逢休息日的前一晚，小镜子总是想法多多，这里也想去那里也想去，从城东想到城西。这也难怪，苏家的帮佣，每人每个月只有两天休息,大家自然都很重视,都有自己想去的地方。一般情况下阿麦都是和小镜子一起过休息日,如果是去行街也有个伴。

不过这一天的休息日小镜子只有一个想法,就是去位于长堤的大新公司。大新公司是一家百货公司,一共十二层,据称是东亚最高的建筑,有电气的升降机,屋顶还有花园,站在上面可以看到整个珠江。小镜子说她只听说过但是没去过,一定要去见识一下。阿麦道,那里根本不是我们该去的地方啊。小镜子道,凭什么我们就不配,看看也不行,你看那个车太太,二太太请她到家里来吃饭,她带的帮佣手腕上还戴着小金表呢,全身擦得香喷喷的,不知道的人还以为她是姨太太呢。

阿麦道,那人家车太太是香港人啊。小镜子撇嘴道,香港人怎么了,帮佣还不是帮佣,就知道自己是东家的脸面,多见过世面似的,说我端菜端得不对倒茶倒得也不对,哪像我们这里的人,整天穿着一团漆黑的大襟衫,跟个鬼一样。

话虽这么说,到了第二天,小镜子穿上她的竹青色绵绸大襟褂,宝蓝色的宽腿裤熨得平平整整。阿麦上下都是藏青色的衣裤,也算穿得贴实。

大新公司下面几层都是卖百货的,其中化妆饰品、钟表眼镜、银楼珠宝、成衣绸布应有尽有。阿麦和小镜子当然什么都不买,只是眼睛吃大餐倒也落个心神不烦,两个人好奇地边走边东张西望,觉得满眼都是漂亮东西。小镜子还小声提醒阿麦道,你看就看,不要老张着嘴,好像什么都没见过似的。

阿麦马上闭上嘴，然后紧紧地抿住嘴唇。

这时候她觉得右脚好像被轻轻碰了一下，便低下头去，只见一个绿色的花皮球就停在自己的脚边。她俯下身去捧起花皮球，只见一个男孩子已经跑到了她的面前，扬着头定定地望着她。

这孩子的眼睛就像点了漆那么雪亮，头发极其茂盛，也是又黑又亮，更显得两边粉嘟嘟的腮帮子又白又软，让人忍不住想伸手捏一捏。

阿麦把皮球递给孩子，正想摸摸他的头，只见孩子的母亲已经走到面前，四目相望两个人都愣住了。原来孩子的母亲正是喜儒堂的贺太太，阿麦顿时变成呆头鹅，一时不知道说什么，贺太太也只是点头示意，一句话没说拉着孩子就走了。好一会儿，阿麦还是站在原地一动不动。

小镜子望着渐行渐远的母子两人道，你认识她吗？

问了两遍阿麦才道，她是贺太太啊。

原来贺大夫经常出入苏家，苏家上下的人差不多都认识他，但是几乎没有人见过贺太太，所以小镜子才说，没想到贺太太长得这么好看，怪不得她儿子也那么精神。傻站在一边的阿麦默不作声。

本来大新公司是越往上走越精彩，每一层楼的风格都不同，有餐厅、茶座、澡堂、电影场，到了屋顶花园，小镜子眼睛都亮了，如果没有其他客人她肯定要转圈子了，因为放眼望去，辽远开阔的珠江上白帆点点，十分壮美。可是阿麦的心情已经沉入谷底，一丁点心思都没有了。

时间过得真快，居然有三年多了，可是她一次都没有见过小偶。

想不到贺太太把他带得这么好，不是说不带孩子就不会产生感情吗，可是为什么她的心还是这么痛呢。

为什么她还是想把那个孩子紧紧地抱在怀里呢。

下午一点多钟，阿麦和小镜子才走出大新公司，虽然没花一分钱，但是眼睛看了个饱，还是赚到了，心情也为之舒畅，所以小镜子感到心满意足，完全没有注意到阿麦面容晦暗两眼失神。

美梦如泡影很快就消失了，人的肚子还是会饿，于是两个人走去上下九[1]找东西吃，这里是比较早的商业街区，食肆和商店林立，行人也相当密集，显得熙熙攘攘。住在楼上的女人会把钱装在小篮子里，用一根细绳徐徐吊下来买"鸡公榄"，就是一种腌制过的橄榄，酸酸甜甜的，很受女人喜欢。卖鸡公榄的大叔头戴又小又尖的竹笠，脸上画着油彩，身上套着一只纸扎的公鸡模型，有头有尾形象逼真色彩缤纷，手里还拿着一只小唢呐，发出捣蛋的"嘀嗒嘀"那种声音，时间一长这声音就变成了"鸡公榄专属"。楼上的女人想必也是听到声响才探出脑袋，烫着一个爆炸菊花头，喊一声"辣同唔辣，每样三只，和顺榄四只"，大叔把鸡公榄用废报纸做的纸袋包好放在吊篮子里，那个篮子又徐

---

[1] 广州著名的商业步行街。

徐上升了。

如果楼层没有那么高，鸡公榄大叔就抛榄上楼，嗖的一声，一包橄榄就钻进一扇窗户。抛榄也是一绝，如果偶尔抛不准纸包掉下来橄榄散落一地，街童就会跑过来疯抢，大叔也会觉得没有面子。

临街有一个专门做煲仔饭的小店，只有几张桌子，但是食客拥挤，全部拼桌[1]照样满满当当，走一个人必定来一个人，像敲钉子那样插进去，整个小店烟熏火燎，散发着腊味与米饭混合在一起的香气。

小镜子叫阿麦想办法占座位，自己去排队买号牌，店家是靠叫号牌把热气腾腾的煲仔饭蹾在你跟前的，对，就是面无表情咣当一声那种，生意好的店家都是这个鬼样，皇帝女不愁嫁嘛。

好不容易有一个食客走了，阿麦急忙坐到空了的位置上去，还需要一个座位，只能慢慢等待，如果不行这个位子就让给小镜子坐，自己坐到门外的麻石条上去吃，刚才还看到两个像是出苦力的男人蹲在麻石条前面吃煲仔饭。广州人就是这样，坐着吃站着吃当街当巷走边吃都好正常。

没有人觉得吃东西是丑的。

买号牌的队伍也很长，于是阿麦用两只手托着下巴，满脑子都是贺小偶。

想不到坐在她身边吃得满头大汗的男人突然说起话来，他

---

1 不认识的人坐在一起。

说，你是阿麦吧。阿麦吃了一惊，扭脸看着身边这个男人，是觉得有一点点面善，但是想了想，还是感觉完全不认识啊。

这个相貌还比较老实的年轻男人说道，我是原来跟鹏仔一起混的花猪。经他提醒，阿麦想起第一次遇到鹏仔时，的确有这么个人在跟鹏仔一起喝酒。

花猪说他的腰伤到了，所以拉不动板车，现在只能在这里给人看店，一边指着对面街上，是一家五金杂货店。

两个人又说了一些闲话，这时小镜子走过来，手里拿着买好的竹制号牌。花猪就匆匆吃了最后两口，然后起身把座位让给了小镜子。阿麦一直在他身后说谢谢，他头也没回地跑到街对面去了。

这时有个上年纪的妇人过来收拾前面客人吃过的煲仔，动作比较缓慢，又把桌子简单擦了擦。隔了不多时，新鲜的腊味煲仔饭就上桌了，香气扑鼻。阿麦觉得自己很可耻，居然把一煲饭都吃下去了。她对自己的解释就是既然小偶是亲生的，肯定想他有个好的前程，那让他跟着贺大夫是再好没有的出路。想多了也没用，她和鹏仔都是烂命一条，自己都活得乱七八糟，就不要再耽误孩子了。

然而过了两天，阿麦的想法又有了微妙的变化。

女人就是这个样子，说的跟做的不一样，这时想的跟那时想的也不一样。阿麦觉得鹏仔再不好也是自己喜欢过的人，而且是小偶的亲爹爹，所以即使两个人之间再无瓜葛，她也还是想知道他现在过得怎么样，也不知道是希望他过得更好还是更糟，或者他更糟了还有可能回头。社会上这一类的新闻多得很，女人让男人致残，男人让女人毁容，最终都是为了两个人不再分开。

以前阿麦对这样的行为并不理解，现在却有了切身的体会，因为有时会莫名其妙想起鹏仔曾经对自己身体的冲击，那种力量令她很难忘记，也跟鹏仔是个烂人没有关系。

这时候再回想起花猪，就觉得不仅仅是讲了几句闲话，感觉他还是有一点点欲言又止，可能是当时的自己太心不在焉，便让花猪什么都不想说了。

所以又过了几天，阿麦利用一次外出办事的机会，一个人跑到上下九的五金店找花猪。当时是中午不到两点，店里没有什么客人。花猪见到她也不觉得有什么意外，还说你不来我跟谁也不会提这些事，来了就告诉你，以后多个心眼，别什么人都相信。

十三行有个商人名字叫蔡七，人称七哥，就是那种在当地平淡无奇，到了广州便如飞龙在天鱼跃大海的福建人，看上去个子不高，而且又干又瘦，可是他筋骨好，能熬，很少看到他休息，而且心思缜密。他发现十三行虽然是个制造商业神话的地方，仿佛每天都有发财故事、巨富诞生，其实来自官府的苛索奇多，经常巧立名目搜刮大小商人，正经的官税就不用说了，永远居高不下。

所以，七哥就找了一个相对僻静的地方，买下若干货仓，在他熟悉的货船入港前，先把货物卸下货船藏在货仓里，然后再用蚂蚁搬家的办法悄悄帮商家入库，可以省去不少钱财。

鹏仔、花猪和虫虫都是给七哥运货的。

结果赶巧出了这么一件事，一个大佬的一批货刚好放到七哥的仓位，还没来得及办后面的事宜，大佬就因为债务纠纷跟人发生争执导致猝死。那他的这批货物不就落到七哥手上了，一查，原来是烟土和皮货，价值有几百万银元之多，当然更怕被地方官敲诈。

七哥也很会做，给了他们三个人封口费。但是鹏仔嫌少，他跟虫虫和花猪商量，要把这个消息通报给路路通公司的老板陆山河。陆山河这个人玉面长衫，看上去像个读书人，待人也是不卑不亢很有架子那种，但是就是感觉这个人不怒而威财力无边。鹏仔平时最羡慕的人就是陆山河，苦于巴结不上，人家也不知道有他这么一颗甲由屎[1]存在。

现在好啦，他可以拿着这个消息去当投名状，又可以入伙又可以再赚一笔，因为谁都知道陆山河的真实身份是帮派大佬，就是黑社会。

三个人商量的时候，花猪就苦劝鹏仔不要沾黑，钱好是好，可是也不能用命来搏吧。花猪说我爸从小就跟我说，一个是黑一个是赌，再加上女人，都是会要了男人命的东西，死都不要碰。

可是鹏仔怎么会听呢，他说穷，还不是一个死。

最后的结果就是陆山河找到七哥，两个人平分了大佬的财物。这件事就被按下没有报官。鹏仔带着虫虫投奔了路路通公

---

1 蟑螂屎。

司。花猪就谎称自己腰坏了离开了他们,七哥那里也没法待了。

花猪还对阿麦说,鹏仔喝醉酒了以后提过你,说你喜欢他,对他死缠烂打还送上门去。反正你小心一点才好。

阿麦气得肺都炸了,脸上一阵红一阵白的。

回到家以后阿麦越想越生气,一晚上也没睡着,她简直就是生自己的气。为什么要去找花猪打探鹏仔的消息,为什么要去听这种屎一样的话,自己到底是在幻想什么呀。

她又在心里打了自己一巴掌。

· 6 ·

心娇给客人续好了茶水,便离开了那个叫"墨兰"的房间。只走了几步便与迎面过来的客人撞了个脸对脸,两个人同时都发了一会怔。

还是客人先含混不清地说了一句,我的天哪,这是谁呀这是谁呀。

然后客人不由分说一把抱住了心娇,也不管心娇手里还提着水壶,心娇也只好垂着手由着这个男人抱了一会儿,男人还在她耳边说道你想死我了,心娇轻声回道你先松开手,这里人来人往的。男人松开手却道,笑话,我还怕人看见吗,谁不知道你是我的心头好。不等心娇回话又道,不过你是真不知道,你这一入侯门害死了多少男人啊。

这个看上去乐开了花的男人不是别人,正是苏虾米,而且就是老顾请来给穷酸吹水佬们埋单的金主。

心娇对苏虾（熟人都不说那个米字，好土）还是有点印象的，因为苏大阔带着他到妙合来的时候他还是个十足的青皮仔，来到心娇的闺房，看到贵妃榻上搭着的长背心、马甲、胸褡、有紧带的短裤，脸就红了，人紧张得直冒汗。心娇道，没见过你妈妈的这些东西吗，真觉得那么性感吗。苏虾闷了半天才小小声说道，我妈妈生病走了。

当时心娇的内心顿生怜悯，又见他一只眼睛戴着眼罩，说话也不利索，就知道他的内心是极度自卑的。于是就细声慢气地跟他聊天，直到天色晚了苏虾也慢慢平静下来了，她才用一条红绸巾蒙上自己的眼睛，其实透过丝绸的经纬她是看得见苏虾的，但还是装作摸索着给他轻轻地解扣子脱衣服，并且安慰他道，你脱一件我就脱一件，这是我们两个人之间的规矩，你说好不好。心娇的声音越温柔，苏虾的呼吸便越急促，身体也没有那么僵硬了，直到心娇脱得剩下最后一件小衣[1]时，才顺理成章地把苏虾的眼罩摘下来。

然后呢，她就轻轻地捧着他的脸颊，还是像盲妹那样指尖细细地游走，开始抚摸他的脖子、后背还有前胸，她可以感觉到他像听话的小狗一样温顺下来。在这个过程中她发现了他的后耳根是敏感部位，于是她俯下头去轻咬他一侧的耳垂，果然他像豹子一样转身把她扑倒在身下。

---

1 文胸。

第二天下午，苏虾米独自来到福安茶舍，选了"秋英"茶室作为自己的长包房。秋英房也没有什么特别，因为房间不大，所以只靠墙放了一张罗汉床，用一个红木矮桌分隔成两部分，分别堆着若干锦缎的靠枕，略显香艳，表示床上既可相对喝茶，也可以侧卧稍作歇息。但是大多数人都会理解为此处以观赏为主——罗汉床的上方是四扇轩窗，放眼望去，可见后院有一处假山石壁形成的"涧"，有一道细水缓流，令茶室显得更加幽静。

罗汉床的下方另有一张圆桌，四把椅子，品茶是再好不过了。

曾经的恩客过来喝茶，又那么肯花钱，心娇当然要亲手为他斟茶，布置最可口的点心。见屋里没人，苏虾米便从后面抱住心娇道，你比以前更有味道了，我现在才知道什么叫女人味，以后我天天来看你。心娇倒完茶腾出手来将苏虾米的臂弯放下，转过身来劝道，那你也是来喝茶，你刚才也看到了，我把母亲和弟弟都接了过来，还有那么多客人，你多少给我留点面子，别让人看低了我，只规规矩矩地喝茶可好。

苏虾米还是忍不住去拉住心娇的手道，我知道我知道，你只管放心，我认识的人多，把他们全部带过来喝茶就是了。

此后，苏虾米的确隔三岔五地跑到福安来喝茶，有时候呼朋引类，有时候搓几圈麻将，哥几个嫌福安的点心寡淡，嚷嚷着要吃华北饭店的熏肉大饼，心娇就吩咐好彩领着临一去买（这样下次临一就可以自己去买了）。

有时候天色已晚，苏虾米又不知在哪里喝多了，便来秋英房里睡一会儿，来得多了也没有人打搅他，随他去便是。

没人的时候他对心娇上下其手也是有的，但是心娇不愿意他也不强求。

• 7 •

一天晚上，天气不冷不热轻风习习，是广州难得的好天气，院子里的夜来香慵懒恣意，浓浓地散发着独有的气息。这天晚上虽然苏虾米没来，但是茶客比平时要多一些，院子里的凉亭和散座都坐满了人。

禅房的门开着，坐着品茶的客人。

心娇在收款台打算盘，又把算过的账单用另外一个铁夹子夹住。这时临一带着一位女客人走过来，说是要找心娇。

心娇见到这个女人长相丑陋却气势非凡，急忙放下手上的事，从柜台里走出来以示恭敬。想不到这个女人什么话都没说，迎面就先扇了她一巴掌，由于猝不及防，心娇感觉到一边脸迅速地肿胀起来，她摸了摸嘴角，已渗出血来。

临一吓得张口结舌，急忙跑去找好彩。

女人骂道，你是什么东西啊，敢勾引我老公，也不找个镜子照照看，光孝寺的香炉人人插，不要脸的贱货。这个女人骂得咬牙切齿，句句话犹如飞刀一般直冲心娇而来，根本让人无法招架。

一时间心娇也只能捂着脸默不作声。

好彩可不管那么多，一边叫道你这个疯婆子，一边操起晾晒茶巾的竹竿来打这个疯女人。但显然这个女人是个硬茬，她来时身后就跟着三个剪着男孩头的女孩子，半大不小十几上下的年纪居然手上也都拿着棍子，其中一个跟好彩打了起来，另外两个直接把博古柜里的摆设、餐柜里外的瓷器、喝茶的碟碗砸了个稀巴烂。她们见桌掀桌，见椅摔椅，棍棒之下所有精美细致的物品无不香消玉殒。

这下子临一急了眼，拎起手边的凳子向疯女人甩了过去，疯女人一偏头，凳子从她的左肩划过飞到墙上落地时就散了架。那个女人临危不惧，直扑过来在临一的脸上一抓，顿时几道血印子挂在了临一脸上。

茶客们不知发生了什么事，纷纷跑过来围在前堂看热闹。

心娇后来才知道这个女人就是苏虾米的老婆姜穗，带在身后的是她学校里的女学生。她们大闹一场，扬长而去。

苏虾米吓得再也没敢到福安来，福安也只能一度关门谢客。

当天晚上，茶客散尽，心娇望着一地狼藉面无表情，内心的急火却按压不住，感觉五脏俱焚，一头栽倒在地上。

心娇在楼上自己的房间里躺了两天，母亲每天熬一点白粥送到床前，两个人也没有什么可说的，母亲除了叹气还是叹气，仿佛在隐隐地责问她，就不能赚到干净一点的钱吗？可是这个世界上哪有女人能挣到的干净的钱。所以她根本不是不相信男人，她是不相信人。她如果不是无情无义怎么活得到今天。

想别人还是太容易了,哪怕是自己的亲人。

心娇转身面壁,不愿意再看到母亲的脸。

然而让心娇没想到的是,也就这短短的两天,她的艳名远播,坊间都在传说福安不是妙合胜似妙合。晚报上也绘声绘色大肆渲染了这件事,并且把她的过往扒了个底朝天,就连严瞠去当了和尚也被扒了出来,这种艳情小说里才有的情节总是格外吸引人。于是福安茶舍的门外会蹲着几个小报记者,还有一些莫名其妙的人守住门口说是想一睹名妓的芳容。

到了第三天晚上,老顾上楼来看心娇。老顾人还不错,出事当天夜里就跑过来了,虽然见到现场也傻了眼,但还是说了一些安慰心娇的话,说这还是邻里纠纷,要以息事宁人为主,其实就是惹不起躲得起的意思。

但是今天的神情就已经变了,显得格外凝重。不过当着邓妈妈的面他什么也没说,只是说因为担心再过来看看。他在床的对面找了一张椅子坐了下来,说了几句闲话。一直等到邓妈妈离开,他才拉了拉椅子凑过来压低嗓音对心娇说道,这件事也传到房东耳朵里去了,于是跑到老顾家去等了他四十分钟才把他等回家,态度非常坚决,叫福安茶舍"要不人走,要不店走",因为害得她名声不好,有人说她断头巷又不是烟花巷,人家给了你多少钱你要把院子租给这种人开茶馆,结果租出个大头佛来,现在说都说不清了。

心娇冷着脸一声不吭,心里早已是翻江倒海。店怎么能走,钱都花出去了还没回本;乡下的房子都卖了也回不去,一家人住在哪儿；店没了靠什么生活。人走，就是叫我走，可是我能到哪里去呢。

老顾是什么时候走的，心娇完全不知道，等到她回过神来的时候，房间里只剩下她一个人半靠在床上，窗外一片漆黑。

这时她才隐隐听到淅淅沥沥的雨声。

· 8 ·

吴将军家的后门大门紧闭，黄铜的虎头门扣依旧威武敦厚油光锃亮，天色刚一擦黑，屋檐上方的四盏大灯还是那么明亮晃眼。

拍门的前一刻心娇突然有点犹豫了，肖副官会在吗，他们在外面的公务不是吃紧了吗，见到他说什么，或者就算他想帮她又能怎么做呢，她想让他怎么做呢，他会去告诉吴将军吗，吴将军会为她出头吗，总之她脑子里一团乱麻完全没有头绪。如果这种时候见到肖副官，忍不住抱住他大哭一场也未可知。

可是这是她唯一能想到的出路，不试一试她会甘心吗。

心娇抓起虎头门扣敲了两下，隔了好一会儿，大门上方的小窗才被打开，胡子叔的脸出现在小窗里，见是心娇他明显地感到意外，但还是关上小窗，自己从出入的窄门里走了出来，径自抓住心娇一侧的胳膊把她往大门旁边的围墙下面拉，直到两个人同时融进黑暗里，胡子叔才急匆匆地说道，你来干吗？心娇一时给噎住了，愣了片刻才吞吞吐吐道，我想来看看肖副官。

胡子叔又警惕地看了看四周，感觉确实没有什么异常情况，才压低嗓音呵斥道，看什么肖副官，你赶紧回去吧。

说完他果断离开了，还是他以前的风格，没有一句废话。就在他走到窄门处准备进去的时候，又回头看了一眼，见到心娇仍旧站在黑暗之中一动未动，便又转身返了回来，迟疑了一下才道，吴家出大事了。

心娇急忙回道，出了什么事？

胡子叔道，肖副官和吴将军在外面执行公务，汽车里被人放了炸弹，两个人当场都被炸死了。

心娇倒吸一口凉气，两腿一软差点没坐在地上，被胡子叔一把托住，道，这是昨天发生的事，你知道"两广事变"吗，这就是暗杀，吴将军在陈济棠这一头，这次陈济棠玩不过老蒋也跑了。现在吴家乱成了一锅粥，想着秘不发丧，因为好多事还有手尾必须处理一下，否则人死灯灭，会有很多呆账烂账成为遗留问题，再也不可能解决了。

胡子叔把心娇扶到围墙下面的一处石阶上坐下，他说我要进去了，你歇一会儿就回去吧。说完就快步闪进了窄门。

心娇的脑子里一片空白，而且天气好端端的，她却感觉一阵绝冷，不禁打了一个寒战。一时间根本不敢相信眼前的一切会是真的。她想起和吴将军分手的那个晚上，可能是吴将军感觉到她对那把手枪没有想象中的惊喜，便道，君子藏器于身待时而动，你太年轻了不懂，乱世最要紧的是防身。吴将军还手把手地教她怎么瞄准怎么打枪，她一边学一边看着他一侧的脸颊，他的脸颊不是那种棱角分明的刚毅，而是结实的饱满，让人很想抱住他的脑袋亲一口，尤其是他专注认真时的样子。没错，他现在死了，她才敢承认她好像是喜欢他的，谁不想仗势欺人啊，不得已才做了缩头乌龟。

她就是喜欢有钱有势又孔武有力的男人。

可是喜欢有什么用，她是再怎么努力也爬不上这半截台阶的，哪怕是做一个小业主。因为她不配。心娇始知，逆天改命只是一个肥皂泡而已。

她在黑暗中坐了很久，亲眼看见一个宁肯栽倒也不轻易掉泪的女人，眼泪一颗一颗地跌落下来。

快到家门口的时候，心娇看见好彩呆立在院门口，夜深了，福安茶舍的门口已经十分清静。见到心娇好彩快步迎了过来，悄声告诉她苏虾米家的姑姐阿麦已经在店里等候多时了。

心娇见到阿麦，见她欲言又止，便把她带到了秋英房。

也就是因为这间房子比较偏才没被砸到，其他的尤其是素馨房都是面目全非。关上门之后，阿麦说并不是苏大阔或者苏虾米叫她来的，而是苏府的二太太叫她专程来赔不是的，她把人物关系简单介绍了一下，表示非常对不起店家，但也请店家不要告官，生意人最怕官非，多有得罪多有得罪。然后阿麦又把一个装钱的信封小心翼翼地放在桌上。

心娇从头到尾没有说话，临走给了阿麦一点跑腿费就让她回去了。

第二天上午，心娇梳洗完毕，苍白的脸上略施粉黛，显得更加冷艳动人，加上一身皂色，很是离尘脱俗。她带着好彩和临一外出重新购置物品，门口等待的人无论围着她问她，看着她摸她衣服的质地，她都一声不吭一概不理，径自离去。有人说你又不是花瓶，就一香炉，有什么"巴闭"[1]的，她也只当没听见。尤其是旧式女人，终于可以胳膊挽成麻花斜着眼睛看她了。

重新买来碗碟茶具，又请工人来修砸坏的桌椅板凳和散架的柜子，还有新买的物件由店家派人送进来。心娇扎着围裙跟大家一起洗扫抹抬，光是各种瓷器就洗得无穷无尽。

老顾每天都到福安来，见心娇一连数日没说过一句话，也有些不知所措。大凡男人都习惯了女人絮叨，碰到一个狠的便乱了方寸。

老顾手里还有最后一张牌，就是娥姐。娥姐无论怎么保养如今也有五十岁了，她是世家出身，祖上就有钱。应该说像广州这样的千年商都，这样的有钱人并不少见，但是有钱又喜欢穷酸文人的还真不多，或者说穷酸文人最喜欢巴住的就是富婆。所以也有人劝老顾别放掉娥姐这条大鱼，老顾呢，偏不，他说千古文人侠客梦，我喜欢的是红袖添香美人研墨，本来就穷，就不委屈自己了。

所以娥姐有事没事地找老顾，老顾总是客气地回避。

心娇没有见过娥姐，据说长得像鲇鱼（这也是老顾说的，就是两只眼睛的间距过宽），反正老顾是没看上。然而遭遇到目

---

1 厉害的意思。

前的僵局，老顾也只好捏着鼻子去拜访娥姐，求她当福安茶舍的大股东，又说自己在福安也有一点点参股，总不能看着它死掉。娥姐道，你当我是傻的吗，我又不是不看报，你这个人我还不知道，一辈子都是被漂亮女人玩得团团转。老顾笑道，就是就是。娥姐幽幽说道，你以为我是看上你这个人，真是无脑，我是看上了你的才华好吗，还能吃了你不成。老顾还是笑道就是就是。

久攻不下的硬山包，如今自己送上门来，娥姐还是挺高兴的。于是答应做福安茶舍的大股东。又出了一笔钱，体体面面让福安重新办了一回开张，表示过去的事不作数，全部另起炉灶。

当然老顾也不是完全不用付出代价，他每个礼拜要到娥姐的府上去教她唱粤曲《小青吊影》，这种相思无尽痴情错付的子喉，还真不知道大嗓门的娥姐会唱成什么样。不过之前心娇也横下一条心来，就叫好彩带着临一开店，请老顾和钟小姐多担待一点，不信家人混不出两餐饭来。

又过了大概一周的时间，心娇处理完各项事宜就回妙合了。

走前对家人的说辞是太累了，去朋友家里住两天，休息休息。母亲、临一和好彩都将信将疑地看着她，谁也没有说话。

奇怪的是她心中已经没有半点伤感，应是心如止水了。

万般皆是命，半点不由人。

· 9 ·

冷雨绵绵，凛冬已至。

广州的冬天如果气温降到十摄氏度以下,体感就非常寒冷了,如果遇到寒潮来袭更是冻得蚀骨。

心娇上次看到钟小姐的红泥炭火炉子不错,烟火气十足的东西做得那么清雅,就托她买了一个,炉子上的小砂煲炖着当归羊排,依依袅袅的香气细幼绵长。她则坐在贵妇榻上看一本《啼笑因缘》。

这时有人敲门,梅贵姐推门进来道,是大头飞家的羊排吗,怎么这么香。心娇撇嘴道,他家的羊肉煲香是香,可是一股膻味,是男人老狗吃的,我这是钟小姐派人送过来的羊羔排,没油星没膻味儿,清汤。梅贵姐酸道,只送给你一个人吃的吗。心娇笑道,说了,还要炖四十分钟,叫我们两个人一块吃。梅贵姐道,就知道她是周到的人,晚点我带酒过来。

梅贵姐走至门口,才想起自己过来干什么,道,安公子带了几个朋友过来,想听你弹琴唱个曲。心娇道,叫他开大厅。梅贵姐道,他说今晚不在这儿过夜。心娇漫不经心道,不过夜找我干吗,我现在只卖身,不卖艺。梅贵姐笑道,过分了啊。心娇道,谁过分啊,这又不是点菜单子,谁要去当他的凉拌黄瓜。梅贵姐道,好好好,我叫举举去陪他们就是了。

要不说女人的历练,是经得住磨砺得来的。重回妙合以后,大家都说心娇变得没有以前好说话了。

心娇至今都记得,她回妙合的那一天,正值大伙凑份子全都聚在餐厅里热火朝天地吃"二摊",原因是红姑要离开妙合嫁人了,那个男人是做眼镜生意的,虽然不是大富大贵,但是殷

第七章

实的小开,重点是人家还年轻才三十八岁,人长得不错,皮肤白净、细眉细眼、眼梢上扬的风流相,还有一颗惹人喜爱的小虎牙。老婆病亡,红姑过去直接续弦当正房,岂不妥帖。

而她呢,终是重堕勾栏,行话叫作"翻腌"。

梅贵姐怕心娇心里不好受,轻声道,你的闺房都收拾好了。迟疑片刻又道,你过来吃"二摊"吗,不想吃的话一会儿我陪你去吃消夜。心娇勉强笑道,干吗不吃,我是好久没吃"二摊"了,也想凑凑热闹。

那天晚上她喝大了,差不多睡了两天。

得不到的才是最好的,这也不只是男人的思维定式吧。由于心娇千呼万唤不出来,她的传说就会有新的版本重现江湖。她也不是赌气,就是心淡了,灯宵月夕,雪季花时,金翠耀目,罗绮飘香,什么繁华靡丽不是过眼皆空呢。她也挺感谢"新女性怒砸福安"的,至少破了她对金钱的执念,钱又改变了什么呢。

一律不见。包括闻风而来的苏虾米。

直到有一天,梅贵姐来找心娇,笑道,你拿乔也拿得可以了,苏公子今天送过来一张空白汇票,说是押在我们这里,说是到时候数字随便填。

你就见见他吧。

此后的两周苏虾米就没有回过家,只在妙合流连,每天花前月下芙蓉帐底。姜穗放话出来,男人流连青楼并不丢人,但是鸡就是鸡,冒充良家妇女跑出来勾引人就是不行。心娇也懒得理会，男女之事说到底，最终都会变成女人之间的暗战，跟男人一点关系都没有。

此外，另有一件事需要交代，就是心娇回妙合的那一天，报纸上登出了吴将军的讣告：吴祖梁，山东东平人，黄埔四期。性情疏野刚毅而不拘小节，虽是一介武夫但酷爱传统文化，将军书法擅长行草，博采众长，流畅朗秀。被称作一代儒将。然，世事难料，于某年某月某日因公殉职，享年五十一岁。

心娇是在两天之后看到这张报纸的，当时她正在闺房里给脚指甲涂蔻丹，她的脚长得很漂亮，娇小玲珑，五个细幼的脚指头亲亲热热地挤在一起，指甲盖上的樱桃红散发出宝石一样的光芒。

她用报纸轻轻扇着蔻丹，面无表情，就像什么事都没发生过一样。

但其实，心娇后来听说就是那个"南天王"陈济棠将部队改称为"抗日救国军西南联军"，他本人任总司令，要求中央抗日。但是老蒋着急打红军忙不过来，陈济棠便和桂军李宗仁、白崇禧联手反蒋，就是所谓的"两广事变"，但是他的人死的死伤的伤跑的跑，最终军权尽失，到底是谁干的莫衷一是。

唯一准确无误的是，日本人真的打进来了。

第八章

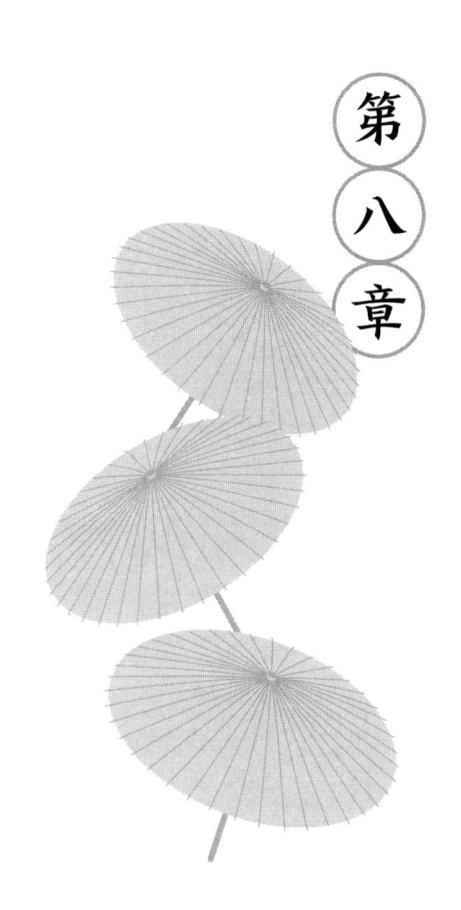

· 1 ·

1937年8月31日,日本军队首次空袭广州,此后对广州进行的反复、频繁、无差别轰炸的密度仅次于当时的陪都重庆。其中一次空袭,仅在惠爱西路、四牌楼一带人口最稠密的商业街区就投下了三十六枚重型炸弹,曾经的繁华之地被炸得千疮百孔,到处都是碎瓦颓垣。

日本军队开始向广州发动进攻。国民党在撤退之前对广州进行了焦土式的破坏,市政府办公楼、发电厂、重要的工厂设施、仓库,或纵火或爆破,令全城大火熊熊。小镜子和阿麦最喜欢的大新公司首当其冲,被烧了三天四夜,全楼烧通了顶只剩下钢筋骨架。从黄沙向东到太平路、法国大教堂一带火光四起,浓烟滚滚,街道灰烬纷飞如同黑夜。空气中不断传来凄厉的警报声,夹杂着火药、焦煳和血腥气。省城警局通知广州市民紧急疏散,通往四乡的路上,"走日本"的人潮汹涌澎湃。所有的车船都挤满了难民。沙面的法租界已经垒起沙包架起铁丝网把守森严,就连一只苍蝇也飞不进去;英国人的汽车在城里抢购生活物资,并在租界里养了十二头良种奶牛。

1938年10月20日,广州最后一批官员逃离了这艘即将沉没的轮船,大部分人于下午六点坐汽艇前往梧州或者更远的地方,丢下广州和一众市民听天由命。有人在沙面汇丰银行楼顶,目睹整个广州生灵涂炭变成人间地狱。

1938年10月21日,广州沦陷。

· 2 ·

幸好在这之前,苏步溪在夏葛医学校完成了两年的学业,又去喜儒堂跟着贺大夫坐诊,安静地坐在一旁观察、记录,遇到典型的病人,贺大夫也让她上手号脉。每天晚上她都会在灯下做翔实的坐诊笔记,又翻书重新查背汤头[1],这样坚持了一年多,贺大夫才觉得她可以独立接诊了。

于是她便在药街偏东的地方租了两间临街的铺面,打通之后重新装修作为诊所,取名为"康圆妇科医馆"。

从夏葛医学校结业之后,步溪仍然没有搬回家住,而是在外面租公寓安身,省得口舌与碍眼。但是有了诊所又不同,需要贴身的人看住店面,她就选择了阿麦过来,毕竟阿麦话少,会处理事,用着也放心。

如果步溪得空,就会和母亲在陶陶居喝个茶,说说话。

---

1 中药古方。

母亲说有一天傍晚看见宝珍一边洗碗一边抹眼泪,她是个粗人,很难见到她这个样子,于是母亲问她你怎么了,她说没怎么。母亲见四周也没人,便道,到底什么事,你就说嘛。

宝珍道,我跟着二太太从娘家过来,尽心尽力车前马后,到头来也比不过大太太的红人阿麦。上次去贺大夫家帮忙是她,这次去陪小姐开店还是她,我就这么拿不出手吗。说着干脆哇的一声哭出来。母亲当然也不会说她没文化不识字,只好说你做的饭好吃,怎么可能让你走呢,你也知道老爷吃饭,不是你淘的米烧的饭他都能够吃出来。

不过作为补救措施,母亲答应让宝珍到九如舫的后厨去跟陈容师傅学做叉烧包,每周去两次。宝珍这才破涕为笑。

叉烧包虽然是平常之物,卖得通街都是,然而因其寻常才有高下之分,陈容师傅做的叉烧包无论是软硬、干湿,还是馅料的甜咸比例,包括与面香混合之后的口感,全部契合在一个合适度上,一口咬下去就有夫复何求的感觉。他每天只做九十九个(一笼三个),不到二十分钟就被堂食的客人抢光光。

看上去陈容师傅好像没有私藏什么绝活,但是你就是学不会。

据说陈容的师傅姓谭,早已退休。他做点心的手艺极高,就是脾气臭,他带徒弟,坐下来先骂人,把每个人都骂完才开始说做点心的事。陈容在后厨"打荷"[1],都是干最脏最累的活儿,有一次给师傅递错了东西,师傅把锅铲一扔,劈头盖脸就是

---

1 干杂工。

一顿臭骂。大伙见到师傅有多远躲多远,也只有陈容可以笑着说我只当他是在唱歌。所以得到真传。

康圆医馆开张以后,还是有一些女性患者愿意上门,尽管大部分患者是贺大夫举荐给她的,但也仍然让步溪一直悬着的心慢慢放了下来。毕竟当初她走这一步的时候凶吉未卜,前景漆黑一团。

为此,她真的是从心底感谢贺大夫。

本以为最艰难的时刻已经度过去了,她的人生终于出现一丝星光。没想到对于苏家来说,巨大的灾难才刚刚降临。

就在1938年8月8日的那场空袭中,苏大阔正巧在惠爱西路办事,他没能及时地从一栋楼房里撤出,这栋楼房被炸时把所有人都压在了残砖废瓦之下。广州这一天的空袭有五百多人死伤,苏大阔当场毙命,救护人员说他脑浆涂地,肠肚也被炸飞了。但这还是幸运的,好多人都是身首两处,还有毛茸茸的小孩头盖骨被整个削下来。

苏家布置了简单的灵堂,也许因为是战时,来的人并不多。苏大阔生前结交甚广,走时的冷清让步溪和母亲都始料不及。一方面可能是身处乱世人心惶惶,一切活动尽量简免。另一方面,商人本身对于财富的爱惜程度是外人无法理解的,父亲生前也不大愿意去医院灵堂墓地这一类的地方,说是沾了晦气会阻住财路。想必别人也是这样想的,不肯去运势低迷的地方。

然而人死如灯灭,再热闹的送行又有什么用呢。

步溪木然地站在父亲的灵位一侧，始终不敢相信眼前的一切是真实发生的。自从离开家之后，她跟父亲碰面的机会很少，但犹记得在某一天傍晚，父亲突然到夏葛医学校来看她，既没有给她带吃的，也没有跟她说什么话，只是四周看看环境，又在她的集体宿舍走了一圈，然后就走了，还是一脸的不可思议。

姜穗的父母肯定是要来的，步溪看到姜载林面色凝重，印堂发黑，身后跟着也是一身黑衣的姜太太，他们没有停留多长时间，甚至跟姜穗也没说什么话就匆匆地离开了。

后来姜穗解释说，早在两个月前，就是6月4日至6月6日的那两场空袭中，姜家刚开设的新厂全部被炸毁，成为瓦砾，原材料也损失惨重。六街三市的若干门店炸成废墟，只剩下一排排来不及运走用芦席盖着的尸体。

· 3 ·

父亲过世以后，步溪才搬回家住。

无论如何，以这种方式回到家来还是让她倍感凄凉，父亲虽然不是一个深情的人，也为难过她嫌弃过她，还有非常势利的一面，可是他的离去还是令她体会到诛心之痛，心里有一块东西被割掉了，剩下一个血窟窿，永远不会愈合。或许她只是爱他的存在，那种拼尽全力的存在。然而那面遮风避雨的墙还是坍塌了，变成了现在随处可见的断壁残垣。

一天深夜，步溪实在睡不着，她下楼来准备到院子里走一走。

厨房的灯亮着,果然,她看见母亲的背影,在万籁俱寂之中,一个不再年轻的瘦削女人,在操作台前独自安静地忙碌着。

她走了过去,看见母亲一身孝服,漆黑的布料衬得她的脸更加惨白。母亲正在做溏心鲍鱼,鲍汁浓郁呈淡褐色,散发着独有的香味。母亲说道,我明天要去探望严老师和严师母,总不能空着手去。步溪道,那就直接送溏心鲍鱼不好吗,干吗还要把这么金贵的东西塞到鸭肚子里。母亲道,鸭子是平价食材,别人收礼没有什么负担。步溪道,熟人也要这样吗。母亲道,熟人才更要讲礼数啊。

步溪不再作声,看着母亲把做得七八成熟的鲍鱼花胶海参塞进鸭肚子,缝好,鸭子已经过了大油,再一蒸就酥烂了,浇汁另放在一个食盒里。

严瞪的父母会到家里的灵堂来吊唁父亲,步溪和母亲都没有想到,自上次苏步溪离开严家后,两家人就完全断了联系。倒也说不上是谁怨谁,就是缘尽缘去没法强留。

这次苏家惨遭横祸,反而是跟苏大阔往来甚密的朋友,居然一个都没到场。严老师和严师母的腿脚都大不如前,虽然腰板还是努力直着,但是走得很慢。他们在灵堂待的时间比姜载林要长。尽管也没有说话,但哀伤之情溢于言表。对于这一点母亲十分感念,说是一定要郑重登门。

步溪道,按照我们这边的规矩,但凡家里出了白事,不是一年之内都不能主动登门到别人家去的嘛。

母亲轻叹道，我知道，可我这也不是要去串门，实在是你爸走得匆忙……话说到这里她说不下去了，停了好长时间，才道，你爸走得匆忙，都没来得及跟老友告别……我也是为他做完这最后一件事……

步溪默然。

守灵的那些深夜，母女俩相对无言只是默默流泪，母亲说，我知道你爸爸最爱的人是大太太，可是我跟他夫妻一场，就是普通的情分总还是有的，他这个人不嫖不赌，也没找姨太太，算对得起我，贪财那是他的本性，我不肯的事情他也不强求，就算了。这样说来我也没有什么不平的，但突然就这么走了，连一句话都没有留下，心里还是很难过的啊。

步溪不说话只是安静地听着。

苏虾米和姜穗都只守了不到一个小时，就推说太累回房睡觉了。也看不出他们有分外的悲伤。只有她们母女俩守在漫漫的长夜里。

第二天下午，步溪陪着母亲去严家探望，还是宝珍提着礼盒，还是一只名叫"金玉满堂"的烧鸭子。严老师和严师母在门口恭迎，当然还是白发如雪但腰杆笔直，一切再自然不过。他们是那种极要脸面的读书人。

师母对母亲说道，因为您要过来，我们都没敢烧菜，阿勤只是把菜都洗好了，都是素菜。母亲笑道，素菜宝珍去炒就好了。

宝珍和阿勤就提着鸭子到厨房去了。

大伙在厅堂里寒暄，步溪告诉恩师自己已经有了医馆。恩师挺高兴的，还拿出严瞠的照片（说是一年之后托人带回家的）给步溪看，照片上的严瞠还是那么瘦，脸上似笑非笑，剃着光头，身穿灰色的和尚服，因为是黑白照片，感觉是灰色的，他手里拿着一根像扁担一样的东西望向远方，身后是一片菜地。想想他在的时候，父亲也曾在这里，大家并不知道一切将化为乌有，所以格外其乐融融，感觉新生活就在眼前，虚幻的快乐总是那么真实。

包括那时候的天气，无论是晴朗还是阴雨，空气中都荡漾着一种软绵绵的无忧无虑，现在则完全不同了，战争的阴影无处不在，笼罩在每个人的头顶。恩师家中的摆设依然如故，却也陈旧了不止三成。以前尚有风华的人，不是离去了，就是变得灰蒙蒙的，让人感觉说不出的压抑。

母亲说道，你们的腿脚都不好，怎么跑警报啊。师母看了一眼恩师，叹道，我们哪里跑得动，也跑不过别人啊。大家都沉默了，这时恩师才说，我们就在实木桌子下面躲一躲，意思一下吧，反正如果有什么不好，人在哪里都是一样的。说完这话，大家更是长时间地沉默。然后恩师突然老泪纵横，大概是又想起了曾经跟苏大阔的交情，无法自制。

等到一切平息之后，大家又扯了一些闲话。母亲和师母起身去布置餐桌，恩师对步溪说道，你现在还画金鱼吗。步溪道，早就不画了。

恩师沉吟片刻，眼睛望着天花板说道，步溪啊，你父亲还是很爱你的，你不要记恨他。

苏步溪鼻子一酸，眼圈顿时红了。

· 4 ·

直到中午一点多钟，步溪才为一个远道而来的患者诊完脉又开好药方，并且把她送出医馆。步溪是珍惜每一个患者的，遇到比较贫穷的还会少收诊费，所以她的品行远在医术之上。阿麦穿着对襟的白色衣裤负责接待患者，登记、排号、端茶倒水，把诊室打扫得井井有条。也会常常提醒步溪，我们这里也是一盘生意啊，不能总是不收诊费，每个月不能超过三个人。因为每个月医馆的收支账目都是阿麦打理。

然而步溪对钱的概念还是淡薄了一些。

两个人都饿了，于是决定去附近的面馆吃面。这家面馆叫作"财大云吞面馆"，三代传承都是做面的。广州的面条跟外地不同，是碱面。对，就是揉面时放了碱水，看上去微黄，口感不会有隐隐的面酸，而且吃到肚子里胃肠道会很舒服。据说财大做面的碱水不是市场买的，而是自家秘制，重点是用了榄树灰，可是没有人会具体操作，所以他家的牛腩面是出了名的好吃。老百姓就是这样，广州沦陷以后狂轰滥炸暂时停止了，立刻展开自救，各种门市、小吃店、杂货铺、药房纷纷开张营业，否则怎么办，手停口停。

找到一张桌子坐下，阿麦去买了两碗牛腩面。步溪先喝了一口面汤，就是那种用猪骨牛骨加鸡架煲出来的汤底，简直香到让人晕厥。步溪闭上眼睛深吸了一口气沉醉在美好之中，真是不知亡国恨的香啊，遍野哀鸿，为什么这碗面还是那么好吃。

牛腩也是软糯弹牙，十分入味。

这时阿麦说了一句话让苏步溪瞬间清醒，差点没直接站起来。

阿麦一边呼呼吃面一边说道，我昨晚上听小镜子说好像是杨双庆回来了。

步溪当时就惊着了，呆呆地看着浑然不觉闷头吃面的阿麦，老半天才佯装镇定地问道，到底怎么回事。阿麦道，小镜子说当时她也惊到了，是在小客厅，一眼就认出是杨双庆，没敢进去，就看见杨双庆在苏老板的遗像前跪下了，还磕了头。二太太和他都哭了，然后他们就去了书房聊了好长时间才出来。又道，小镜子说杨双庆没怎么见老，变得很有男人味了。说完这话眼睛里还闪过一丝暧昧的笑容，准确无误地被步溪捕捉到了。

如果按照步溪此刻的想法，当然是要第一时间奔回家里。然而与此同时又有一只无形的大手把她按在原地动弹不得，这就是贺大夫充满定力的手。步溪跟贺大夫坐诊了一年多，时至今日如果有事过去请教他，又有患者在诊室，步溪还是会安静地坐在一旁聆听。每一次跟随贺大夫坐诊，他从来不聊汤头歌啊偏方啊，而是耐心分析患者的得病成因，总是强调大夫也是患者的一剂良方。稳定情绪，树立信心，从来没有一惊一乍的情绪化行为，这才是医家的准则。

想到这里，步溪开始低下头去认真吃面。

这一次父亲过世，贺大夫也亲自到家里的灵堂来吊唁父亲。按照这边的风俗，对于重要的友人，派家里的伙计送来白礼金也算是讲究的。但是贺大夫还是亲自上门吊唁，但不知何故贺太太并没有一起过来。在这之后，母亲也让步溪专程登门给贺大夫还礼，算是替父亲做最后的道别。送了一对天青色冰裂小开片的鹅颈瓶，据说贺太太非常喜欢，爱不释手放到她房间去了。

阿麦的牛腩面早就吃光了，感觉还没饱，又叫了一碟炸馄饨，吃得津津有味。

晚上回到家中，步溪并没有急切地跟母亲去打听状况，而是一切照常。

吃完晚饭也是照常在院子里散步，这时听见有人叫她，步溪循声望去，只见姜穗站在凉亭下面冲她招手。人都是很势利的，这次搬回家来住，步溪明显地感觉到姜穗对她的态度客气多了，虽然还是会不经意间拿出她的校长派头，但是那种不屑与轻视已经荡然无存。

步溪走上凉亭，两人在石桌前相对而坐，姜穗道，你跑出去学医真是太好了，也先给我看看病。步溪道，你有哪里不妥吗。姜穗道，说不上是怎么回事，就是吃东西没有什么味道，又常常犯困。步溪看了看姜穗的舌苔，又给她搭了搭脉，便问她月经的情况。姜穗一怔，肯定是有一段时间并没有关注这个问题。

步溪道，我觉得你是怀孕了，你明天到大医院去验一下吧。姜穗脸红道，不可能吧。但脸上已经略有喜悦之情。步溪心想，有什么不可能的，如果不是战争来临花花世界一夜凋敝，苏虾也不可能有那么多时间呆在家里。

对于父亲的离世，苏虾米似乎并没有步溪悲伤。为什么得到越多的那个人越是可以对所谓亲情淡然处之呢。

直到临睡前，步溪才去了母亲的房间。

她告诉母亲姜穗可能怀孕的事，母亲虽然不至于欣喜若狂，但还是说道，苏家添丁总是好的，这样苏虾米也有可能收收心。又道，他花钱跟开水龙头似的，以前还好，有你爸爸在，总还是一出一进，现在就只剩有去无回了。说到这里两个人又都有些忧伤，并不像得到什么喜讯那样高兴。

这时步溪才显得若无其事地问道，我怎么听说杨双庆回来了。母亲道，哦，我正想跟你说这事呢，他过来还钱，连本带利都还清楚了，还交了一笔赔偿款，我说算了他又不肯，就叫账房收了他的汇票。步溪道，那他当年到底是碰上什么事了。母亲道，他说他病了，染上了伤寒，好像是旅途中被传染的，病得差不多要死了，幸亏身上有钱才没死，治了好长时间，身体渐渐恢复就用了一年多，然后还要把这笔钱挣回来，这不就耽搁了。

母亲说双庆说得很细，他一开始在一家制伞厂打工，又是从小伙计干起，据说这家厂的制伞工艺是祖传的，少说也有两百年的历史，所以他家的编伞线反复撑收三千次也不损坏，整把伞清水浸泡一天一夜也不脱骨。从削竹到描绘全部都是手工操作，有一百多道工序，制出的伞能扛五级大风，连续使用三年以上。可这样质量的东西还是卖得不好。

但杨双庆是个销售天才，他把"天将降大任于斯人也"那一段金句印到伞面上，放出话去，男孩十六岁的成人礼，父母应该赠一把油纸伞给孩子，表撑立门户之意。女孩就更好办了，伞上印有人字花纹，虽然素静，却也表示早生贵子多子多福。一时间伞的销售真是锐不可当啊。

杨双庆说，其实"五口通商"之后，广州的十三行就已经风华不再（当然它的神话还在，或者说又有谁希望从美梦中醒来呢），无数的广州买办早已挟着算盘、账簿，风尘仆仆转战于上海、厦门、福州、宁波各地了，各种掮客、通事，甚至跟班和仆役至少有三分之二来自广东，上海开埠之初都是广东人手把手地教他们做生意。

最有说服力的实证是惊艳上海滩的百货公司奇迹，"先施"的创始人马应彪、"永安"的郭乐、"新新"百货的黄焕南，以及"大新"公司的老板蔡昌，清一色的广东香山人。他们让自家的伙计守住上海各条主要街道的路口，以"五人一豆"的计算手法测试出行人出入最多的街道，先后盖起威扬亚洲的百货大楼，这条路就是上海的南京路。

而像双庆这样的人，在当地人眼里就是奇才就是宝贝。基本上每天都有人暗中看住他，怕他跑路。

然后呢，杨双庆也难免流于通俗小说的套路，为了把他彻底稳住，制伞厂的大东家把自己的漂亮女儿嫁给了他。

杨双庆的老婆叫沈忆秋，江南女子，人长得白净清秀，笑起来瓜子脸的一侧有一个酒窝，而且性情恬静温柔。她为双庆生了一对龙凤胎，女孩取名子愚，男孩名叫大碗，都是极其活泼可爱的。

不过这些情况并不是母亲告诉步溪的，而是在杨双庆回来还款的一周之后，母亲请杨双庆全家人吃饭，算是接风。宴席就设在自家的九如舫，宝珍正巧在那里跟陈容师傅学艺，就安排好菜式，又在席间服侍左右。回到苏府自然是她的新闻发布会专场。

阿麦把这些坊间传闻告诉步溪时还加了一句，杨双庆在外面应该是挣到钱了，回来就成立了自己的公司，名字叫作"遮王贸易有限公司"[1]，听着是小生意，其实他还投资开厂做电扇、油漆什么的，宝珍说他跟当年的苏老板一模一样。步溪默默听着阿麦的滔滔不绝，心里也谈不上酸楚和怨恨，就是空落落的，有一种寸草不生的荒芜。

那个晚上，步溪叫阿麦先回去了。差不多九点的时候她关了医馆的门，挂了歇诊的牌子，又把玻璃门里面隔光的厚布帘拉好，然后把窗户打开，一个人对着窗外喝威士忌。

她把微黄的酒液倒在矮脚的水晶杯里，一小口一小口抿着，看上去十分平静。他们终于活成了两道铁轨，虽然平行向前却一点关系都没有了。

---

[1] 广州人管雨伞叫"遮"。

窗外是细细密密的灯火,即使是沦陷区,也会有片刻的风停水静吧。

· 5 ·

日军占领广州之后,以五金为军用物资为由,大肆掠夺五金器材和旧铜铁,统统作为战略物资收缴之后运回日本。自十三行时代传承下来的民间工艺作坊,从牙雕、玉雕、木雕、珐琅,到银铜器皿、弦索乐器、炭相瓷画等商铺,一夜之间铺头"执笠"[1],人员星散,犹如山崩海啸一般。

日军还在市区实行戒严,所有的交通要道都由日军把守,路过的市民都要出示良民证,向岗哨鞠躬九十度。

广东本来就是缺粮省份,时局一乱,粮产区又仍在中国军队掌控中,整个广州都被饥饿的乌云笼罩着。市政府紧急召开粮食救济会议,陆军特务机关、海军特务部、日本总领事馆、兴亚院出张所、各长官代表、商会、谷栏公会、海关等机构都派人出席,以备粮荒引起民众骚乱。日本人除了四乡搜刮粮食先供广州之外,还在广州的七家日本洋行开仓平粜以解燃眉之急。

至此,候购平粜米的人潮满坑满谷,万头攒动,人龙不见首尾。然而洋行发售的大米瞬间售罄,一些老弱妇孺晕头转向挤了一天,连洋行的门都没看见。家中吊起砂煲而买不到米的妇女坐在马路上不肯离去,绝望恸哭触地号天。

---

[1] 倒闭。

姜穗确定是怀孕以后，苏虾米并没有怎么收心。也许是苏大阔过去对他太放纵了，所以他的本性里面就没有责任这两个字。以往虽说社会上也不太平，但是毕竟还是有秩序的，现在广州陡然变成了沦陷区，社会上也是沉渣泛起，说是天下大乱都不为过。

苏虾米这个人养尊处优惯了，根本就没有什么分辨能力。一切都只看表面现象，如果碰上在社会上很混得开又对他还不错的人，他是毫无警惕性的。

父亲不在了，他没了管束，经常不回家吃晚饭，偶尔回来一次就会在晚餐的饭桌上吹水，好像国家不行了他倒成了顶天立地的伟人。他最近认识了一个叫鹏先生的人（简称鹏生），据说这个人显著的特征就是有一边的眉毛是断开的，人们背后就叫他断眉鹏。

苏虾米说鹏生是路路通公司陆山河陆老板的大马仔，很得陆老板的赏识。别的不说，陆老板在江湖上还是很有些风言风语的，就连步溪和母亲都有所耳闻。

为什么呢，因为以前她们就听苏大阔说过陆山河黑白两道通吃的本领，外号"吃通天"。但是对于老老实实做生意的人来说，心中总有一种"关我屁事"的不以为意。现在情况又不同了，兵荒马乱之际，作为以和为贵的商人，如果没有一个强硬靠山，被人鲸吞也是分分钟的事吧。

所以现在陆老板成了香饽饽，商人们除了重利，也特别懂得随行就市、见风使舵。原先看不上陆老板的人又开始说哪有黑社会，只有社会黑呀，跟陆老板有交情至少不吃眼前亏啊。于是有公司请了陆老板当董事，有点规模的公司也纷纷效法，无外乎就是花钱请来一尊佛，先供着再说。一时间陆老板的名望如日中天，路路通公司更是财源滚滚。据说这位鹏生平时也是趾高气扬，并非谁都理会的等闲之辈。

苏虾米说，陆老板活得很有面子，什么地痞流氓根本入不了他的法眼，鹏生就是狠人，不毒不赌不玩女人还不酗酒，一心跟着老大，要不陆老板器重他呢。这时姜穗冷不丁冒出一句，那这种人就是要权力啊，城府那么深，我劝你还是离他远点，你就是一只大头虾，不虾（欺负）你虾谁。

步溪没说什么，但是心里十分赞同姜穗的看法。母亲也是频频点头，说道，世道不好，我们都要小心才是。

然而，两天后的晚上，大家刚刚吃完晚饭，宝珍她们正在收拾碗碟，准备给大家上糖水。现在早就不讲究了，只煲一点臭草绿豆沙或者银耳雪梨，这时苏虾米突然兴冲冲地回来了。

母亲说道，我去给你炒一个鸡油豆苗吧。苏虾米道，二妈妈先不要了，我也不饿。又道，大家都别动，我有重要的东西给你们看。然后他拿出一个牛皮纸的信封拍在桌上。姜穗伸手去拿过信封，打开之后眼睛马上亮了，紧接着大家的眼睛也亮了，因为姜穗拿出来的是一小沓军票，是的，就是日军在广州发行的军票，军绿色的底板上印着深紫色的花纹，正面是计量单位，一元或者五元，反面是注意事项、不能涂改、什么地方发放之类的，还盖着红色的小圆印章表示为有价证券。军票的一元等于毫券的两元，以此类推。

母亲家里虽然是开米铺的，但是根本收不到米，母亲跑了几趟也只拿回一点高价米。宝珍带着阿麦和小镜子去抢米，鞋子上还绑了细麻绳说是怕被挤倒，可也是空手而归。但是有了军票又不同，二十八元军票可以买到一包米，原包发售，绝不零沽，一包一百八十斤。

你说大家的眼睛要不要冒星星。

你是在黑市搞到的吧。步溪忍不住问道。因为她有时候也会跑到黑市去找不掺葡萄糖的盘尼西林，或者一些紧俏的药品。

这时步溪的眼前出现了白花花的大米，在此之前她真是从来没想过有一天会出现粮食短缺这件事，即使是在上夏葛医学校住校时吃的糙米，一开始觉得割嗓子根本咽不下去（自己的改变就是从吃饭开始的），她也没想过会出现米饭危机。宝珍现在都是按照人头的定量做饭，精确到一粒米不剩，饭焦都是大家分掉，锅底比脸还要干净。

开玩笑，军票多抢手啊，还没等流入黑市就被瓜分光了。苏虾米得意扬扬地说道，这是鹏生专门给我留的。

于是大家又沉默了。隔了好一会儿还是姜穗出头说道，苏虾米，你不要看重这些蝇头小利，赶紧给他退回去吧，你爸爸刚刚过世，多少人盯着我们家呢，我听说鹏生这个人心黑手狠，放了许多线人在外面为他收集商业情报，谁被他沾上都要蜕三层皮，别人躲他还来不及呢，你怎么还往跟前凑。

第八章

苏虾米不快道,我哪有往跟前凑,是他主动请我吃饭好吗,而且他有军牌车,所到之处一律放行,很玩得转啊。苏虾米的脸上露出羡慕的表情。

直到睡觉,母亲都有些惴惴不安,没人的时候才对步溪说道,苏虾如果买了假军票或者出了摸顶高价买了军票都好正常,反正他脑子一直不够用,可是那个精仔断眉鹏为什么会盯上他呢。

步溪也觉得蹊跷,又不知如何作答。

· 6 ·

如果周日的下午得闲,阿麦还是会去一趟黑市。

归德门那一带原来是开花市的,四季常设。素馨、牡丹、茉莉、水仙、百合、朱槿、九里香争奇斗艳。每逢过年的时候,灯市人山人海,万灯夺目放彩,其中最出名的就是鱼灯,透明薄纱扎成红鱼、鲈鱼、狮子鱼、火鲤、石斑等形状,点亮后通体发光,栩栩如生,如果是走街串巷的卖灯人挑着担子在街上走,整条街会亮得像银河一样。

现在广州变成了令人恐惧的死城,后来这里慢慢有了天光圩,也是老百姓做垂死的挣扎,想找点钱拿来活命。最先摆摊的人能拿出来的就是一些破旧的衣服、靴子、来路不明的玉镯、铜镜、佛珠、油腻的鸦片烟具、空的白兰地酒瓶,还有磨损严重的麻雀牌、用了一半的雪花膏、鬼佬香水、镜片裂开的眼镜,还有八旗人家不好意思当押的书籍、字画。渐渐参与的人越来越多，也会有一些贵重的东西出现，丝绸的衣服、围巾、洋装等。

有了这样的滋生地，立即就有人混进来倒卖军用物资、掺假的白糖、过期的面粉、药品、罐头、各种紧俏商品，于是这里成为远近闻名的黑市。

阿麦一开始是跟着步溪来找盘尼西林，之后她就想，黑市居然还有香皂和玻璃丝袜卖，说明无论到了什么危难的时刻，女人都是要扮靓的。而她手上正有一大盒人造珍珠，是曾经的首饰店老板发包给她的，每穿好一串项链就有一点点手工费，这样她没事的时候动动手也有一点收入。可是日军突然轰炸广州，以前议论是议论毕竟没有头顶开花，现在彻底傻了。首饰店的小老板即刻跑路，根本不知所终。阿麦就把这些穿好的珍珠拿到黑市来卖。

她在黑市居然还碰到花猪，花猪原先看的那家门店就是五金店，里面的东西都被日军没收了。他只好在黑市卖军大衣、军棉被、军衫和军鞋，都是虫虫给他找的货源。虫虫怎么会有货源呢，当然是路路通公司手眼通天啊。花猪其实也不想碰到阿麦，但是没办法，那天他们都在黑市挤摊，碰成一个脸对脸，躲也躲不掉。花猪说他也不想倒卖这些东西，如果没有特殊的关系也搞不到这种东西，可是真的是很饿呀。

然而必须承认的是，还有许多人并没有被战争所改变，甚至可以说战争加剧了这种广州从未有过的动荡。尤其是在黑市，充斥着下等妓女、皮条客、小偷、骗子、满脸杀气的恶棍，说是妖魔鬼怪聚集之地也不为过。

好在阿麦有当年在药街扛药的经历，所以她还是灰蒙蒙地出入黑市，尽量不引起人们的注意。她微低着头埋头走路，驾轻就熟地找到花猪的摊位。花猪见到她也不说话，直接起身离去，交接不到三秒钟，便由阿麦照看生意。通常的情况下，花猪是去接驳下一盘小买卖，他要去小贩那里采购预留的田螺，当然是因为便宜，然后浸泡、吐沙、去尾，另外他买了一辆三轮黄鱼车，驮着炭炉、炭、菜、作料、油盐酱醋锅碗瓢盆，还有折叠桌椅等，挂在一辆车上叮当作响，晚上八点钟以后就在附近的夜市卖小吃。

无论多么恶劣的环境都阻挡不住广州人的生意经。如果外地人知道，一定会说利太薄了吧，拼了命到底是图什么？所以广州人才会说他们发不了财，绝处逢生是一种本领啊，去做才会有一点希望吧。

政府也不是不管，巡查们一扫荡无证经营，花猪骑着三轮车就跑，跟在车后面跑的就是阿麦和贪吃的食客。

一开始都是花猪炒田螺，阿麦打下手、洗盘子、收费。有一次阿麦说我来炒一次试试吧。花猪迟疑道，你行吗。阿麦道，试试又不会死。然后接过大铁锅，咔咔咔咔挥着铁铲翻炒、颠锅，一气呵成，把花猪看得目瞪口呆。原来阿麦炒田螺的手艺是跟宝珍学的，宝珍去店里跟陈容师傅学手艺，叉烧包还没学成，只学会了几手小吃，回到家来就显摆，水快开了不说快开了，说蟹眼水，酥烂说成养口，千叶豆腐说成水底菊花。时不时地还斜阿麦一眼。

传统的炒田螺是用紫苏、蒜头和豆豉翻炒出来，已经是浓香扑鼻，阿麦这次是自带了配料，她用金不换和娘酒糟替换了紫苏和豆豉，令螺肉清香脆爽还带一点嚼劲，简直是香到惊艳。

至此，阿麦的炒田螺客如云来。可是炒田螺真的是不挣钱啊，几厘进货一毫几出摊挣个屁呀，就是一个旺丁不旺财。但是有客人总是好的，这一点很关键，如果没有炒田螺哪里来的客人呢。有点名气以后，花猪就去收购最便宜的臭鱼烂虾，自己做了一个简陋的烤炉，下面放上木炭，上面把杂鱼啦无头虾啦鱿鱼须啦用竹签串起来变成烤串。重点是这些低贱的东西必须用一种神秘的酱油汁浸泡，这种酱油汁只有二太太会做，阿麦拿来一点和花猪一起仿造，当然是没有完全成功，但是那些贱货被仿造得七七八八的酱油汁泡出来，已经是跨越阶层了，就是那种既含蓄又矜持的好吃啊。

杂鱼串串肯定是赚钱的，几乎人人都爱吃。就连巡查也不追他们了，因为巡查也立在街头吃，左右开弓不亦乐乎，反正天黑看不清脸，执勤这种事差不多得了。所以他们这里成了露天固定的夜市摊档。

晚上十点多钟，虫虫也跑来吃田螺和串串。虫虫现在今非昔比了，梳着三七开的小分头还抹了油，穿皮鞋了，配上西裤很"巴闭"的样子。但是呢，人嘴贱的毛病真是没法改，还是爱吃这些上不了台面的东西。

虫虫可以关照花猪，他自己怎么可能荤腥不沾，他手上有酒精和烟草，是黑市无形的抢手货，像鬼一样，人人口中说得神乎其神，但是个个手中无，根本见不着。来找虫虫的人都是知根知底的熟客，他们只用眼神交流，具体背后怎么成交谁也搞不清。虫虫常说"钱不重要，那种高高在上被人巴结的感觉太好了"。

只有阿麦知道"高高在上的感觉"这句话肯定不是虫虫想出来的，而是出自鹏仔之口。因为虫虫从心底佩服鹏仔，一口一个鹏哥叫着，这也难怪，赚到钱了嘛。虫虫说，有一次跟陆老板外出办事，他开车，鹏哥坐副驾驶，陆老板坐后排。结果他们的车被斗狠帮的两辆车逼停，下来密密麻麻的黑衣人，手提棍棒和西瓜刀围住他们的车，斗狠帮是专门开地下赌场的，好像是因为"斗鹌鹑"的地盘被占，要求陆老板下车讲数[1]。这些人就像黑嘴白胡须的雄鹌鹑，俗称"牛不换"，一副张牙舞爪斗狠的样子。

鹏哥二话没说提着一根铁棍下车就是一通狂抢猛打，虫虫见状也下车加入了混战，鹏哥把铁棍扔给他，自己脱了外套劈头盖脸地扇下去，原来他的外套上缝有看不见的铁丝，一炸开刮得人生痛见血。把对方的人打蒙之后，他们上了车，换鹏哥开车，车被逼停时他就知道车被对方先用撒钉子的办法扎爆胎了，幸好只扎爆了一个前轮，鹏哥面不改色一脚把油门踩到底，爆胎的轮骨擦得火花四溅，最后都起了明火，才算逃过一劫。你说陆老板会不信任他吗？一直夸他临危不惧行事果断。

1　谈判。

要不说所有的赏识都是用出生入死换来的。鹏哥说他永远也忘不了当年被人追杀打成死狗的样子，那种感觉别人根本没法体会。所以他现在最喜欢看到的不是钱，而是别人害怕他甚至感到恐惧的神情。

看吧，虫虫就是鹦鹉，学的鹏仔的舌。

不过虫虫也说陆老板这个人疑心重，从不喜形于色。包括那天他坐在汽车的后座，一直面无表情地看着前方，前挡风玻璃已经被砸得粉碎，他眉毛都没有动一下。有一次虫虫在厕所碰到陆老板有点尴尬，但是陆老板气定神闲地拍了拍他的肩膀，说你干得不错，眼睛里还少有地露出信任的目光，可是三天之后的一个公共场合不但没搭理他，而且看都没看他一眼。所以他一见陆老板就会紧张或者直接胸闷，得闲必须跑出来透一口气。

阿麦很想让虫虫给鹏仔带话，叫他做一个贪财好色的小人物，他的那点野心总有一天会让他吃大亏。当年，若不是大太太死死地按住得意忘形的苏老板，哪里有苏大阔的家大业大。这就跟炒田螺一样，看都看会了。

当然她什么也没说。现在谁会在意她说什么，别说鹏仔了，就连虫虫根本都当她透明啊。

· 7 ·

苏虾米要做的事情基本上谁也拦不住，仿佛大家的责任都是等着给他兜底擦屁股，而且是不管多么烂的底。

上次虽说是姜穗砸了人家的店，根源还不是在他身上。父亲听说了也没有当作一回事，说女人之间争风吃醋好正常。

苏虾米直接把军票给了宝珍，宝珍当然如获至宝，带着伙计乐颠颠地去把米买回来。宝珍害怕有人半夜偷米，便把米直接搬进她的睡房，立在墙边，晚上还跟米袋子说一声晚安。

隔了大约三周的时间，另一只靴子终于落地了。

某一天，鹏先生把苏虾米请到路路通公司的大楼里，据说鹏先生的办公室非常宽敞，又阔绰又气派，他客气地上了好烟好茶，然后就开始给苏虾米洗脑，说这个世道如何乱如何朝不保夕，日本人势不可当，连汪主席都要看日本人的脸色，又说多少多少店铺完全经营不下去了，好多都是维持一个表面繁荣，私下里早已负债累累。铺垫了很多这样的词汇之后，他话锋一转，叫苏虾米把九如舫酒楼卖给路路通。

鹏先生的意思是现在苏家只剩你一个男丁，而你是富贵命，并没有什么经营酒楼的经验，一般的商人也未必有这个能耐，也只有根基深厚的陆老板能把这个酒楼发扬光大，否则万一因为各种原因经营不下去了，或者干脆像前段时间那样直接炸飞了，岂不是太对不起苏大阔苏老板了吗。

本来生意嘛，怎么谈都没有问题，鹏先生以前又在金店做过，更加是满嘴跑火车，三言两语就把苏虾米绕进去了，感觉九如舫现在出手是个好时机。其实九如舫的生意一直不错，除了日军轰炸广州那段时间停业谢客之外，恢复营业后至少也有原来七成的客人，完全是渐好的趋势，可惜苏虾米并不了解内情，也以为九如舫如鹏生所说是烫手的山芋，必须尽快脱手。于是他找来了苏家的账房先生，准备把这件事神不知鬼不觉地办了，没想到一报价，账房先生直接呆住了。

鹏先生报出的价格是当时市场价格的半价。账房先生觉得也没有聊下去的可能性，所有讨价还价的基础都是价格接近才有得谈，天壤之别就成了开玩笑。所以账房先生坚持不还价，而是要回家报告二太太。

鹏先生也没有摆脸色给账房先生看，还是和颜悦色地说，这么大的事肯定要回去商量，生意场上也没有强买强卖的道理。

然后恭恭敬敬地把两位客人送到大门口，还用自己的车把他们送回家。

苏虾米对钱是没有什么概念的，他是从账房先生严肃的表情或者是垮着的脸上猜测出他办砸了这件事，或者说是被人算计了。

现在能跟母亲商量事的也只有步溪了，当然还有账房先生，他们在小客厅里关上门，苏大阔的遗像在墙上用犀利的目光注视着他们。账房先生把事情的原委又仔细地说了一遍，最后还加上一句，苏老板尸骨未寒，这不是摆明了欺侮人嘛。母亲的眼圈红了。

然而只要是路路通盯上的猎物，一般都是插翅难逃。之前有个姓陈的商人，他家有一处连排商铺分别经营着西餐、中餐、面包房，生意兴隆顾客云集。有人说他们是菜品好能吸引食客，有人说是排序科学方便换口味，顺便带上第二天早上的面包。风水先生则说是陈生那个地头风水好,别管他卖什么,都是稳赚不赔的。结果那个地方就被路路通看上了,非要高价收购连铺,陈生当然不肯,商家的铺面就跟农民的土地一样是连着自身血脉的东西,难以割舍。这样僵持了大半年,有一天晚上,陈生走夜路回家,被一群地痞流氓堵在巷子里围打,伤势很重,治好以后坐了轮椅。因为天黑又因为突如其来,陈生也说不出这些人的样貌、穿戴、口音,反倒是他被套上一个麻袋蒙住头遭到暴打,这件事毫无线索只能是不了了之。后来陈生的那个连铺位置变成了路路通下属的当铺乾通大押,生意的确还是旺得冒油。大家虽然嘴上不说,但心里都明白是谁干的。

事隔很久之后,陈生才跟身边的人说,那个蒙头的麻袋里明显有鸦片的味道,而敢做鸦片生意的也只有路路通吧,听说陆老板在政府里不止一个"好朋友",否则做不起这种随时可能黑吃黑的生意。陈生说他再不把铺面让出去恐怕命都没了,所以赶紧答应条件脱手了事。

晚餐的饭桌上,没有一个人说话,只有碗筷盘碟摩擦碰撞的声音,空气像凝固了一样,缓慢地、沉闷地流动,每个人都能感受到随时飞来横祸的压力和恐惧。以往神气活现的苏虾米也只是闷头吃饭,不时地看二妈妈一眼。步溪最佩服母亲的地方就是她任何时候都不会口出恶言抑或恶形恶状,给她盛的半碗米饭她只吃了一口,剩下的被宝珍拿去吃掉了,毕竟粮食金贵。

深夜时分,步溪抱着自己的被子来到母亲的房间,除了陪伴,她觉得自己就是一个无用的人。母亲似乎平静了一些,淡淡说道，如果你父亲有机会给我留话，无非也是让我照顾好他的宝贝儿子，仅此而已。

母亲还说，刚才姜穗来过了，她说要不要她回家去叫她父亲先把九如舫买下来。母亲说这种引火烧身的事就不要牵连亲家了，现如今局势那么乱，但凡跟路路通沾边的事谁敢掺和，就是白送也没人敢接手。姜穗生气道，那就一把火烧了它，大家干净。母亲道，你别动了胎气，不值得。

步溪刚才抱着被子来过一次，听见房间里面有人叽叽咕咕说话，她就退了回去，想不到是姜穗在母亲的房间里说话。以前父亲在世的时候，姜穗只跟父亲高谈阔论指点江山，完全感觉不到二太太的存在。现在情况变了，尤其她怀孕前期害喜的时候，吃什么吐什么，人瘦得颧骨都突出来了，还是母亲亲手调制各种小菜给她送饭。其中有一道菜叫"水晶猪手"，就是用猪手（前脚）、白醋、白酒、白糖、盐、子姜和数粒小米椒，当然还有冰块制作而成，成品雪白没有一点别的颜色，也没有一滴油腥，软弹爽口，齿间留香。

姜穗吃了之后居然没有吐，并且吃了还想吃，捧着盘子停不下来。之后她抱着母亲哭起来。

原来人并不是活在深明大义里啊。步溪心想。

· 8 ·

早在日军轰炸广州之际，广州国民政府已迁至韶关，大批工厂、学校也迁往粤北、广西和香港。直到1940年3月，汪精卫宣布"还都南京"，所有名称、制度、主义、国旗、首都，一如旧制，把"和平、反共、建国"这几个词高唱入云。大大小小的汉奸团体都冠以"和平"之名，就连卖榄小贩的榄箱上都写着"和平反共，建国之基"，卖的榄也叫"和平榄"或者"反共榄"。

1940年11月29日，汪精卫在南京就任伪国民政府主席，与日本签订《日本国与中华民国间关于基本关系的条约》。

然而政治人物的粉墨登场，根本解决不了广州人没米落镬的困境，广州的报纸每天都有人自杀的消息。

除了没米，还有一个巨大的民生难题是没柴生火。广州郊区的树木被人偷伐一空；北郊、东郊的坟墓也被人挖开把棺材木拿去当柴卖；逃难回乡的人，他们在广州的空房子的梁柱、门板都被偷光了。

曾经自诩"金山珠海，天子财库"的广州人，被人赞之为"珠江花月之盛，酒楼之敞，有宽至六十筵者"，钱永远花不完的广州人，真正体味到了"量柴头、数米粒"、仰天悲号的境况，好日子一去不返、拍马难追，成为荒凉旧梦。

百废凋零之中，只有鸦片和娼妓遍地开花。粮船连个影子都没有，烟土倒源源不断地运进广州，常见新的烟馆开张。日本宪兵司令部招聘的"侦缉队"，白天维护治安，晚上专营"老鼠仓"，把偷运到广州的烟土高价卖给各个烟馆。

能跟烟馆争春的只有娼业，低级娱乐场所因为便宜，比从前热闹得多，更低级的是私娼，简直多如牛毛，在南华路、大基头一带，站在昏暗的路灯下，涂着厚厚的脂粉揽客。还有一些登在报纸上的所谓"导游"，什么"大家闺秀""南国佳人""呢喃小燕"，她们提供的服务并不是去到风景区游赏，而是陪吃饭、陪看戏，或者按摩捶骨甚至陪过夜。三元军票就可以买一小时，然后每加一小时两元。连写文章的记者都说，佳丽和娼妓真是无法分辨啊。

这样一来，妙合会馆的生意当然就差了很多，人都想尝试曾经羡慕过却又没法攀附的生活，便宜的时候不下手，岂不是很"憨居"[1]？一时间妙合门可罗雀，如书局一般冷清。

不过关起门来，这个世界还不是"夜凉如水月如钩，一炉微火解千愁"。此刻心娇就跟梅贵姐、老顾围坐在一起煮着一锅明火白粥，悠悠的米香宛如仙女飘然而至荡漾心扉。尽管现在物价飞涨，钱不值钱的速度可以按小时计算，可是溢价米总是有的，黑市什么没有。

饥饿的市民将米浆和枧水混合在一起做成"神仙糕"糊口，心娇只咬了一口就吐出来了，更不要说日军马匹拉出来的未消化的"马屎豆"，听见已经作呕。马路上随处可见饿殍和弃婴，"掩埋队"的人穿着特制的服装沿街收拾路尸，以防被人拿去做成熟食出售，因为"人肉包子"的传言已经在街头巷尾愈演愈烈。

1　愚蠢。

前段时间日军轰炸广州，妙合的姐妹们就星散了，只剩下梅贵姐、心娇还有绛真，跟着老顾逃到广州郊区从化一带的一个远方亲戚家避难。老顾的远房亲戚是个菜农，还有一个荔枝树的园子，可是老顾带着全家，心娇带着母亲、好彩和临一（二弟跟着学校去了粤北），看着都让人吃惊不已，人家那里根本住不下，好在乡下人性情淳朴，左邻右舍都肯帮忙。住下之后心娇十分感念老顾，称赞老顾哪都有人，任何时候都有办法。老顾说谁还没有几个穷亲戚呢，以往进城也是到他家落脚，简单招待一下人家就感恩不尽了。

老顾的老婆的确是个实在人，对梅贵姐也是客客气气的，还带着好彩和临一在菜地里干农活。山里的景色一流，清晨可以听见鸟叫，云雾像纱巾一样飘荡在碧绿的山腰，空气里有清泉一般的水汽，吸一口都是甘霖。

说山里是世外桃源并不为过，有一天心娇亲眼所见，一只蝴蝶在她眼前的野花上伫立片刻后翩翩离去。毫无缘由地，心娇想起了肖副官，她最念及肖副官的是与他还不熟的时候，她在吴府时跟下人们多有摩擦，他们就联合起来到肖副官那去告刁状，叫肖副官禀报吴太太把她赶出吴府。结果肖副官轻描淡写地说道，你们吵也吵了，闹也闹了，差不多得了。肖副官就是那种四两拨千斤的人，不然后来也不会传出她跟肖副官有一腿的闲话。

想来也是一份恩情。

现在的妙合只有五个人：梅贵姐、心娇、绛真，还有新来的桃桃和小倩,外加一个做饭的阿姨和两个伙计。桃桃和小倩都是梅贵姐托上海的朋友找来的,不仅身材高挑,削肩细腰皮肤白嫩,而且性格也好,总是含笑不语眉目传情,给男人带来无尽的向往。

有时也会突然来几个熟客,人不够分梅贵姐就亲自下场,有一次她教一个喜欢跳交谊舞的老板跳伦巴,那是心娇第一次看梅贵姐正经跳舞,广州这边的老板都偏土,没有上海人那么会玩情调。这个爱跳舞的老板是个胖子,但是动作相当灵活轻盈,平时抱把椅子也能转两圈。要不是客人太少,梅贵姐才不会跟他跳舞呢,觉得这些半吊子都不配。

特殊时期嘛,梅贵姐只穿了一件阴丹士林布的素旗袍,就是她那个松弛、随意、漠不上心的劲儿,真是动人。

白粥熬到黏稠正好,心娇端下锅子,熄了炭火。木炭也要省着点用,当熄即熄,留着下次再用。她盛好了三小碗白粥,又找出从乡下带回来的咸萝卜条,大家开始一边吹气一边小口地品尝着纯粹的米香,以往这种时候老顾都会激动地搓手,话多得不得了,表示对美食的敬重。但是此刻的他却少有地安静,梅贵姐问他有什么心事,他又说没有。梅贵姐就不再问了,知道越是不问他一会儿准会憋不住自己说出来。然后梅贵姐翻个白眼,老顾就会很受用地笑笑。

硝烟暂时散去,形势便有了微妙的变化。日本人办的《粤东报》上,头版刊登了一张大照片:一个日本士兵背着枪,怀抱一个中国孩子。看似什么都没说,其实蒙蔽了不少人的眼睛。

音乐联盟会创作了一首歌曲，题为《拥护汪精卫》，说他"是中华民国的救星，东亚联盟的柱石"，还觉得不够"威水"[1]，而且副歌全部都是口号，"响应，响应，响应，四万万人同声响应；震撼，震撼，震撼，领袖震撼全东亚"。于是找到老顾修改歌词，他给那么多粤剧大老倌填曲牌，这事不是小菜一碟嘛。另外各种民间团体，什么"促进和平联合会""和平救国军"，包括日伪的正规部门都要请老顾题字，写新招牌的门脸，按字数给钱，润笔费的价码也都不错。

可是老顾不愿意干，他的意思是即使是升斗小民，也不做大节有亏的事，所以每晚都在妙合耗到半夜，让人到他家堵不到他。

梅贵姐吃粥的样子优美雅致，她靠在沙发上，胸口垫着一只锦织的软枕，她端着白瓷的粥碗，一只手拿汤匙慢慢搅着，一边轻轻地吹着气。她穿一身真丝的白衣白裤，外披是一件乔其纱的薄衣，藕荷色的底开着白色的小月季，脚上是一双绣花拖鞋。老顾就坐在她的旁边，粥也不喝了，望着她发呆。

隔了一会儿，老顾果然忍不住道，我还是决定先去香港避一避。梅贵姐没有说话，但是搅粥的汤匙停了下来。

心娇也没有说话，心想去香港是需要盘缠的呀，老顾哪里有钱。老顾道，我倒也不是怕宪兵队把我押去写大字，就是他们开出来的条件太诱惑，食色性也，估计我也守不住。

梅贵姐扑哧一声笑出来，手上的粥差点洒了，只好把滚烫

---

1 伟岸。

的粥先放在茶几上。老顾对梅贵姐笑道，你叫我写我就写，你叫我写什么我都写。梅贵姐呸道，讨厌，就你骨头轻，我才不会叫你写呢。老顾道，你看吧，我就知道你是有分寸的人，要不说这个世界只有女人伟大男人才勇敢嘛。梅贵姐道，恶心。一边把胸前的软枕假装大力地轻掷过去。老顾抱着软枕依旧色眯眯地看着他心中的美人，他最吃梅贵姐这一套，喜欢她那个慵懒的劲儿。

老顾道，跟几个走得很近的朋友说了，全都是道义上的支持。他帮忙填词最多的那个粤剧大老倌也不接话，当初在一起吃吃喝喝说的都是义薄云天生死与共，现在想想做人也没有什么意思。

梅贵姐道，那也是你想多了，时局这么乱，谁还肯给外人掏银子。心娇本来想问问老顾有没有找过娥姐，想想娥姐那里的人情额度老顾都给她用了，广州人说用人不能用到尽，现在又去找人家，只怕开不了口。

心娇低着头默默地喝粥，她的钱早就花干净了，把母亲和弟弟从乡下接出来，租茶馆，茶馆被砸，再重开茶馆，二弟的学费，家里的开销，跑到从化去逃难，哪一件事是不要用钱打发的。

老顾最终还是去了香港，他太太卖了一枚传家的金戒指，梅贵姐出了一对金镯子，心娇是一对金耳环，全部加在一起换成了盘缠。悄咪咪地买好了船票，找了一个晚上去跟娥姐告别，娥姐都没等他开口就给了他一笔钱，他推辞不要，说路费都凑够了。娥姐幽幽说道,你去投奔朋友穷得叮当响,人家也不好办啊,钱不就是用来防身的吗。

老顾不禁感慨道,啥都别说了,还是女人仗义。

具体他是哪一天走的,心娇和梅贵姐也搞不清楚,大家都神出鬼没的,唯恐遭人暗算。大概是老顾走后的第三天,才有一个瘦得像猴子一样的男仔送来一个纸筒,梅贵姐给了他一块烤红薯,他捧在手里乐滋滋地跑了。

梅贵姐打开纸筒,是老顾最后一次送来的字画,也是他唯一没有兑换肥鸡的墨宝,斗方上面写着四个字"天下妙合",豆绿撒金的扇面托底,黑字浓润甚是饱满灵秀。梅贵姐看了好一会儿才道,这个老顾坏了我的金刚不坏之身。心娇笑道,此话怎讲。梅贵姐道,我发过毒誓不给男人花钱,也不为他们掉一滴眼泪。她说这话的时候眼睛湿了。

心娇道,难得老顾这么用心,不如裱好挂起来。梅贵姐道,说得跟判词似的,谁知道是祸是福啊。

于是就跟老顾以往画的蔬菜小品卷在一起私藏了。

晚上下起雨来,夜深更漏。虽然也是万籁俱寂,却已不是歌舞升平的夜晚,空气里飘过淡淡的焦土和血腥混合的气味。

逃难回来之后,心娇给母亲租了榨粉街一带的差不多就是一间阁楼吧,楼下因为太过潮湿不能住人,堆满了杂物,然后是又窄又陡漆黑无比的楼梯,上面的房间不大,只有一张双人床,临一只能睡地上。破旧的桌子和柜子歪歪斜斜,感觉一碰就会散架。

临一找到一个工地给人砸石头（大块的砸碎好像是要搅拌到混凝土里），好彩在一家餐厅当"传菜"，就是从厨房把炒菜端到客人的餐桌前，再由女招待端到餐桌上。好彩不是样貌不行，只是传菜领到的工钱少——女招待都是和店老板沾亲带故的人，她们忙不过来时都是传菜兼做女招待（但还是拿传菜的薪资）。母亲在家里给人缝补浆洗，她还有一个技能就是腌咸蛋，出油又绵沙的咸鸭蛋。临一给她找来老墙土，她放上粗盐、烈酒，再加水混合成泥，裹在鸭蛋的外层，再一个一个放进铁桶密封，四十五天以后就可以拿出来放到门口摆卖，熟客都说好吃，可是家里的人一个都没吃过。心娇问母亲有什么秘方，母亲说哪有什么秘方，就是要选立夏以后生的鸭蛋，否则腌过之后两头空，客人就再也不会回头了，还有就是腌制之前要一个一个刷洗干净再晾干，很多人嫌烦随便冲一冲，屎腥味冲不干净，腌出来当然没有那么好。

她每次回家，都看见母亲两手泥浆，她的手指节粗大，青筋暴露，布满七横八竖的皱褶，就是洗干净了，指缝里也还是有残余的泥印。

讨生活太难了。

心娇还特意独自一人去了一趟福安茶舍，早已是满院黄叶，破败不堪，大门、房门、窗框被人拆得干干净净，更不要说里面的桌椅、茶柜、摆件、碗碟茶具，消失得无影无踪。房间里只剩下干枯的盆栽，老藤蜷曲毫无生气，没有窗户的素馨房裸露的墙壁爆裂残塌，犹如衣不遮体的老妪。

曾几何时，这里春光明媚，客人们啜茶吹水，欢声笑语音犹在耳，《万花临岸图》长卷里的花香四溢尚未飘尽。

如果心娇高兴，还会用梅花琴伴唱一曲《彩云追月》，茶客们便会摇头晃脑地打着拍子。

眼见得此情此景不觉更显扎心刺目，只剩得落花满地蔽月光。

走出断头巷的巷口，但见一个女乞丐靠墙坐在地上，裹一件破旧的外套，灰扑扑的，看不出本色，她的头发干枯凌乱，两眼无神，面前铺着一张纸，上面写着："山冷雪寒炉火断，计穷罗尽到炊骨"，写诗的大概是个文人，因为这两句回头诗意境更加凄凉："断火炉寒雪冷山，骨炊到尽罗穷计"。压纸的盆里一文钱也没有，心娇身上也没有钱，而且她被福安的惨状搞得神情恍惚，怎么看这个女乞丐都是自己，她裹紧身上的短褛匆匆地离开了。

· 9 ·

黑胶唱片一圈一圈地缓慢划过，日月无光山河倒立，这已经是唯一能够抚慰人心的好物，一个低沉暗哑但是又别具风情的女声唱道：

花落水流，春去无踪，只剩下遍地醉人春风。
桃花时节，露滴梧桐，那正深闺话长情浓。

青春一去，永不重逢，海角天涯无影无踪。
燕飞蝶舞，各分西东，满眼是春色酥人心胸。
断无讯息，石榴殷红，却偏是昨夜，魂萦旧梦。

曲终之后的寂静是鸦雀无声，没有余韵，古井无波。只有夜雨还在滴滴答答，如泪水涟涟不肯离去。

终于，心娇想起老顾的过往，都是一些零零碎碎的片段，却也像白粥的滋味那样细密绵长。她还想起在遇仙馆的那场惊魂摄魄的晚宴，也幸亏是有墙上临摹的古图收住了锋芒，有时候清雅，有那么一点点意思就够了。心娇铺展笔墨书录了一首孙光宪的《上行杯》：

绮罗愁，丝管咽。
回别，帆影灭，江浪如雪。

她想，哦，原来人就是这样走散的啊。

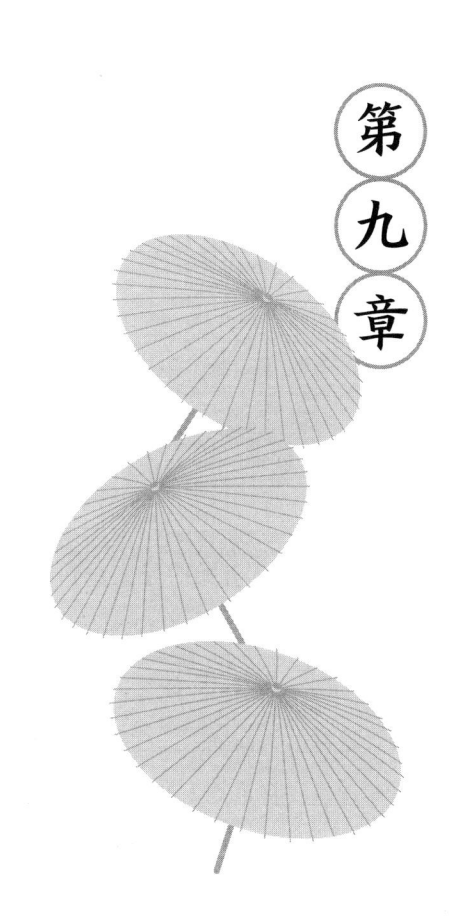

第九章

· 1 ·

正经人的生活都很艰难，被各种自认为要遵从的规矩管得死死的。

药街的店铺关了大半，开始时是大难临头各自飞，广州沦陷以后，看上去似乎生活归位，但其实谁都不愿意蹚这道浑水。

也就是说，虽然一方面市面上的宣传还是把"反共建国""中日亲善"这样的词高唱入云，似乎人人都想当顺民。但是另一方面，日军据点、日本南支派遣军司令部、日军军官专用的赤玉食堂门口都发生了大小不同的爆炸，其中之一是炸药藏在一辆装满木柴的大板车上，炸死炸伤日军和汉奸有数十人。日军开始在全城搜捕抗日分子，街上侦骑四出，脱缰飞腾，日本宪兵司令部外从早到晚都能听到被拷打的犯人的惨叫声，阴森恐怖。

贺大夫的喜儒堂还开着，只是开得小心翼翼，下午四点就停诊关门了。贺大夫也是为病人着想，有些慢性病人是不能断了诊疗和配药的。有一次他生病发烧还是照样出诊就是这个意思。

苏步溪的医馆也照常开着，因为大都是妇孺往来，也不太被人注意。

这天下午天气阴暗沉闷，又分外潮湿，墙角地面都湿漉漉的，这种天气实在是广州独有，空气湿度应该是百分之百，木质的窗户缝居然都发出芽来了，再发展下去，窗框上会不会长出蘑菇来也未可知。

步溪正在给一位老妇问诊搭脉，只见喜儒堂那个人称老许的伙计神色慌张地跑来，手里还抓着一把小铜秤，可见来时的紧急。老许这个人平时拿个小铜秤站在药柜子前面给人称中药，偶尔翘翘兰花指，是个非常淡定之人。见到她欲言又止，步溪赶紧起身走到门口，老许小声跟她说叫她立刻去贺大夫家，家里出事了。步溪点头说知道了。老许才放心离去。步溪回到自己的座位上，还是坚持把老妇的诊疗做完，又开出药方。剩下的两个病人都是旧识，是做药方调整增减或者换药的，就嘱阿麦细细记下症状，然后她回来开好药送到府上去。步溪十分珍惜和自己有医缘的患者，对她们都考虑得比较仔细。

步溪赶到贺大夫家，只见诊室里并没有贺大夫的身影，只有贺太太呆坐在椅子上，直视前方，两手紧紧抱着怀里的小偶，一言不发。

还是她身边的那个伙计说道，刚才日本宪兵队开了一辆军车过来，下来了几个全副武装的鬼子，其中一个哇啦哇啦说了一堆话，也听不懂，翻译就随便跟贺大夫说了几句，完全是不由分说，那个哇啦哇啦说话的日本人就连推带搡地把贺大夫往门外推。大家还没搞清楚发生了什么事,那些日本军人背的枪都上了刺刀,看着都让人心惊胆战,一屋子的病人目瞪口呆,眼睁睁地看着贺大夫给押上军车带走了。等到贺太太从后院赶过来的时候,连人带车什么都没看见。

步溪知道贺太太给吓魔怔了,就跟伙计交代道她马上去打探消息,叫伙计先照看好贺太太和孩子。

回到家里,步溪叫苏虾米去打探消息,苏虾米正在喝下午茶吃点心,他还真是生活节奏稳定,铁蹄下的广州人民都挣扎在水深火热之中食不甘味,只有他一个人还能心无旁顾地品尝陈容师傅亲手做的叉烧包(宝珍抢到给他送回来的)。现在还有人求他办这么难办的事,一时得了意,道,你们成天叫我少跟汉奸混在一起,将来弄得周身蚁,说都说不清。现在又让我去宪兵队打探消息,我去跟良民打听能打听出个毛来,还不是得去找现在最吃得开的人。

苏虾米不慌不忙,拿起茶杯又呷了一口,他手中玻璃杯里的茶色金黄透亮,甚是富丽,道,你别说,这英德红茶金毛还挺耐喝的。

苏步溪杏眼圆瞪,正色道,你到底是去还是不去?

苏虾米还真没见过步溪急眼,于是放下茶杯披了件衣裳出去了。

这一天的晚上步溪一夜未眠,像煎饼似的两边翻,突然间,有一个词汇在脑子里一闪而过,把她自己都吓了一跳,这个词汇就是"地下党"。最近这两年这个词汇总会在她的耳边不经意地出现，充满一股新鲜、时髦而又神秘的力量，仿佛可以解释所有无法理解的现象。

而在她心目中最像地下党的有三个人，一个是黄千祥，他们最后一次在书局见面，虽然黄千祥给她推荐了很多世界名著，但是《呐喊》《新青年》也是他坚持叫她一定要看的。第二个人是她的同学兼好友金流漓，步溪在日军轰炸广州之前曾经收到金流漓的来信，说她目前人在西安，准备去西安以北的地方，应该就是斯诺书里写的陕北吧。来信没有发信地址，只写着"内详"，估计是当时临时落脚的地方。最后一个人就是贺大夫了，他倒是没有什么具体的行为，可是他的沉稳、正直、坚定的目光总是会带给她一些联想，感觉他是这个混沌世界唯一的清醒者。

可是如果贺大夫真的是地下党的话，那是要被枪毙的啊。

苏步溪猛地一下从床上坐了起来，犹如从噩梦中惊醒那样，额头上出了一层细密的冷汗。

三天之后，总算等来了消息，与苏虾米打探到的情况相互对应。就是日本宪兵队的不少鬼子由于水土不服，出现了各种状况，最常见的是咽喉肿痛、火毒牙痛、眼痛、肚痛，感冒难愈久咳不息，自然也没有胃口吃饭，战斗力锐减。事实也的确如此，广州地处华南，五岭逶迤，气候温暖潮湿，故地气湿热，容易上火成为湿毒。宪兵队做了调查研究，打听到贺喜儒是一代名医，便把他押到宪兵队解决这个问题。

贺大夫看到这些病人东倒西歪、四肢困重、舌苔厚腻，于是给他们开了癍痧凉茶，主要的药材是：黄芪、当归、白术、茯苓、甘草、枸杞、生姜、大枣等，作用是解毒消热，祛湿除斑，以缓解疮痈肿毒，同时开胃消滞，化痰止咳。煮出来的凉茶漆黑如炭，日本人不敢喝，贺大夫只好自己先喝一碗。而且还押在宪兵队等待疗效，稍有差池估计贺大夫就没命了。

隔了大约一周，贺大夫才回到家。由于那些患病的日本人身体状况明显好转，另一些不是水土不服的人也排队叫贺大夫搭脉、开药，调理一下旧疾，所以时间耽搁了一些，好在人没事，大伙这才放了心。

· 2 ·

本来以为这件事到此为止，也算是有惊无险。

然而，生活中如果没有血雨腥风，就一定会暗流涌动。

这一天的下午四点钟，步溪的医馆已经没有病人，她决定一会就到贺大夫那里去，请教一下她的患者换药方的事。最近这边有两个患者吃她开的药，病情大有起色，但是就是不收尾，下体出血的就滴滴答答的不干净，咳嗽的就时不时咽痒夜咳，重新调整药方她有思路，但是又没有什么把握，心里吃不准。

步溪叫阿麦打扫完卫生先回家，阿麦迟疑片刻说她也想到贺大夫那里听他们两个人讨论药方。阿麦说她知道来医馆是苏小姐给她机会，也试着读过《伤寒论》，只看了两页就睡着了，她觉得医书就跟天书一样，字都认识但是不知道什么意思。不过她听过贺大夫讲解病例，非常好听，而且有理有据，很容易听进去，然后她回到家之后就把它记到本子上，里面有症状有药方，心想如果积累多了也是半个郎中啊，也算没辜负苏小姐的一片苦心。步溪笑道，你既然这么想听，那就一起去吧。

两个人清理好医馆锁上门，便往喜儒堂的方向走去。

这个时间，喜儒堂也应该闭门歇诊了。让人有些意外的是院门口停着一辆小汽车，两个陌生的黑衣人靠着车门一边抽烟一边闲聊。步溪走过去之后，又转过头来定睛看了看的确不是军车，这才放心地向里走去。

到了诊室门口，正巧碰到贺大夫出来送客，这位客人穿着便装，个子不高但很壮实，宽背阔肩，目光锐利，透着一股不好惹的劲儿。贺大夫和这位客人的神情都有些凝重，勉强维持着表面的客气。客人见到步溪和阿麦，先是一愣，随后又看了贺大夫一眼，但见贺大夫并没有给他做介绍的意思，便也识趣地对着贺大夫抱拳作揖，然后就匆匆离开了。

回到诊室，贺大夫才说那个人就是传说中的鹏生，好像是日伪系统那边的红人。步溪听后心底一沉，想到刚才见到的鹏生脸上最明显的标识的确是一边的断眉刀疤，加重了他身上的那一股狠劲。

原来就是这个人啊，步溪心里这样想着，脸色也变得凝重起来，并且有一种不祥的感觉油然而生。母亲思考再三，还是把九如舫转让给路路通了，只是在价格上略略提高了一些，母亲叫账房先生跟鹏生说,我们也是体面人,原来的价格太难看了,传出去外人总会知道,大家没脸。其实提高了一点价位也基本是半价,鹏生还算识做,爽快地答应了,于是兵不血刃,得来全不费功夫。

母亲对步溪说道,这是青天白日的抢劫,没有理由跟劫匪讲道理。

据说断眉鹏把九如舫重新装修成了大型娱乐会所,除了餐厅之外还有酒吧、咖啡厅、舞池、包厢,并且特别引进了日本料理(都是宝珍回来说的)。

这是个危险人物啊,步溪不禁问道,他到这里来干什么?贺大夫道,他说服我参加什么"东亚和平促进会",然后门口挂一面日本膏药旗方便日本人进诊所看病,他说这也不费什么事,但是全家就都安全了。贺大夫停了一下又道,我说那是不可能的,我肯定不会这么做。

诊室里安静下来,谁都没有说话。虽然贺大夫的语调里也没有什么明显的义愤和情绪,可是大家都能感受到被一种莫名的恐惧笼罩着。

如果断眉鹏只是单纯的民间汉奸团体那还好说,但他同时还有其他的身份,想必贺大夫也有所耳闻,所以贺大夫沉吟良久,道,我有点奇怪的是他并没有费尽口舌地说服我,以往的类似团体一般都是软磨硬泡不达目的誓不罢休,但是他好像已经知道并且接受了我的拒绝似的,似乎就是例行公事走个过场,可是事情应该没有那么简单吧。

步溪回到家中把这件事告诉母亲，母亲顿时也忧心忡忡，她说喊打喊杀的黑道还没有那么可怕，但是路路通的人是斯文败类，表面看不出任何端倪，使的全是阴招，让人防不胜防啊。

九如舫被巧取豪夺之后，母亲和账房先生一起花了整整半个月的时间清理了苏家所有的账目，苏大阔生前进行到一半的生意全部收尾停止做善后处理，比较优质的生意就良性转让，尽量拿到一个好价钱。然后母亲在闹市区顶手一家小门面（特殊时期顶手费比较低），小到什么程度呢，就是只有十几米见方，而且没有任何装修，墙壁、门和窗户都是陈旧破烂的，店里只有两个灶眼，上面各放着一个至少一米高的大蒸笼，一层紧挨着一层，重重叠叠冒着白烟。

店里只出售炖品，就是广州特有的那种陶瓷炖盅，里面是天麻炖猪脑、椰子炖乌鸡、竹参炖鹌鹑、清补凉炖龙骨等，还有甲鱼和牛鞭。店名叫作"炖品皇"，一大早用新鲜食材开始炖，中午一点开门，炖足四到六个小时。甫一开张便是炸了街的好生意，根本没有空座位，门口蹲着站着全是人，当街喝炖汤广州人从来不会感觉不妥，更多的人则是打包回家慢慢叹[1]。

为什么广东人那么重视吃炖品呢，还是因为这边的热带天气，天热时吃的大多是瓜菜，人又常常大汗淋漓，到了秋凉自然要吃肉的炖品，意在滋阴补肾。

炖品皇和九如舫相比无异于云泥之别，母亲就是要昭告天下苏家已经家道中落，谁也别惦记了。步溪悄悄对母亲说道，你

1　意"享受"。

搞这么大动静，就是要告诉断眉鹏一个人别惦记了啊。母亲回道，算你聪明。

也不是母亲未雨绸缪，是已经了解到路路通的常规做法就是先找准一个无力还手的富裕人家，然后围猎、榨干、出局，几乎都是这个下场。战乱之年正好是他们大肆掠夺财富的天时地利，一时势力熏天。现在这个断眉鹏又跑到贺大夫家去了，不知道又会有什么事发生，步溪感觉心里沉甸甸的。

好在炖品皇的生意还不错，给看上去愁云惨雾的苏家增加了一点点亮色。不过步溪也好生奇怪，就是离不开炖品的广州人应该随便在哪个大街小巷都可以吃到炖品，随便一个食肆档口都有炖汤卖，大家用的原材料啊药材啊也都差不多，几乎是一模一样的笼屉，都是隔水蒸那么久，为什么母亲开的店能一枝独秀呢？这件事她问过母亲，母亲一直笑而不答。

后来坊间有一个传说，说是离广州城二十多里的西北郊石门附近，有一眼"贪泉"，喝了贪泉的水人就变得贪得无厌，而炖品皇就是用贪泉的水来煲汤的，所以饮者才会争先恐后地往那里跑。此言一出，便有很多店家跑去打贪泉的水，搞得当地一下热闹起来。当地的乡亲非常不忿，自发组织了"护泉队"日夜把守，不付钱就不能打走贪泉的水。这么一吵，连报纸都登出了贪泉的图片，还说《晋书·吴隐之传》里有记载。

于是步溪问母亲是不是家里的伙计半夜去打贪泉的水，所以炖汤才那么好喝。母亲说你都傻的，哪里有那么神乎其神的怪事，只是曾经带大她又教她做蛇羹的那位老姑姐最常说的一句话就是，家常美食的要诀就是用料要足，她最爱说的一句话就是，要省，不如不吃。要省，不如不做。

你看我们的椰子炖鸡，用的都是鸡腿，客人吃到之后会觉得自己很幸运，鸡脖子鸡爪肯定在别人的炖盅里，殊不知每个人吃到的都是最好的部位，只要敢于不计成本，你说汤水会不好喝吗。步溪道，可是做生意是以盈利为目的的啊。

当然是啊，母亲说道，但是一开始就想暴利会比较麻烦，一般人开个铺头都是这样，食材好的和差的都要混搭，差的也不舍得丢掉，这样可以节省成本，定价的时候呢又很想它是暴利。我们跟他们的定价一样，你说客人会吃谁的呢？而且我们的店铺又没装修又没请大厨，又没有花枝招展的服务生，这些也同样是成本，老百姓哪里肯吃豪华排场，必须吃真材实料啊。

生意好才能赚钱对不对，薄利也是利，小数怕长计。

步溪道，这个道理应该是世人皆知吧。母亲道，可是又有谁愿意相信简单的道理呢，都是越诡异的故事越有人相信啊。

我都不知道贪泉在哪里。母亲又补充了一句。

· 3 ·

晚上九点以后的小吃夜市，灯火和炉火一样旺盛，远远望去，大团大团的灰色云雾升腾翻飞，犹如硝烟弥漫的抗日战场。

由于在夜市忙碌可以赚到钱，阿麦和花猪便有了空前的默契，除了礼拜天晚上之外，只要医馆没事，阿麦就会跑到夜市里炒田螺，花猪就负责烧烤，反正苦难时期杂鱼、碎虾（无头）、鸡胗、鸡肝、鸡督（鸡屁股）都是原材料，人们就像饿鬼一样啥都能吃得满头大汗津津有味。

实在忙不过来，还是找了一个小工帮手。

阿麦和花猪默契到什么程度呢，就是对视一眼立即明白对方的需要，要葱，要蒜，火候不行要加炭，咸，淡，料汁还要浸久一点等。也有食客误以为他们是两口子，花猪从来不解释只是微笑。阿麦从心里感谢花猪，因为自己曾经被人深深地嫌弃过，她也很怕花猪激烈地否认，不是不是我们只是搭档，这也是一种打击对不对。而且从另一个角度想，没有这件事就算了，如果有呢，如果花猪果然不嫌弃自己呢，那她的内心其实是接受的。这倒不是花猪的性格好待人温和，又很勤力，而是他是一个明白人，从一开始他就晓得不沾黑，后来眼见着虫虫发达了，他也不后悔不羡慕，照样辛苦劳作并无怨言。

这种男人才是值得托付的吧，不过想到这里阿麦也会脸红自责。她一直觉得自己太不安分，还要吃多少亏才不去胡猜乱想呢。

可是身体又很诚实，一趟一趟地往夜市跑真是不觉得累啊。

或者说阿麦也是有所试探的，有时她颠勺颠到满头大汗，很怕汗水滴到锅里遭食客嫌弃，如果正巧花猪走过来端田螺，她会将额头在他的肩膀或者后背直接一擦，花猪都很会意，不会大惊小怪，更不会嫌弃，有时候还会在她身边稍停一下方便她擦汗。尽管隔着一件粗布外衣,阿麦还是可以感受到来自男人的那种特有的气息,浑厚、炽热并且有着强大的冲击力。

十一点钟之后夜市热闹的程度达到顶峰,大家都有一种"死到临头吃饱再说"的末日感,偶尔警笛呼啸而过,尖厉的声音在夜空中飘荡,仿佛在提示人们前路茫茫看不到一点希望,只要不当饿死鬼就行。

随着葱姜蒜在油锅中爆香,大团的油烟扑面而来,阿麦面无表情越战越勇,好多食客都是被炒田螺独特的香味吸引过来的。这时她听到了一个熟悉的声音,早就听说你们这一摊好吃到爆,今天也过来试试。

阿麦抬起头来,果然是鹏仔出现在面前,这个"烧成灰她都能认出来的男人"说的自然不是实话,因为出摊这么久他一次没来过,虫虫隔三岔五就过来一趟他不可能不知道。但虫虫说,鹏仔现在要陪各种各样的头面人物消夜,晚上也是他最忙的时刻,通常是在九如舫吃下酒小菜、精美点心,全部出自名厨之手。除了贵,挑不出任何一点毛病。

而且他还是出了名的洁癖,看炒田螺就像看垃圾。你说一个乡下孩子怎么就变成贵公子了呢。

见到鹏仔,花猪赶紧给他单独支了一张桌子(反正都是占道经营),尽量离人群聚集的地方远一点,也就相对安静一些。花猪接过阿麦手里的炒锅炒勺,使眼色叫她过去。阿麦走过去的时候鹏仔已经坐在那里了,面前放着一盘炒田螺和一盘烤串,根本一动未动，他只坐在那里喝白开水。虽然是晚上，光线有限，还是可以看出鹏仔比从前讲究多了，梳着分头，鬓角都修得很整齐，衬衣系在西裤里，身材也保持得有形有款，脚上穿一双三截头的皮鞋。他侧身坐在折叠桌前，跷着二郎腿，一副吃不完用不完的样子。

阿麦感觉他端的架子比苏大阔还大，也知道他肯定不是来吃炒田螺的，但是具体找她什么事，又实在想不出来，于是就坐在他的对面也不出声。

鹏仔清了清嗓音，又伸手抚摸了一下他整齐的鬓角，道，那天跟你在一起的苏小姐，我去查了一下，想不到苏虾米有一个这么漂亮的妹妹。我那天见到她简直惊为天人，从此之后茶饭不思，这不就是为我度身定做的人嘛。接下来他越讲越兴奋，或者说情绪高涨，连断了半截的眉毛都发起光来，中心意思就是他打定主意要娶苏小姐，跟苏小姐结婚。

这让阿麦忍不住抬起头来冷冷地看了他一眼。然而对此鹏仔毫无觉察，话题转向他一直在问阿麦苏小姐的生活细节，比如爱吃什么，甜还是咸，喜欢什么花，玫瑰还是素馨，脾气是否温和，她为什么放着富家大小姐不做要去做服侍病人这种低贱的工作，她到底是怎么想的，或者这背后到底是有什么特殊的原因等。

阿麦当然没有一一回答鹏仔的各种问题，事实上也一直都是鹏仔在说话，而且越说越兴奋。照说此时的阿麦觉得自己心中应该充满怨恨才对，这个她生命中的孽障，他永远是用他特有的方式折磨她，像蚕吃桑叶那样一点点撕咬她的心。然而唯有此刻她对他的情绪中出现了一丝轻视甚至是嘲讽，这种情绪真是太奇怪了，就像食物飘香那么自然，哪怕是在鹏仔当金店伙计的时候都不曾出现过。他现在已经膨胀到什么话都敢说了，完全不知道什么叫作本分。

固然是人前人后有钱有势，可是还不就是陆老板的一条狗，当狗也就算了，还替日本人做事，巧取豪夺了苏家的九如舫，还回过头来打苏小姐的主意。阿麦以前最最看重的就是鹏仔聪明，脑子好用，现在觉得他如果哪一天丢了性命一定是蠢死的。

所以阿麦一直没怎么说话，任由鹏仔喋喋不休。好不容易等到了一个空隙才插进去说了一句，苏老板都过身了[1]，苏家现在也败落了，不如你娶一个真正有钱有势的富家女来得实在。鹏仔笑道，苏家几代人做生意，深藏老钱才真正称得上殷实，苏家做出家道中落的样子也就骗骗一般老百姓，怎么可能瞒过我的火眼金睛，他家又没正经人，苏虾米就是一个废物，我怎么可能放掉苏小姐这条大鱼。阿麦道，你现在都这么有钱了，为什么还这么坏呀，又要财又要色。鹏仔一侧的嘴角翘起来道，要不说是为我度身定做的呢。

阿麦不免胸口发凉，脑海中浮现出苏小姐现在的样子，她以前是柔弱不堪软绵绵的美，现在却不同了，应该说是岁月重新塑造了她。她寻找到了自信，眼睛是清澈的，有光，淡眉，高高的鼻梁使她的五官显得立体，神情安静而坚定。她穿着朴素的西

1　死了。

装外套令其身材更显消瘦，短发蓬松而利落。

她也不得不承认现在的苏小姐是人见人爱，看着鹏仔那副贪婪、邪恶的样子，沉在阿麦心底的最后一丝幻想也飘然散尽。

· 4 ·

果然过了没两天，鹏仔就请了媒人到苏家提亲，二太太叫媒人留下八字，然后又请媒人喝了上好的乌龙茶，还吃了一小碗自制的姜撞奶，姜撞奶虽然是普通的广东小吃，到处可见，但是只有苏家的姜撞奶称得上质地丝滑入口即化，令人念念不忘。这才客客气气地送走媒人。隔了几天媒人来问消息，二太太以父孝在身、八字不合婉拒了。

鹏仔当然不肯就此罢休，又每天派人专程送花到医馆，有红玫瑰白玫瑰粉玫瑰，每次都是一大束，苏小姐说这花直接扔掉就太可惜了，叫阿麦把花分成一束一束，放在门口摆卖，赚一点钱就用于义诊，因为医馆也经常会有出不起诊费的贫苦妇女。对于这件事苏小姐看上去像是没有态度，甚至也没有什么情绪。这才是大户人家的厉害之处，凡事都能小心轻放不伤和气。

姜校长的肚子一天一天大了起来（下人们都管姜穗叫姜校长），两条腿肿得厉害，全身上下哪都不舒服，要经常按摩一下才好。所以只要阿麦在家，就叫她过去帮姜校长按摩肩背、手臂和越来越粗的腰身，姜校长还是迷信阿麦在医馆学到的按摩手法，嫌小镜子的手劲没力道，宝珍又用力太刚猛，一下手还没按呢姜校长就哇的一声叫出来。

由于大部分的晚上要给姜校长按摩,阿麦去到小吃夜市"炒更"[1]反而更勤了。因为大家都知道姜校长要霸住阿麦,晚上就没人敢找阿麦或者问她的去处,但其实阿麦做完按摩就从后门去夜市了。

有一天晚上,阿麦正在姜校长的房间里给她按摩肩颈,姜校长闭着眼睛一副很享受的样子。这时苏虾米走了进来,唉声叹气地抱怨鹏生现在天天找他,他被苏步溪迷得七荤八素,一心只想娶她。自上次九如舫的事,苏虾米对鹏生还是有所警惕的,但也不敢得罪他,只能赔尽小心。苏虾米这个人没有什么城府,说这些话的时候也完全不忌讳在场的阿麦是个外人,或许当她是一只旧柜子也未可知。

苏虾米道,现在鹏生的势力也是如日中天,要风得风要雨得雨,和这样的人结亲也未必就全是坏事吧。

没等他把话说完,姜校长突然睁开眼睛,字正腔圆道,你胆敢把这只土狼引进家门,他吃掉的就不是你苏虾米一个人,他会吃掉我们苏家。他的胃口你还没领教吗,吞了九如舫还敢来提亲,就没见过这么不要脸的人,真是有没有搞错。慢说我们家苏步溪根本没看上他,就算是看上他了我也得挡在门口,这是我当大嫂的责任。

一席话说得苏虾米不吱声了。

1　兼职。

求亲的事情搞成这样，对于一直顺风顺水的鹏仔来说也有些不适应。这段时间他几乎每天晚上都到夜市来，反正花猪和虫虫过去都是他的"砂煲兄弟"，知道他最衰最烂的样子，也不会笑话他。

他是有点疑惑了，他对阿麦说，见到他的人不都是大老远就满脸堆笑吗，不都是诚惶诚恐吗，不是都想结交他巴结他吗，难道这一切都是假的吗。他可能更在意的是苏家嫌弃他，于是怀疑全世界的人都嫌弃他，只是演得逼真而已。他开始躁动不安，常常念叨路路通其实就是他的公司。也不洁癖了，每天晚上都喝酒，很廉价的散装酒他也照喝不误，不仅吃炒田螺也吃各种烤串。喝多了就说信不信我劫了她，把生米做成熟饭。

阿麦道，那你还是一个流氓啊，也不是什么上等人，你不是就想当个上等人吗。这时他就会抬起醉醺醺的脑袋，用充满血丝的眼睛瞪着阿麦，仿佛在说连你也变得这么放肆了吗。

阿麦也不是不承认鹏仔今非昔比，听说路路通公司还给他租了不错的大房子，住得舒服又宽敞，还可以每晚在九如舫吃讲究的消夜。那你为什么还要跑到夜市来呢，因为鹏仔你就属于这里啊，烟尘滚滚，臭鱼烂虾，到处都是穿得破破烂烂的人，空气里是烤鸡屁股的臊味，你也只有在这里才自在吧。

这个世界根本就没有改变过啊。

· 5 ·

自从上次在喜儒堂的院子里见到断眉鹏，不知什么原因，总有一缕不祥的阴云笼罩在苏步溪的心头。

步溪对于断眉鹏的印象,除了脸上那个明显的刀疤之外,感觉他长得还算周正,但是无论眼神还是面部表情都透着一种阴郁和冷酷,仿佛心底压满了深深的仇恨。而且他绝对是心毒手狠之人,拿走苏家的九如舫根本就是打劫,算定了他们没有还手之力。跟贺大夫说话的时候他会情不自禁地斜着眼睛,表示没有把任何人放在眼里。

她对他的直觉就是只要被这个人盯上,就是狼奔豕走难逃厄运。

所以在她回到家中,听到母亲说断眉鹏请媒人来提亲的事,她都没有正面回答这个问题,她说,父亲在世的时候总是不明白我为什么要自降身段选择低贱的工作,其实我也不是为了不嫁给黄糖或者断眉鹏,只是我想除非我自己愿意,否则一辈子谁都不嫁就好了。

母亲当时就叹了口气,道,这个人的胃口实在是太大了。

步溪道,以前我们家只有苏虾米有可能坐吃山空,以后我也有可能一文不名,那时我就靠三根指头给人搭脉勉强糊口吧,这个人我是横竖不会嫁的。

但是贺大夫好像并没有把断眉鹏放在心上,尽管贺大夫阅人无数,但他身上总是保有一份男人的天真,觉得自己悬壶济世与世无争,总不见得会卷进繁杂纷乱甚至肮脏的是非旋涡。

一直以来,贺大夫都有云游山野的习惯,就是专门拿出一段时间去到偏僻清冷的地方走一走,与一些民间郎中、和尚道士，或者干脆就是隐居高人聊一些见闻和医术，他认为常年不与人切磋技艺，看病的思路也会越变越窄。最近一段时间，贺大夫跟一位老道长谈及中医的手法，那位道长的观点是如果用针（针灸）就可以少用药，如果多用手法就可以少用针，药当然就可以不用了。这里说的"外治手法"其实就是道家修行追求的"元神归位"，认为神一回来，身体就有正气，气血就会随着神的参与开始调动，令形神统一达到治病的效果。比如全身无力昏沉困顿的手法治疗，又比如食不甘味的手法治疗，总之示范了很多具体的做法，贺大夫也有记录，但他还是想根据记忆把手法图画下来，便于今后的实践应用以及存档或者流传。

每天下午歇诊之后，他就开始在诊室画图，小偶就坐在他膝边的地上，也有一副纸笔信手涂鸦，这个孩子最大的特点就是安静，有一种与年龄不符的沉稳。就在父子二人画图画得沉醉之时，家里还是出事了。

小偶除了在父亲身边涂鸦，偶尔也会到院子里去玩，但他是很有规矩的，从来不会私自踏出院门半步，因为贺太太管得严。

突然有一天，贺小偶不见了。时间大概是在吃晚饭的前后（按照广州人的习惯是晚上八点左右才吃晚饭，算是一天中的正餐），天色渐渐暗下来，孩子却悄无声息地消失了。

这件事对于贺家来说犹如山崩地裂，先是所有人都傻了眼，然后冲出家门满世界乱找，步溪和阿麦当然也在其中。步溪感觉阿麦比她还要着急，可以说是面色苍白、目光呆滞，甚至脚下都有点磕磕绊绊、步履不稳，可能是没经历过这种事的缘故，平时并不见小偶和阿麦有什么亲密举动，一切都是淡淡的，小偶管阿麦叫麦姑姑，可是出了这么大的事谁能不心急如焚呢。

后来大家冷静下来，第一个想到的就是绑票，但是一连三天并没有绑匪要钱的任何消息。出事的第二天就报了差馆，一样找不到人。贺家又印了悬赏广告，赏金是常规价格的几倍，还是泥牛入海，正经的消息没有一丝半点。喜儒堂门外的商铺每家都不止问过一次，有没有人见过小偶，大家也都是生计繁忙，完全没有注意到街面上有什么不妥。只有一个修鞋匠说他看见一个陌生的男人抱着小偶匆匆离去，而小偶的怀里好像有一条毛茸茸的小狗，孩子只顾低头撸狗也就没有什么异常，修鞋匠以为那个男人是贺家的亲戚。

整整六天没有一点小偶的信息，这个时间真的是太漫长了。

贺大夫也没法工作，喜儒堂全天歇诊，贺太太实在熬不住病倒了。这时候步溪才知道贺太太前段时间已经得了肺病，所以贺大夫才没叫她去苏家吊唁。

本来在贺大夫的精心治疗下，贺太太的病情已经有所好转趋于稳定，经此一击她的身体彻底垮了，不吃不喝面如死灰，咳嗽越来越厉害，还发出空洞可怕的胸腔回声，轰鸣不止。这一天的傍晚，她咳到吐出一口血，所有的人都慌了神又手足无措。步溪急忙跪到床上轻轻抚摩贺太太的后背，一下又一下，想让她先顺过气来。贺太太好瘦啊，后背也是分外骨感，人薄得像纸一样。步溪明白贺太太这个样子，肯定是不能用猛药的，所以才让贺大夫既为难又伤心。

步溪鼻子一酸，但是此刻大放悲声的竟然是阿麦，阿麦见到血突然放声大哭，把大家都吓了一跳，她在房子中间叉腿站着，张着嘴，旁若无人哭得涕泪交加不能自持。贺大夫急忙把她带到屋外去了，步溪看了一眼，感觉好像是贺大夫一直都在安慰阿麦，阿麦一边抹眼泪一边点头。

当然，按照常理，所有的事情都不可能铁板一块密不透风，假如是有人做局的话就还是会图穷匕见。

有街坊给贺家的伙计带话，叫他们找找路路通，道理十分浅显，这种迷雾重重的事也只有黑白两道通吃的公司能帮上忙。这句话还真点醒了贺大夫，让他理出了事件的头绪，那就是孩子丢失的原因是他不肯在诊所挂膏药旗。否则他家丢孩子为什么要找路路通呢，直觉这话也是某些人刻意放出来的。

问题是断眉鹏把事情做得天衣无缝，心里清楚又有什么用呢。

"找路路通"这句话同时也如闪电一般让步溪从混乱悲伤中清醒过来。在此之前，断眉鹏偶尔也会到她的诊所来，多数都是傍晚时分，诊所已经歇诊，但她还要看看书做一些笔记。由于她态度冷淡，断眉鹏也有些尴尬，只能没话找话说得不咸不淡然后告辞，但是他的情绪并不稳定，有时候也会一脸怒容坐在诊室不走，说什么你是大夫也给我看看病，我现在茶饭不思心里只有你。步溪也不接他的话仍旧低头看书,断眉鹏干坐一会儿也只能离开。

但是这些天,就是小偶消失的这些天,断眉鹏没有来过诊所,玫瑰花也完全不送了,就仿佛什么事都没有发生过一样。这会不会是断眉鹏自觉在事态上占了上风,虽说是猜测但多少有点影子。广州人说凡事都是一笔生意,就看能不能谈拢了。还是那句话,困局凶险,就算一切属实那你又能怎样,嫁给他吗。

而且断眉鹏手黑是众所周知的事,如果撕票他眉头都不会皱一下。然而他的行事风格又绝不鲁莽,差不多一周的时间足以让当事人精神崩溃。这种节奏感一般没脑子的人根本做不到。

步溪和贺大夫相对无言,两个人肉砝码一筹莫展,既不能挂也不能嫁,又不能把真实的情况告诉贺太太,怕对她造成最后的致命一击。

吃饭的时候,老许看贺大夫吃不下东西,便道,要不服个软,先把孩子接回来再说。见贺大夫没有作声,又降低声音嘟囔了一句,反正也给日本人看过病了。贺大夫瞪了他一眼,气道,这是一回事吗。

说完把饭碗往桌上一顿,拂袖而去。

· 6 ·

现在看来,有关路路通公司的各种传闻,无论是啧啧羡慕的还是饱含恨意的,对于阿麦来说都只是耳听为虚,这在她踏上路路通公司大门前高高的台阶时就已经意识到了。

阿麦根本没有想到路路通公司会如此气派。

公司耸立在沿江路上，是典型的欧式建筑，据说曾经是一家法国银行的所在地。精美的雕花门窗，雅致的长廊和旋转楼梯，这种建筑最大的特点就是空旷、高挑，大片的一尘不染的马赛克地板是黑白两色的菱形方块拼接而成，棋盘图案，被工字形镶边围住，高高的天花板上是古朴典雅的吊灯，结实的龙爪形黄铜骨架上立着十二根灯柱，每个白炽灯的头顶都有一个墨绿色的灯罩，活像十二顶小帽子，使得这里的空旷高挑并不沉闷。此外遥远的落地窗前飘动着米色的纱帘，欧式壁炉旁边有一株巨大的凤尾葵盆栽。其他就什么都没有了。

大太太说过，只有空旷才能显得高级，纯粹唐人公司的建筑布局都是寸土寸金见缝插针，没有一尺多余的地盘，所有值钱的东西都要挤在一起摆放，让人感觉眼花缭乱、繁杂富有，也是一种风格。但显然这不是陆山河陆老板的风格，据说他的品位非一般人可及，就是用空置显现豪迈，有一种无言的气势。而且他的为人与此一脉相承，少言低调，神龙见首不见尾。

传说中陆老板的用人之道也是如此，会给手下极大的空间，看上去不闻不问，但是不能出错，否则直接换人不作解释。

咨客是一个年轻帅气的男人，深色的西装圆圈圈的领带。他问阿麦找鹏先生预约了没有。阿麦报出名字，说我有重要的事情，他一定会见我。说得沉稳而坚定同时直视着咨客先生。年轻人又重新打量她一次，将信将疑，满脸写着你能有啥重要的事啊。

鹏仔的办公室也大得不像话，他在一侧办公，写字台很大，上面放着两部电话机，其中一部还是红色的。房间的另一侧是面对面的两条结实的深色长沙发，中间放着茶几。办公区与会客区的间隔是一副四屏的红木屏风，上面刻有六榕塔的中景图，因为六榕塔的八个檐角都悬挂着铜制吊钟，所以很好辨认，塔旁的榕树绿荫如盖，气势不凡。

鹏仔一直在打电话，显得繁忙但是态度冷淡，所以咨客也没有给阿麦倒茶。办公室里只剩下两个人的时候，鹏仔也没有抬头看她一眼，不过阿麦多少有些理解鹏仔的目中无人和为所欲为，因为所谓脱胎换骨也不过如此吧。

墙上挂着一幅巨型的油画，画的是陆山河，他穿着灰色的长衫，目光如炬，神情温和，俯瞰着属于他的世界。

鹏仔好像知道她要说什么，所以故意不理她。玩弄别人的感情，看着他们死去活来，已经成为他的一种嗜好。

鹏仔是在看到阿麦和贺太太签的契约时才傻眼的，他很久没有说话，可能是在心里盘算着日子对不对，神情也如同五雷轰顶一般。办公室里安静得让人感觉到一丝阴冷。

那我就更不能放他走了。隔了老半天，鹏仔才突然说了这句话。阿麦暗自松了口气，这说明小偶就在鹏仔手里。在此之前她也听到苏小姐这样对她说。阿麦虽然也是恍然大悟，但又有点不太相信鹏仔会做出这种事来,她对他始终有些矛盾的心态,想着他即使再不好,但希望成为一个上等人这一条还是没有错吧。

可惜他仍然是一个流氓啊。

不过他这样的回答也是在阿麦的意料之中,这一路上阿麦想到了无数种可能性,"难以置信"啦,"不被说服"啦,"骗到我头上"……统统排在前面,就算把阿麦赶出公司她也不觉得奇怪。同时鹏仔不愿轻易放人她也想到了,于是她说,你看你现在正受陆老板的器重——这时她还不忘抬头看一眼油画上的陆老板,但还是不无恭敬地说道,其实路路通公司能有今天不全靠你吗?再说你还在追求苏小姐,现在突然冒出一个孩子来根本说不过去,一定会让你的前程大受影响,而且人家贺家把孩子带得那么好,你又有什么不放心的呢。

鹏仔显然是把这些话听进去了,但是他紧绷的脸没有丝毫松懈,眼神阴森地盯着阿麦道,这件事还有谁知道。阿麦道,除了我以外只有你一个人知道,我也绝不会告诉第二个人。

这时鹏仔的神情才有所松动,又沉默了好一会儿他才说道,我选择相信这件事并不是因为你讲的故事,而是我一直很奇怪,我跟这个孩子在一起的时候有一种奇异的感觉,具体是什么我也说不清,就是感觉到一种莫名其妙的亲近感。而且这个孩子也不怕我,有一次看见我训虫虫,等虫虫走了以后他对我说,你又暴躁了,你为什么总是这么暴躁,你要好好说话慢慢地说。还有一次他非常冷静地对我说,你赶紧把我送回家吧,我就不告诉我爹爹你是谁,要不然他会打死你的。他的语气就好像他是大人一样。不知道为什么我冲他就是发不起火来，反而会产生一点点的怜惜，那是一种我从来没有碰到过的非常奇妙的感觉。所以我才会在震惊之余选择相信你。

阿麦点头表示理解，但是内心却没有半点感动，也许是因为鹏仔太让她失望了，他做的每一件事都那么不堪，是的，就是精确到每一件事，从没有让她感受到他还是有可取之处的，哪怕他从来没有爱过她。她又怎么可能让孩子留在他的身边，她是毫不犹豫选择贺大夫的。所以她心急如焚，恨不得马上见到贺小偶，然而她又深知鹏仔的心机缜密，脑瓜灵活，瞬间产生逆反心理的可能性也不是没有，所以她必须做出平静的样子。果然鹏仔突然阴森森地说道，难道你每天看着他叫别人妈妈心里就不难受吗？阿麦冷冷地回道，如果不是当初贺大夫救了我，我们母子二人都不知道还在不在这个世界上。

鹏仔这才不说话了。

鹏仔住的地方是高级公寓，叫作盈彩阁，也在离公司不远的沿江路上，表面看只是一栋灰色的楼房，但只要走进实木镶嵌玻璃的大门，就发现一楼的大堂也十分宽敞，进门处有一个酒店式的前台，值班加服务的管理人员是那种情绪稳定、很有眼力的中年男人，他们微哈着腰低声地跟鹏仔打招呼，鹏仔也仅仅是客气地点了点头。

上了电梯，鹏仔说高级公寓是公司给他租的，水电杂费统统实报实销，包括请帮佣的费用。从中可以感受到陆老板是一个手面很大的人，阿麦的眼前浮现出鹏仔办公室的那幅巨型油画，然后陆山河那张让人琢磨不透的脸变成了鹏仔目光向下睥睨一切的面孔。

当贺小偶看到阿麦的时候，阿麦蹲了下来抱住跑过来的小偶。小偶问道，麦姑姑你是不是来接我回家的。阿麦说是。于是小偶抱住她的脖子，他们还从来没有这么亲近过，这让阿麦激动的心怦怦直跳。

公寓里有一个看守小偶的表情木然的年轻男人，是鹏仔的一个马仔，见到他们进来就知趣地到阳台上抽烟去了，一句话也没有说。还有一个不太出声的做饭阿婶，一只小奶狗摇着尾巴在屋里走来走去。

这时候已经是中午一点十分，阿麦努力克制自己想抱起孩子就走的愿望。一起吃个饭吧，我饿了。她说。有意无意地，她的眼光扫过窗边写字台上的电话，尚未开口就听见在她身后鹏仔的声音，不要打电话，你想好怎么说了吗？不要跟我扯上一点关系。

阿麦回道，我知道，你放心吧。心想他还是舍不得他现在拥有的一切，最终做出了与过去彻底切割的决定。

只是在三个人默默吃饭的时候，阿麦的眼泪突然滴落下来，这也许是血脉相连的三个人唯一一次在一起吃的饭。她慢慢咀嚼着，体会着每一秒钟的幸福和温暖。鹏仔则面无表情，一边吃饭一边不时地看一眼小偶，同时又很快地把目光移开，眼神阴郁，又有点茫然。

公寓里是成套的西洋家具，客厅的落地窗可以望见宽阔的江景，一切都显得过于完美。阿麦用小毛巾给吃完饭的小偶擦了擦嘴，一种来自母爱的温柔再次让她红了眼睛，为了不让鹏仔看见，她抱起小偶临窗而立望着江景。这时鹏仔也走了过来，同样是望着江景，道，这一切都是我用命换来的。他说，有一天晚上他去陆先生家，遇到几个蒙面人挥舞着西瓜刀见人就砍，因为是有备而来，那几个蒙面人非常强壮彪悍，陆先生的保镖已经被砍倒几个，一时间血流成河，紧要关头他来不及多想便扑到陆先生身上为他挡刀。鹏仔随即转过身去，在阿麦面前褪下衣服，只见他的后背刀疤纵横。

但也仅仅是几秒钟，阿麦还来不及做出反应，鹏仔已经迅速地穿好衣服，低声叹道，我已经回不了头了。

——我已经回不了头了。他对她这样说，这句话是什么意思呢，当然过往的事情是谁都回不了头的，但他这么浩叹一声，是不是还有一点点留恋之意呢，阿麦心想，这是他对她感到抱歉的意思吗。

· 7 ·

见到小偶的时候，已经病得奄奄一息的贺太太终于从床上坐了起来，她先是不敢相信眼前发生的一切是真实的，然后又抱着小偶哭了一会，一边又语无伦次地张罗伙计给小偶做饭。阿麦急忙说道带他回来的时候在街上随便吃了一点，于是贺太太又盼咐伙计烧水准备给孩子洗澡。

说到洗澡,贺太太又开始翻来覆去上下左右检查小偶的身体,担心他什么地方遭到了损伤。但是无论如何,贺家都为这次有惊无险而由衷地感到高兴。

在一片混乱之中,贺大夫把阿麦叫到院子里没人的地方问及详情。阿麦告诉贺大夫她是在黑市碰见小偶的,她当时是去买东西,看见一堆小孩子四处乱跑追逐玩耍,没想到其中居然有小偶,她就上前一把抓住他把他带回来了。阿麦心想小偶虽然会说话,但是他叙事的能力是没有的,也根本不可能把事情说清楚,所以她想来想去只能这么解释。

当然在这个过程中她也不肯跟贺大夫的目光接触,一边又心虚地觉得以贺大夫的智商一眼就可以识破她在撒谎。其实她是很害怕贺大夫追问细节的,让她编下去也肯定是漏洞百出,所以她尽量不看贺大夫的眼睛。好在贺大夫始终没有说话,只是安静地听她解释。

阿麦铁了心不会说出实情,一方面她是不想让贺大夫看低了自己,而另一方面也许是那个人回不去了的叹息声起到了一定的作用。

小偶洗完澡之后就在贺太太的床上睡着了,贺大夫进了贺太太的房间,关上门,很长时间都没有出来。阿麦往医馆给苏小姐打了电话,告诉她小偶已经找到了,苏小姐哇的一声叫出来,只说了一句我马上过来就挂断了电话。

就在这个晚上,大约是半夜两点钟,贺大夫托人找黄牛党买的高价二等舱的船票被那个熟人送来了，开船的时间是凌晨四点五十五分。是的，贺大夫和贺太太商量了很久，最终决定由贺大夫带着小偶避走香港。

还没怎么搞清状况的苏小姐看着贺大夫一手抱着孩子一手提着简单的行李，再看看病在床上的贺太太，眼泪突然像炒黄豆一样崩落下来。

贺太太反而没有哭，她一言不发，头发凌乱面色苍白，只是用目光一直盯着那父子二人，似乎要把他们深深地印进脑海里。

阿麦的内心则五味杂陈，虽然这个决定让她感到有点意外，但也不得不承认贺大夫做事果断和周到。尽管她没把事情说破，却深知那个人的喜怒无常变化多端，谁也不知道下一分钟会发生什么事，再说她还能提出什么更合适的方案吗，她的脑袋里一锅糨糊，从早到晚嗡嗡直响。

时针疾走，贺大夫一定要出发了，就是再待下去大家也是无言以对。步溪和阿麦两人把贺大夫送到院子门口，晓月当空，长夜静谧，不会有因为天气原因无法开船的忧患是唯一可以庆幸的事。

贺大夫面容憔悴，眼神黯淡，只有微微抿着的嘴角仍显现一丝刚毅。他对她们正色说道，你们照看好师母，照看好我的病人。她们也唯有正色点头。阿麦最后看了一眼趴在贺大夫肩头已经睡着的小偶，突然很想号啕大哭，但是她拼尽全力克制住自己。

只见贺大夫上了一直等候在那里的人力黄包车,黑暗顿时吞没了他们。

· 8 ·

如封似闭。
——吴氏太极拳第九式。

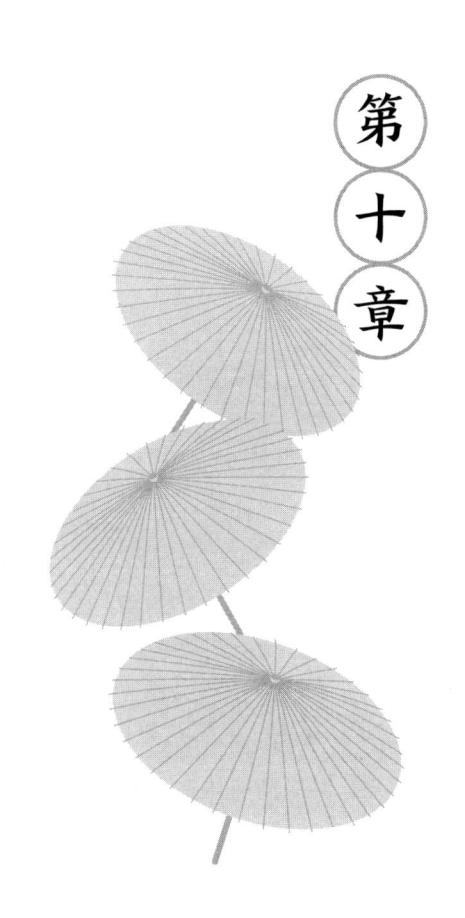

第十章

· 1 ·

这是一家看上去朴实无华的商铺，夹在商业街若干商铺的中间，就像树叶长在树上一样没有什么特别。这家商铺的名字叫作"沈记洋遮"，四个暗金大字深刻在一块漆黑的乌木上，显得质朴敦厚。岭南下雨和日头高照的日子无穷无尽，用遮的时候还是很多的。

沈记洋遮位于高第街，高第街是广州著名的老牌商业街，日用百货的集散地，其中商铺林立，商品琳琅满目，此外还有进货出货的人推着车子或扛着大包穿行于街道两侧，显得街道分外拥挤热闹。

贺大夫走了以后，苏步溪先是暂时关闭了自己的医馆，并在门口贴出了安民告示，叫患者移步到喜儒堂就诊。而后对于贺大夫的病人，她会先查看曾经记录的医案再继续调整方子，好在贺大夫的医案都有翔实的记录，又是按姓氏笔画排列，不至于令她漫无头绪。也有病人见到是她坐诊扭身离去，认为她并无经验可言。步溪牢记贺大夫走时对她说的话：成事有些是靠经验，有些则是靠用心和灵性，足够赤诚，石头开花。她也知道这是叫她死撑的意思。

步溪感觉自己每天都是灰扑扑的，终日心绪难宁，一方面不知道贺大夫带着小偶是否找到了安全的落脚之地，大人还好说，带着小孩又在这样一个乱世，随便想想都是捏把汗的事，感觉出现任何状况都不出奇。那么到底会出现什么状况呢，会不会遇到什么危险呢，简直没办法再想下去。另一方面，自贺大夫和小偶离开之后，贺太太的身体每况愈下，已经瘦无可瘦，而且有时候连续两三天都不说一句话，更是令步溪身心疲惫无比担忧。

此外不知为何，在步溪的内心深处产生了一种无法释怀的自责，或者说是负罪感。她想如果她闭着眼睛嫁给断眉鹏，情况会不会好一些呢，想到贺大夫临走时的那一幕，贺太太心如死灰地看着他，是为诀别。苏步溪可谓万箭穿心，她为什么就不能默默地牺牲自己呢，所有的女人，在她所看到的所听到的许许多多的女人不都是在奉献在牺牲吗？更有甚者还会为自己能够成为祭品而感动而欣慰。她是不是做错了什么才会如此这般地责难自己。

可是凭什么呀，凭什么做女人就是原罪？

那她当初就应该认命嫁给黄糖，至少不用吃苦衣食无忧，她就是不甘心啊。父亲在世的时候就警告过她，女人都毁在不甘心上。可是她的生命里就是有一种广东长夏一般炙热难耐的韧劲。凭借这一口气,她选择了另一条路,并且对自己说,毁了就毁了吧。

一天晚上,步溪看着贺太太服完药之后,两个人说了一会闲话,她尽量不提及贺大夫父子二人,更加努力掩饰自己的忧心忡忡,做出天下太平的样子。

每回临走时,贺太太都会说一句,辛苦你了。

步溪很想说我们一定要坚持到贺大夫和小偶回来。可是她说不出口,这么遥不可及的愿望她自己都看不到半点星光。只好拉住贺太太的手轻轻握了一下。

之后便打道回府,业已筋疲力尽。

走进家门的时候,何伯叫住她,递给她一只牛皮纸信封,信封很旧,仿佛被无数次地揉搓过,而且在一半处对折,拿在手里感觉是个圆圆硬硬的东西。步溪问道,这是什么?何伯道,我也不知道。然后他说今天下午有辆军用吉普车开到门口,司机穿着士兵的军服,车里总共就他一个人,他嘱咐我把这个东西亲手交给你。我说好,还叫他进门坐下喝口水,他不肯,扬了扬手就开车走掉了。

步溪哦了一声,拿着这个东西回到楼上自己的房间。

她倒在床上,真是累得连好奇心都没有了。

她闭着眼睛歇了好一会儿,才坐起身来。她把那个牛皮纸信封拿到灯下,上面的确写着她家的地址和她的名字,尽管字体潦草一看就是在匆忙之中写的,但是从娟秀的形态还是一眼就能看出是金流漓的笔迹。步溪打开信封,一个圆形的表面镀金的粉盒滑落到她的手中,没有信。她把信封对着光看了又看,里面是空的。她重新拿起粉盒,打开,里面的粉饼已经用去了三分之一。

旧粉盒,这是什么意思呢。

正在发怔之中,小镜子敲门进来,说姜校长叫她过去一下。步溪想到最近一段时间姜穗的胎动现象比较活跃一些,总是要叫她过去问东问西。

两天之后,步溪在街上无意中看到若干幅广告张贴,其中一幅大的招牌广告就是这种杜琳牌粉盒,画面上有个烫着时髦发型的漂亮女人,正用粉盒挡着一半的俏脸暗送秋波。这是一款老牌化妆品,并不便宜,但是号称粉质丝滑服帖而深得讲究的女人青睐,以高贵身份压倒那些新冒出来的花里胡哨的小品牌。

步溪心想,以金流漓的性格绝不可能大费周章地做任何无厘头的事,甚至她还可以断定这是一件重要的事。

这一天晚上回到家中,步溪又在灯下琢磨那个牛皮纸旧信封,她再一次把粉盒拿出来,打开,用粉扑按了按粉饼才发现粉扑是坏的,上面有一道刀痕,已经不能用了。她又一次把旧信封翻过来倒过去,幸好她是心细之人,终于在信封反面右下角骑缝处发现有一行小字:"高第街一六五号松涛先生"。

由于这行字是在骑缝处所以无论从正面反面看都只是一些笔画而已,一般人应该不太注意。

步溪走进沈记洋遮,只见已有三两个客人在挑选货品,其中一位客人对伙计说道,你们家的遮还是贵呀,人家才要五元你们却要八元,咬人啊。伙计笑道,老老实实,一把好遮是不是钢骨最重要,我们的钢骨是进口的,永不生锈啊。两个人你来我往地打趣,这时另有一个伙计过来招呼步溪,以为她是客人,想给她介绍花色漂亮的洋遮。步溪道,我找松涛先生。那个伙计似乎愣了一下,又重新打量了步溪一番,才把她从边门领到后院,后院有一间僻静的房子用于会客,伙计叫她稍等,还给她倒了茶。

沈记也是前店后厂,步溪从窗户望出去,可以看到厂房里有忙忙碌碌的工人,还有机器和装辅料的各种箱子,一座一座堆积得如小山一样。

等她转过身来,完全呆住了,出现在她面前的人居然是杨双庆,他还是原先的样子,只是沧桑了许多,她望了望他的身后,只有他一个人啊。步溪曾经无数次地想象过他们相遇的情景,在饭店,在茶楼,在街道,在江边,在清晨,在夜晚,然而这一切都没有发生。杨双庆也愣住了,满脸写着你怎么会在这里。步溪道,我是来找松涛先生的。

杨双庆迟疑片刻道,我就是松涛先生。步溪道,你认识金流漓吗。双庆的眼睛像照相机镜头一样盯着她,点点头。

然后他们就谈了一会儿金流漓,双庆说得比较少,主要是听苏步溪说。直到冷场,两个人都不再说话。时间好像也停顿了,隔了好一会儿双庆才说道,这些年你还好吗。步溪道,还好吧,你呢。双庆道,我也还好。于是他们就彼此微微点头表示欣慰,看上去一切都云淡风轻,步溪把那个撑出圆形印记的牛皮纸信封交给了杨双庆。

走出沈记,步溪没有马上叫车,她径直向前走去,直到走出高第街的牌楼,眼泪才无声地滑落下来,他的声音,他的目光,他的神情,他的一切无不让她感受到柔情似水和流水无情。

与杨双庆见面后的十几天里,步溪和以往一样,差不多天黑了才能回到家。这一天她刚到家母亲便跟她说道,你先到小客厅去,双庆等你好一阵了。

母亲的话令步溪实感意外,便匆匆去了小客厅,果然见到双庆。他从椅子上站起来,脸色略显凝重,但是见到她还是有一种发自内心的欣喜。他对步溪说道,我是专门过来向你道谢的,因为那天你给我送来的东西对我来说非常重要。他迟疑了片刻,显然是在斟词酌句,然后谨慎地说道,怎么说呢,就是帮助我渡过了一次很大的危机。

步溪并不十分理解这话的意思。很长时间以后她才知道,地下党内部出现了叛徒,是一位党内重要人物的机要秘书,名字叫谢都灵(杜琳),她因为压力太大而吸食毒品,虽然达到了片刻的减压作用但也同时变成了她的软肋,以至于变节,成为失去革命理想的叛徒。

这一次主要是双庆在说,而步溪只是静静地听。双庆主要是说了一些最近发生的重大事件,其中之一是省政府一位要员被抗日分子开枪打死在文德路古玩市场,刺客居然安然逃去不知所终。这充分说明广州就是在最黑暗的时刻,也有日本人不可撼动的神话。双庆说到这些的时候语调平稳,目光淡定。尽管他一如当年那样稳重老成,但还是可以感受到岁月赋予他的无以言说的坚定与力量。

双庆临走之前,母亲一定要他吃一碗亲手做的沙河粉[1],这在一个饥饿的乱世已经算是奢华的消夜。双庆刚喝了一口汤眼角就湿润了,他说想起自己十六岁押着一船家具来到苏家,吃的就是二太太做的一碗沙河粉,无油的清汤里漂着两片菜叶,这一碗汤头除了猪骨鸡骨之外,还需要把大地鱼烤出油来磨粉,含有大地鱼粉的清汤无比鲜甜,就是这个味道,是他生命中的记忆。

这时餐厅里只有双庆和步溪两个人,他们相对而坐,吃着热气腾腾的素粉,真的是恍如隔世啊。

· 2 ·

事实上,那个陈旧的、被磨损得几乎起毛的牛皮纸信封是金流漓送出的最后一份情报,在此之后她便被捕,关押在贵州省贵阳市息烽集中营,受尽折磨,最终被国民党特务秘密杀害,年仅二十八岁。

这件事也是隔了一段时间杨双庆告诉苏步溪的,他说那天

---

1 沙河粉是广州最平民化的食物,源自1860年,因广州沙河镇而得名。选米很有讲究,要选广东开平地区的"钢化黏",然后用石磨来磨米浆,还要进行两个小时的搅拌使之发酵,这样的米浆洁白细腻,制成的粉皮也格外滑嫩柔韧,不会一煮就碎。哗溜一声吸进口中,舌头一顶就化开了,米香四溢。

去她家找她，就是想告诉她这个消息，不想她蒙在鼓里，也可以在心中告慰和悼念亡友。并且希望她能够看清楚革命斗争的残酷性，绝非一时兴起片刻激情所能完成的伟业。谢都灵是这样，金流漓也是这样。

可是不知道为什么他就是说不出口，于是说了很多不相干的话，东拉西扯最终离开。双庆这样解释的时候并没有和步溪对视，表述有些艰难，但她可以感觉到他的矛盾心态，一方面希望她远离危险，而另一方面又希望与她并肩而行。

得知金流漓离开的那个晚上，步溪一个人在院子的凉亭里坐了很久，这个她常坐的凉亭取名"思凡亭"，挂匾早已陈旧，父亲在的时候请人重新描过漆，现在风吹雨打再也无人关照。她想起最后一次见到金流漓的时候她的眼睛那么明亮，里面有光，现在这一切都熄灭了，实在让人难以置信。

四周一片寂静，远处的灯火安然如故，并没有出现疾风骤雨山河倒立。空气中飘荡着一股榴莲特有的味道，还是那种没有节制的臭。附近的街巷里传来断断续续《雨打芭蕉》的粤曲旋律，声音不大，但弦管合鸣甚是悠然自得，间杂着木鱼和吊钹的敲击，更衬托出夜的神秘旷远。

原来什么都没有改变。

这时金流漓出现在黑暗之中，坐在步溪的对面，一直微笑地看着她，仿佛在说，我知道你一定会做得很好。然而不等步溪做出反应，她又重新悄然地消失在黑暗之中。

步溪的眼泪终于滚滚而落，她想起金流漓给她来信时说过的话：革命就跟爱情一样，是不问值不值的，"苟利国家生死以，岂因祸福避趋之"，我的理想就是成为一名战士。

金流漓每次来信，都没有留下回信的地址，可能她觉得步溪是唯一能懂得她的人。

· 3 ·

心娇第一次见到断眉鹏是在太平戏院，当时是白驹荣来唱《再生缘》，由于是粤剧名角登场，所以剧院里座无虚席。算是在死气沉沉沦陷区里的一线生机，白老倌的唱腔有一种说不出的末世情怀，既生动又荒凉，很像彼时的无奈。

到了晚八点，开场的锣鼓并没有敲起来。过了十分钟观众席里一阵骚动，还有人把手指放到嘴里打呼哨以示不满。剧院老板便现身给大家拱手作揖，强颜欢笑一句也不解释。又过了好一阵，随着人声响起，但见剧院观众席后面的大门洞开，似乎来了重要的客人，走在前面的就是断眉鹏，西装革履头发梳得"腊腊令"[1]，引领着一群人趾高气扬地走进剧院，其中有穿着军装的日本人，也有经常抛头露面的本地汪伪要员。前三排的座椅是空的，他们一行人从第四排开始就座，头顶的灯光渐暗，喧嚣的锣鼓如银瓶乍裂。

断眉鹏给心娇留下的印象是嘴角上扬，春风得意，眼神极具侵略性，还有就是爆棚的权力欲几乎从工整的三件套西装里喷

1　油光锃亮状。

薄而出。

这时梅贵姐伏在她的耳边轻蔑道,不知道的还以为他是什么抗日大英雄呢。心娇用鼻子哼了一声表示赞同。梅贵姐又道,都说他这个人超低调,我可真没看出来。心娇心道,顺风顺水的人哪有一个是低调的。

虽然是第一次见到这个男人,但是坊间对他的传说可不是一点点,尤其是他在苏大阔遇难之后强占了人家的九如舫,做得实在吃相难看。关于这件事心娇也问过苏虾米,苏虾米不想多谈,可能也是觉得没面子,却又不敢得罪这个男人,身处乱世多一个依傍总是好的。

据说九如舫重新装修以后,灯红酒绿,霓虹灯闪瞎人的眼睛,成为真正的高级娱乐场所,是日本人和汉奸们最喜欢光顾的温柔之乡。报纸上描述只要到了黄昏,这里汽车堆积互不相让,路堵得水泄不通,不到夜深久久不会散去。

从乡下逃难回来后不久,苏虾米就跑到妙合来找心娇,那天晚上他们并肩坐在床上,挨着的手握在一起就像两个中学生,同时又都感受到一种劫后余生的疲惫。想起当年的纸醉金迷奢华无度,眼前的世界真是不胜荒芜。说起父亲的离去,苏虾米伤心地哭起来,他说这是他第一次感到无依无靠,是孤单的魂飞魄散的一个人。他靠在她的香肩上默默流泪。

心娇轻声道,苏大阔苏老板是真的疼你啊。苏虾米不说话,哭得一抽一抽的,隔了好一会儿才道,我知道他对我失望极了,我是对不起他的……他说不下去并且哭出声来,心娇伸手搂住他,让他倚着她的臂弯哭了一小会儿。

他说,我这辈子只做过一件正经事,就是喜欢你。

心娇当然知道苏虾米是一个没有担当的人,可是在这样的世道这样的夜晚,也不是不感动的。

就算她的妈妈和弟弟们,又何尝说过这样的话呢。

一个懒洋洋的下午,完全没有征兆地,断眉鹏突然带了几个黑衣人来到妙合,尚未开口,那个阵势也足以令人生畏。梅贵姐轻轻挥了挥手,正在喝下午茶吃零食的姐妹们急忙散了。只是有些人回了闺房并不关门或留有缝隙,想听听断眉鹏有何贵干。然而楼下并没有出现异常的声音,梅贵姐还叫伙计泡了好茶,生怕怠慢了当红炸子鸡。

可以听到他们在说话,但是具体说了什么就听不清了,感觉还是客客气气的。他们走了好一会大家才反应过来楼下的客人走了。

心娇和绛真一起下楼来,只见梅贵姐坐在八仙桌旁边,用手支着下巴发怔。桌上放着一张汇票,小红拿起来看,惊得眼睛滴溜圆,暗叹了一句这么多。梅贵姐道,他是想叫我们去九如舫给他撑场子,这是订金。小红道,那有什么可发愁的,看在钱的分儿上就去呗。绛真笑道,那你可小看我们梅贵姐了,我们梅贵姐是有气节的。桃桃道,听说九如舫里金碧辉煌可气派了,一脚踏进去就头晕目眩转眼间千金散尽,不知道是不是真的。语气里还带有几分暗暗的向往。绛真道,那倒是真的,你来得晚没进去过，当年我们在那里可是出尽了风头啊。

这时梅贵姐叹道，你们懂什么，他这会子怎么就想起我们这些小门户来了，我听说进去的人保不准会被日本人或者汉奸们带走，经常是有去无回也没人敢问，所以年轻女人减员减得厉害，这可是刀尖上舔血的营生。

一席话说得整个厅堂鸦雀无声。

不去也不行。到了晚上，梅贵姐说她气闷，叫心娇陪她到后院透一透，两个人漫步走了一圈又一圈。梅贵姐道，断眉鹏这个人好阴险，表面上一句重话都不说，其实句句见血，他说九如舫现在的确什么都不缺只缺漂亮的小姐，但是谁想以此拿住他那还真是踩了他的尾巴，前段时间"长乐宫"的龟鸨[1]跟他说这也不肯那也不行，结果也不知道是谁干的，长乐宫的头牌"花飘零"晚上出去吃消夜就被人烫了脸破了相，哭哭啼啼地做不下去了。

心娇不敢搭腔，这件事她是知道的，一个漂亮的娇滴滴的女孩子被人从头顶浇了热面汤，那个剃着青皮的男人放下碗就走了，还迈着四方步，店里的伙计都不敢跑出来追。大家心里都明白是谁干的，嘴上也都不敢说。

断眉鹏临走时还在梅贵姐的耳边轻声说道，最近真的是邪门了，哪里哪里又着了大火，凌晨两点多连人带东西烧得什么都不剩，现在这种莫名其妙的大火真的是让人胆战心惊啊，会烧成什么样子那就不知道了，你想当年十三行的火灾，光洋行就烧掉

1　指管理妓院的男人。

六家,房屋货栈就烧掉了八十多条街巷,大火烧了三天三夜,有人直接往火场里跑,那是因为神经错乱了啊。

梅贵姐说当时她就脊背发凉汗毛一根一根都竖起来了,跑日本鬼子的飞机警报都没被这么吓到。

心娇两眼发直道,你说得我腿都软了。

梅贵姐默不作声,从缎面织花的手抓包里摸出一根细长的薄荷烟,点上。她平时极少抽烟,说是伤皮肤,女人黄手指是死罪。但是烦躁的时候她会抽上一根半根的。

心娇道,也给我一根。

· 4 ·

经过反复交涉软磨硬泡,梅贵姐还是坚持下场子可以,但是只伴舞,不陪酒。她觉得男人喝了酒都是疯子,在杀气那么重的地方她根本掌控不了局面。断眉鹏没办法,也就答应了。

夜幕降临,九如舫周身的霓虹灯会在某一刻唰的一下大放光芒异彩纷呈,随着一阵阵爵士乐的巨响,纸醉金迷的时刻终于降临。

尽管私下里危机四伏,但是表面上放眼望去,九如舫里照样是令人天旋地转目不暇接的"销金窝",重新装修过的九如舫规模宏敞,装饰精雅,餐饮区域肆筵设席,觥筹交错,舞池上方的雪花灯忽明忽暗令满场飞卷花斑亮点,繁弦急管,余音绕梁。世道永远是越黑暗就越堕落、越快乐,越是朝不保夕越是要玩到尽，渣都捞埋做个风流鬼。

到场的各路小姐也都拿出看家的本领，穿戴得绚丽缤纷争奇斗艳，偌大的欢场犹如万众瞩目的选美比赛。

不过呢，要说最漂亮的还是妙合的小姐，因为全部穿的是净色的素旗袍，高领扣得密实，半袖至肘上，旗袍长及脚面，加之脸上有一丝不为人察的肃穆，有几分女学生的出尘化境，可谓人见人爱。如果说穿得最亮眼的，还是梅贵姐，一身黑色丝绒旗袍，胸口绣了一朵金色玫瑰，配一对金色的高跟鞋。梅贵姐跳舞是童子功，招招式式尽显章法，但她从不炫技，就是轻松、优雅，她把两只胳膊轻轻架在男人的肩膀上，身体随着音乐慢慢摇晃，纤细的腰肢和浑圆的屁股曼妙摆动，宛如柳浪绿波尤其勾魂，既慵懒又有情调而且毫无难度，这让许多男人排着队地想跟她共舞一曲。

靡靡之音，不绝于耳。给人一种太平盛世的错觉。

同时吊诡的是，所有人都又恨又怕的断眉鹏，大家对他表现出毕恭毕敬当然可以理解，但是也有一些俊俏的小姐会贴上去说，鹏生，看看我的眉毛是不是一高一低，不会太细了吧。或者，我这条旗袍的腰身是不是太窄了，坐下来就透不上气。断眉鹏对于莺莺燕燕的态度从来都是淡淡的，并且冷着一张脸，只偶尔敷衍一句半句。

他根本不屑于逢场作戏，据说这也是陆山河一贯的做派，可以保持对任何人随时翻脸的权力。

心娇冷眼旁观，把这一切尽收眼底。

这天晚上,心娇穿了一件深灰色滚黑绒边的旗袍,断眉鹏道,你这是来伴舞还是来上坟啊。心娇见四周无人,判定他是跟自己说话,也冷冷回道,你懂什么,这叫高级灰,是我专门托人在上海买的料子,立体剪裁全手工缝制,手工费就够买三件花旗袍了。

说完转身,一扭一扭地走了。心想吴将军都对我客客气气的,你是谁呀,就你给的那几个臭钱,够干什么的呀。

看上去梅贵姐只是悠然地扭动着迷人的"落柚"[1],内心里却没有一分钟不是担惊受怕的。尽管如此还是出事了,就在去了九如舫大约两周之后,有一个普通的夜晚突然发现桃桃不见了,当时是凌晨三点多,大伙都显得倦态十足,残妆败相,仔细回想都不记得桃桃是什么时候消失的。

梅贵姐去问断眉鹏,他也是支支吾吾地说不太清楚,装模作样地去问了一圈。梅贵姐知道他是在"演戏演全本",一直冷眼相向一言不发地看着他,最后他不得不承认桃桃被一个日军大佐带走了。

梅贵姐当场翻脸,对断眉鹏正色道,三天之内我见不到人,就不过来了,你直接放火烧了妙合吧。说完带着众姐妹转身离去。

三天之后,一大清早,伙计开门准备扫街净道的时候,看见妙合门口的地上放着一副担架,桃桃躺在上面,被一张污秽的

---

1 广州人形容像成熟落地的柚子一样漂亮的屁股。

薄军毯盖着，双目紧闭，完全没有知觉，就像死去了一样。

得此消息，梅贵姐穿着睡衣、拖鞋就跑出来了，招呼大伙把桃桃抬到屋里，移至床上，这才发现她发着高烧并且遍体鳞伤，根本不似仅仅陪过性变态的客人，倒像是受尽酷刑的地下党员。桃桃一直就没有醒过来，但是这还用问发生了什么吗，姐妹们全部吓得花容失色，心娇连嘴唇都是白的。

梅贵姐那里经常备有中药，急忙叫伙计煲了，让桃桃躺在自己怀里，吹凉给桃桃喂下去，仅停留了三五秒又原封不动地吐出来，药汁从她的口中滑落到衣不遮体的前襟，她雪白的胸脯被抓得稀烂，道道血痕。

梅贵姐抱着桃桃号啕大哭，心娇在这哭声里听到了绝望和恐惧，也让她自己毛骨悚然。在场的人无不潸然泪下。

挨到下午四点，桃桃就过世了。

伙计们打来清水，梅贵姐亲手给桃桃净身，换上干净衣服。桃桃的身体早就没有温度了，竟然比清水还凉。

晚上，桃桃的灵柩停放在妙合正厅的中间，原先各种五颜六色的装饰物被白色的幔幛换下，老顾写的条幅"人爱艳阳，居锦绣万花之谷；天开色界，聚楞严十种之仙"也一并褪下，以示不操此业的决心。梅贵姐对大家说，今晚给桃桃守灵，连同我们自己。妙合正式关闭了，大家四处逃散自求多福。反正妙合并没有张扬的牌匾，只有一个中等大小的灯箱，上面是楷书的两个字，空疏通透，简淡萧散，白天是白底黑字，貌似茶舍，夜晚亮起灯来,引领着心有灵犀的男人前来寻欢作乐。现在收回了灯箱同时大门紧闭,加上里面一片素白,便不会有人上门了。

是夜,梅贵姐带着一众姐妹在院子里的空地上给桃桃"送盘缠"——焚烧纸车纸马、旗袍袄裤(当然都是纸做的),还有最直接的金银冥币、零食面饼,钱别桃桃的鬼魂上路。远处传来咚咚的鼓声催命一样,众人又哀哀地哭了起来。

心娇想到老顾的判词,他没说出来的是,妙合终将成为秦楼楚馆的传说,讲一段又一段的香艳故事而再无人提及她们悲惨的命运。

这样的结果当然是悲情壮烈,但是每个人的心中又都升起无限的迷茫,漫漫长夜,出路何在?心娇也倍感忧心。虽然她有一个家,却是唯一没有指望的地方,穷人最看重名声,即使她是回家送钱,母亲也要有意无意地问一句,有没有碰到街坊邻舍,她都是千篇一律地摇头好让母亲放心,离开时也像贼一样偷偷摸摸地溜走。然而旧屋窄巷怎么可能不遇到人呢?她匆匆而过从不与他们对视,同样可以感受到凌厉的目光和鄙视的气息。

有一次她对母亲说我还是不做了,回来跟你一起腌咸鸭蛋。母亲低着头忙家务,半天都没有接她的话,她知道她既想要她的钱又不想她回来。

乖巧的二弟也到妙合来找过她,二弟现在一米八的个头,清瘦白净唇红齿白,他读书没干过力气活就慢慢有了书生的模样,单纯、明艳、眼里有光。他说姐姐我们回家吧,不要在这里做,这里是社会最黑暗的地方。心娇很想对他说,那你的学费怎么办,你知道母亲给你的钱都是从哪里来的吗,你真的以为腌咸鸭蛋可以供得起你读书吗。

可是她什么都没说,只说你好不容易来一次,姐带你去饮茶。于是带他去了十分讲究的陆羽居,贵到随时有位,茶客也是非富即贵,跑堂是清一色的中年干净男人,服务稳重又贴心。二弟是穷学生没吃过好的,这次吃到的虾饺、蒸排骨香得他眼睛圆睁摇头晃脑。陆羽居的马拉糕堪称一绝,里面放了高级奶粉和老红糖,打成糊后反复过滤,一点渣都没有,吃到嘴里松软微弹。二弟连吃了两笼还有点意犹未尽,不禁叹道,原来世界上还有这么好吃的东西呀。早已把劝姐姐从良的事抛至脑后。

心娇基本没吃什么,她看着二弟,看着他吃得津津有味,感觉到一种发自肺腑的幸福。她知道这种满足感来去短暂,也知道二弟最终会埋怨她甚至轻视她,但是没有办法,她爱他,她爱家人是真实的、心甘情愿的。她见过钱,许许多多的钱,钱让她变得温暖。

可是,家,无论如何是回不去了。

吃散伙饭的时候,断眉鹏来了。

他说这可不行,桃桃过世我也很难过,她也是我的摇钱树,为了找她我搭上了很多关系,否则就是生不见人死不见尸,但是没有办法,生逢乱世这就是我们的命,人要认命对不对。今天你们不去九如舫就是砸我的场子,你们必须出现,而且必须盛装出现。

又对梅贵姐道,妙合你不要了,我要啊,你放心,双倍的顶手费一分不少你的,正好跟九如舫配套,省得我求爷爷告奶奶看尽了你们这些人的脸色。

又道,我知道你早就留了后手,在西关光雅里买了个大杂院,想当收租婆,吃一碗安乐茶饭,这是好事。什么是好,平安才是好,谁都是跑得了和尚跑不了庙,道理就是这么简单。

听断眉鹏这么一说,心娇不觉暗自吃惊,有关光雅里的房子她是陪梅贵姐去看了两次,梅贵姐一直举棋不定,原因是房主也是个成精的女人,"算死草",梅贵姐只要房子不要里面的旧家具,一个大杂院多少间就多少间,其中的阁楼都按房间算已经够便宜房主了,可是房主还是不肯,非让她把里面的旧家具一起收了,的确留给她也没用。问题是那些旧家具一碰就散架根本就是垃圾,双方为这事扯来扯去一直没有定论。

想必这次是梅贵姐被逼无奈,知道妙合保不住了才留此后路。交易成功的事就连心娇都还不知道,断眉鹏却了如指掌。果然听闻此言梅贵姐也蒙了,她迅速地跟心娇对视了一眼,完全想不明白是什么人在暗中监视着她们。

据说断眉鹏拼尽全力维持着九如舫的繁荣体面,也不全是为了钱,弄钱的法子难不倒他,但是名流的交际场所再没有比九如舫更合适的了,目前是他最得心应手的战场。听说他不止一次感慨,世界终于以我为中心开始旋转了,我要牢牢把握好这个机会,结交一些大人物,就没有办不成的事。

这一天晚上,断眉鹏还带了一辆军用卡车过来,有两个背枪的伪军在车边走来走去。

· 5 ·

只要仔细观察，广州的树是看不出新旧交替的，树冠永远郁郁葱葱，浓厚的旧绿前面时常顶出新鲜的嫩绿，层层碧翠，地上却总有一层又一层扫不完的枯叶，它们是什么时候相互道别的没有人知道。

时待午后开诊之前，步溪站在喜儒堂的院子里，看着伙计正在清扫满地的枯叶，院子里有两棵秋枫、一棵樟树和一棵雅榕，阳光从茂密的绿叶中透射下来，只留下星星点点的光斑，令这一时刻静如处子，浓荫之下四处飘散的枯叶却让人倍感惆怅与零落。

贺大夫和小偶走了以后，如石沉大海，一点消息也没有。本来所有的担子都压在步溪一个人肩上，她是没有余情多愁善感的。但是此情此景突然间让步溪十分地想念贺大夫，那种真切地想念，这是她没想到的。她发现在这座城市里，贺大夫一直都是她的精神支柱，她每一次身心的危机，总有他在身边不留痕迹地帮助她渡过难关，像春风一样。

幽绿无一语，相思细如尘。

思念像潮水一样在她的心中涌动，她想起贺大夫走的时候，一手抱着小偶一手拎着行李，身后是无边无际的黑夜。她只记得贺大夫深深地看了她一眼，就是那种所谓的一眼千年，刹那变成印记。

她经常会自问，到底看了没有呢，或许根本就没有看，都是她自己想出来的，还是会陡然热泪盈眶。

　　当然，比她还要想念贺大夫和小偶的就是贺太太了，虽然她从不谈这个话题从不念叨，但是她的身体每况愈下，主要是气血两亏夜不能寐。于是步溪开始给她煲玉林膏。玉林膏，又名代参膏，古方源自咸丰十一年王孟英的《随息居饮食谱》："自剥好龙眼，盛竹筒式瓷碗内，每肉一两，入白洋糖一钱，素体多火者，再入西洋参片，如糖之数。碗口幂以丝绵一层，日日于饭锅上蒸之，蒸至百次。每次开水瀹服一匙，大补气血，力胜参芪。"

　　玉林膏取自非贵重药材，但是制作麻烦，就是饭锅上蒸至百次让其吸取米气的精华这一条，就够让人反复折腾的了。然而步溪不厌其烦，每天只要是做饭时间一定在灶台边查验。

　　贺太太吃了玉林膏以后，身体有些起色，至少夜里能睡几个小时。但是步溪仍不放心，坚持搬到贺太太房间来睡，在她床的对面另架了一张床，恐夜里有什么意外发生。即使如此，好强的贺太太都没有拒绝，可见她也知道自己病得凄惶，生命的能量渐微已经不允许她嘴硬了。

　　这一天夜里，贺太太仿佛窥视过步溪白日所想。

　　深夜长时间地咳嗽之后，看见步溪端来一碗温水，并呆呆地坐在她的床头默默流泪，贺太太反而安慰她道，别太担心，这里还靠你呢。

　　又道，我走了以后，你要照顾好贺大夫。

　　步溪下意识地点头，又摇头，轻声道，我不让你走。

贺太太平静道，我是说我走了以后你要嫁给他。

仿佛平地一声惊雷，而步溪便是被这惊雷劈了一样被镇住了，心想贺太太不是病糊涂了吧。

贺太太叹道，我不是说胡话，我心里明白得很，你们都喜欢对方又都不自知，但是我是知道的。步溪怔怔地望着地面不敢看贺太太的眼睛，心想这个世界会有连自己都不知道的爱情吗？

天气热了以后，打台风又成了家常便饭。

这一天下午，灰暗乌紫的浓雾就一直罩在头顶，云层很低，有一段时间天黑如墨，然后暴雨瞬间而至，一时风雨交加。

直到深夜还是电闪雷鸣暴雨如注，雨点像小炸弹一样打在门和窗户上噼啪作响。就在这时，步溪听到有人拍门，便惊得坐起来，贺太太更是吓得不轻。步溪披上衣服打开门，见是贺家这边的一个伙计，身后跟着水汽腾腾的阿麦，见到步溪，阿麦急道，姜校长要生了。步溪反手先把卧室的门关上，道，预产期不是还有半个月吗。阿麦道，是啊，可是羊水已经破了。步溪道，那就赶紧送柔济医院啊，怎么跑来找我。

位于广州多宝路的柔济医院，1889年12月由美国基督教长老会创办，是全家人反复商量之后选定的医院。

阿麦道，这几天姜校长身上起红疹子，又发烧，医院怀疑她是猩红热，说是按照医院现有的条件没法收传染病人，怕是会交叉感染，那就麻烦大了，又找了两家医院人家都不肯收。

步溪急忙穿好衣服，嘱咐贺太太好好休息，又披了披她的被角便匆忙走人。到了门口才停住脚步,叫阿麦去拿两个换药包。(由于步溪以前的病患也会到喜儒堂就诊,所以在这边也建立了消毒房,就是大灶大锅开水煮沸消毒简单的医疗器械,取出晾干后加上医用的口罩手套隔离巾等物,用厚布包好重新上蒸笼蒸一遍,自然冷却后备用。)阿麦跑去拿换药包,用雨衣包着抱在胸口,两个人打着伞冲上雨中的人力车。

母亲在家门口迎着步溪,脸急得煞白,旁边站着名声在外极富经验的接生婆潘婆婆。见到步溪,潘婆婆黑着脸抢先道,你嫂子脾气也太坏了,刚才一直在骂医院胆敢不收她,看她不买下这家医院让他们统统砸了饭碗,又骂这个社会黑暗、腐朽,让人没活路。后来宫缩密了她就杀猪一般地大叫,又说不知道生孩子这么痛,两腿一合说不生了,我是拿她真没办法啊。

母亲在一边道,想叫苏虾米进去劝劝她,苏虾米不肯进去,说是害怕还晕血。潘婆婆又对母亲道,你这哪是娶媳妇简直就是娶了个阎王爷啊。母亲道,她人还是很好的,就是个新女性。潘婆婆撇嘴道,笑死人了,什么新的旧的,女人不都是一样的吗,难道新女性就不用生养了吗。

三个人一边念叨一边疾走,阿麦抱着换药包跟着一路小跑。

进了姜穗的房间,步溪才发现情况比想象中要严重得多,潘婆婆所说的一切都是避重就轻,她已经完全束手无策了。一是姜穗目前因为发烧和疼痛处于半昏迷状态,屋里一点声息都没有。二是步溪检查了她的下体,孩子的一只小手伸在外面,胎位不正是横位,这是没法自然生产的。三是羊水已破孩子已经进入产道，再不拿出来就会憋死。

这样的情况就是进了医院，也是要问"保大保细"[1]的。

步溪的心一下子提到了嗓子眼，此刻又是半夜，她的脑袋嗡嗡作响如在梦中，两条腿却不由自主地微微颤抖。姜穗房间的门外挤满了人，都是伙计、下人，苏虾米也在其中，目光呆滞，满脸愁容，只要是让他负责的事他就是这副鬼样子。大家都一声不吭，所有的人都齐齐看着苏步溪。

她知道自己也不是什么接生高手，论实战经验可能不及潘婆婆的十分之一，但是潘婆婆能应付的绝大多数是顺产（如果是难产，女人就是命中注定，并没有人会责难潘婆婆），而她在老师的课堂上和必修的书目里听到的看到的都是特例，它们此时不断地浮现在她的脑海里。这令她不由自主地屏住呼吸，周围突然安静下来，没有声音，没有光亮，也没有时间，只有一个低沉的她自己的声音：我赌我一生的运气。

每一分钟都是生命，步溪强迫自己镇定下来。她尽量用和缓的声音和平常的语速叫宝珍和小镜子进到房间里，让她们分别按住姜穗一侧的手和腿，姜穗微微睁开眼睛，见是步溪，头一歪彻底昏了过去。

小镜子还好，宝珍扭着脖子闭着眼睛什么都不敢看，脸憋得通红。

步溪穿好消毒服，戴好帽子、口罩和手套，阿麦站在她的

---

[1] 保大人还是保小孩。

旁边做助手。在姜穗又一次宫缩来临的时候，步溪用酒精消毒之后，用医用剪刀在姜穗的会阴部做了侧切，鲜血一下子涌了出来，她先用止血钳夹住肉眼可见的血管，但是数不清的毛细血管仍旧前赴后继地往外冒血。这时的步溪已经变得铁石心肠，面无表情地把孩子的小手送回产道。

步溪终于彻底镇定下来，她的脸上出现了将军决战沙场才有的神情。她把右手慢慢伸进产道，将专注力全部集中在右手的指尖，谨慎地摸索探知，时间一分一秒地过去，但是她知道此时此刻绝对不能惊慌失措，更不能心急如焚，必须横下一条心让自己慢一点，再慢一点。她的右手被热烘烘的软组织包裹着，完全失去了方向。

豆大的汗珠布满了她的额头，阿麦用纱布擦去她头上的汗水，惊到大气都不敢出。就在步溪已经绝望的瞬间，她的手指似乎得到了指令，感觉摸到了孩子的头部，她反复确定后轻轻地移动着孩子的体位。

婴儿在产道里的安全体位必须是头部先出，她凭借着细微的意念一点一点将孩子的体位顺过来。

万籁俱寂，就是那种死一般的沉寂，时间像凝固了一样一动不动，鲜血一直从无数的毛细血管源源不断地涌出，床下的木盆里满是鲜血和渗出液。步溪感觉自己的神经马上就要崩了，就在这垂死的一刻，随着一声闷响，一个活生生的婴孩滑落在她手上。捧在手里的孩子一动不动，面色青紫就像死了一样，步溪立即把孩子放到床角，一只手掐住小鼻孔，争分夺秒地嘴对嘴呼吸,同时也吸出了粘稠的积液,之后她又倒提起孩子拍了拍细幼的后背,好一会儿,房间里终于响起了微弱的哭声,屋外的人欢呼起来。

这时步溪才感觉恢复了心跳,在此之前她下意识地屏住呼吸,几乎大脑缺氧,迷幻之中她看见宝珍瘫坐在地上目光呆滞,便用眼神示意小镜子把她扶出去。小镜子扶起宝珍道,又不是你生,看你累的。阿麦和步溪都笑起来。

据说这个晚上,所有的人都拥到厨房去吃消夜了,宝珍到了厨房马上生龙活虎起来,因为二太太说随便吃,吃山崩。

步溪给姜穗侧切的伤口做了缝合,只有她知道这个晚上巨大的危险才刚刚开始,就算姜穗确诊不是猩红热,以她现在的高烧乏力昏迷不醒,如果发生产褥热也必死无疑。

三天三夜,步溪都守在姜穗身边,衣不解带,还给她打了宝贵的盘尼西林,不是钱的问题是药品奇缺,黑市的盘尼西林,掺了葡萄糖的都还算是良心货,绝大部分是百分之百的假货,就是白色粉末的葡萄糖。这个进口药商还是金流漓介绍给她的,每念至兹,步溪的内心都是一阵难过。前段时间药商还问她,金小姐还好吧?她回道,还好。

有一种悲伤是难以示人的。

终于在第三天的深夜,姜穗开始退烧,可以喝一点红糖水。全家人都松了一口气。潘婆婆每天都来探视,对步溪说道,还是你厉害,我看你才是新女性。

姜穗生了一个女孩,取名苏晓。

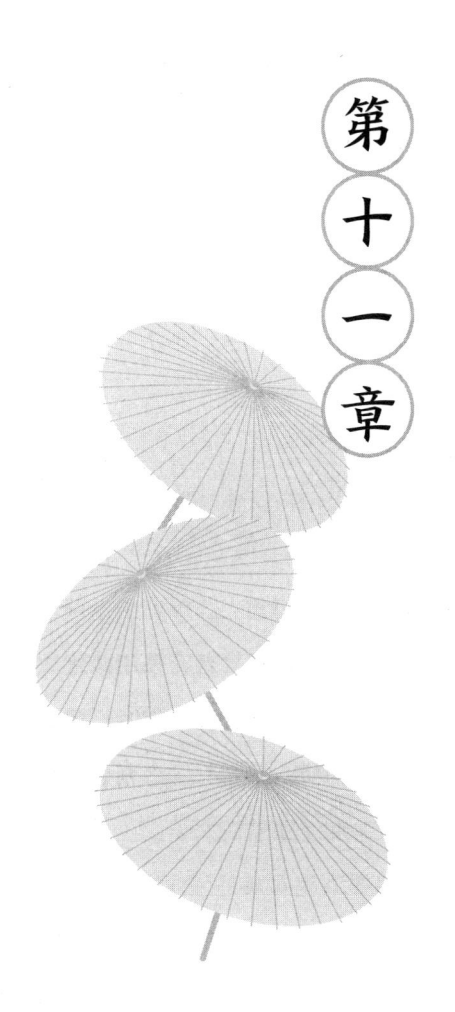

第十一章

· 1 ·

1933年,广州开了一家戏院,就是众口铄金的太平戏院,位于丰宁路西瓜园,规模宏大,可容纳近两千人。老板跟香港人现学现卖,设计了一个旋转舞台,采用两级减速齿轮传动装置,使舞台可以旋转三百六十度,换景省时,独此一家很是轰动。首演的剧目是粤剧《白蟒占龙宫》。粤剧名伶马师曾也曾经在这里演过《苦凤莺怜》和《狸猫换太子》。

所以,在太平戏院看戏是一件颇有身份的事。

除了戏院,西瓜园处还有一片空旷地带,常常用来举行群众集会,广东省商团联防总部也设在这里,偶尔也是商团操练的场地,所以简称为操练场。

今天城中的盛事,就是这里将举办一场规模宏大的英歌舞表演。

英歌舞是来源于潮汕地区的民俗活动,其舞蹈融汇了戏剧、武术、北方大鼓子秧歌等元素,表现力阳刚恢宏,常常用于节日庆典以表达热烈喜庆，如果有重要的事情发生，或者身价显赫的公司开张，除了舞狮，也会请来英歌舞团表演，具有驱邪的魔力并祈求神灵保佑万事顺利。

今天这么大的阵仗是一位香港商人搞出来的，商人的名字叫屠炳嚣，番禺石溪村人。他自幼贫苦，只上过几年乡间私塾，十三岁被迫辍学到广州的一家盐仓当杂工，两年后转到一家金铺当学徒，其实还是从打杂的工作开始做，但他耐得辛劳又勤奋好学，总是手脚麻利地做好杂务之后，利用一切机会多看多问多思多想，了解金铺的买卖交易知识，渐渐扩展到看经济、法律、市场营销包括心理学等方面的书籍自修苦读。其商业才华慢慢显现，在二十二岁时便升任为金店司理[1]。

屠炳嚣二十四岁时，借钱跟朋友合股在广州下九路开设了耀隆银号，从事港币买卖业务，同时也渐渐炒起黄金来。

然而，耀隆银号的生意并没有想象的那么顺利，屠炳嚣在炒金的过程中连续亏蚀而被"挂单"[2]，结果他无力翻身，亏空得身无分文，只好在走投无路之际，到上海去找老友求助，并在老友的商行里帮忙，从而走出了至暗时刻。

六年之后，屠炳嚣和朋友在香港中环创办了新的银号，从此东山再起。不过在他心中始终都对耀隆银号耿耿于怀，希望它能够在广州重新登顶。他的家族生意还遇到接班人的问题。屠炳

1　经理助理。

2　在黄金市场的堂内挂上名字和所欠数目，直至还清款项方可赎回。

器有两儿一女，都非常聪明醒目，是力争上游的好青年。然而一个儿子留学国外主修世界艺术史，一个投笔从戎参加了国民革命军，剩下的一个女儿在业务考察期间生意下滑得厉害，可以说跟银号买卖没有商业缘分，后来自己开了工厂。

那么谁来做耀隆银号的掌门人便成为悬在半空中的皇冠。

有关屠炳嚣的故事就登在广州的报纸上，以连载的方式，题目叫作《还金记》，甫一问世便受到大众的热捧，各街头报亭的报纸在短时间内告罄。跟广州人就不能提钱，怎么可能没有兴趣。

作为闲暇时间的消遣，步溪也会看这份报纸，有时阿麦还会跟她讨论几句，还说宝珍和小镜子不识字，就等每晚阿麦回去讲给她们听。

屠炳嚣岁数大了以后开始信佛，感觉对于自己"从未谋面的恩人"不能含糊过去，否则怎么可能自己有儿有女却没有帮手，自然是自己的做法有违佛祖，于是挖出了尘封已久的陈年旧事。

当年，屠炳嚣因生意失败远走上海给老友的商行帮忙时，曾经到过浙江南浔购买湖丝，途中在一座小石桥下面看到一把破旧的油纸伞孤零零地倚栏而立，是那种被人抛弃的样子。他下意识地望望天空，万里晴好白云朵朵，心想拿着它也是累赘，然而转念一想，这把伞的遭遇就跟一贫如洗的自己一模一样，孤独而无人理会，不如就此做伴，于是把旧伞夹在胳膊下面继续前行。

结果当天下午南浔就下了一场暴雨，屠炳器撑着旧伞说了一句，好兄弟。

从此这把伞一直陪伴他左右，不离不弃。由于南方的天气阴晴不定，跑生意的人孤身在外被淋成落汤鸡，狼狈相就不说了，如果生了病才是无穷无尽的麻烦，客死他乡也不一定。所以这把旧伞成为屠炳器无言的老友。

终于有一天，旧伞掉在地上，啪的一声脆响，竹制的伞柄裂开缝隙还碎掉了一块，屠炳器想用绳子缠绕两圈继续使用，无意间发现空心的伞柄里有个防水的油麻纸卷，打开一看差点没跌坐在地上，居然是两张大面额的汇票。他简直不敢相信自己的眼睛，那种只在书本上戏文里发生的传奇，居然与他撞了个满怀，也就是说他的第一桶金是从天而降的，成为他当年鸿运当头一时风头无两的基石。否则就是再等上十年二十年他也未必有机会东山再起。

这个秘密屠炳器守了若干年才不得不公布于众，希望能够找到失主以谢救命之恩，从而改变家族后继无人的运势。于是他在报纸上登出寻人启事，翔实说明了捡到旧伞的时间、地点。至此便有很多人通过各种渠道找到他，诚恳地说明自己就是当年的金主，但又说不清当年为什么会带着巨款去那里，是从事什么生意的或者曾经做过什么生意，甚至汇票上的数额都错得离谱。

也就是说，人都是有贪念的，都想"搏懵"[1]拿到不义之财。

1　占便宜。

这一天来了一个精壮的汉子，神情从容沉稳，非常淡定地说这把旧伞是他的。他说他姓古，人称古先生。屠老板道，这把价值千金的旧伞不是你说是你的就是你的，何以见得呢？古先生道，因为你的寻人启事里故意误导大众，说是有两张汇票，事实上只有一张，票号为174832，户号为2809。而另一张不是汇票，是一张小画。

什么画？

《双鱼戏藻图》，有两条鱼儿欢快地游戏于荇藻之间。

鱼是什么颜色的？

鱼身用没骨法墨染而成，线条圆浑流畅，色彩过渡自然，口眼鳍尾刻画得立体逼真富于动感，仿佛遇水能活。

画上还有其他东西吗？

右上角有一串荔枝，所以你只在广州本地刊登启事，外地并没有这个东西。

几颗？

七颗，前面三颗实画，中间一个虚画，后面三个是墨点。

几片叶子？

七片。

这么重要的汇票为什么不放在身上？

到人生地不熟的地方怕遇到歹人抢劫搜身，结果到南浔进丝绸，途中在一个歇脚处吃干粮时睡着了，那时已经下起小雨，旧伞就被人顺手拿去用了。

这画对你来说这么重要，是你画的吗？

不是，一个女孩子所画。

后来呢？

没有后来，后来一直在找伞，找不到就去了伞厂重新当学徒。必须把钱还上，否则没法跟东家交代。

对女孩子不用交代吗？

连载上说，古先生在这个时候沉默了很久，才略显无奈地说，在我看来，信义要比感情更重要吧。

感情也是一种信义啊，你们有约定吗？

没有，准备回去就向她表白。

她喜欢你吗？

不知道，应该有心约吧。

那你现在有遗憾吗？

接下来是更久的沉默，古先生只说了一个字，有。

据说这一天的报纸哭瞎了很多女人的眼。

关于英歌舞的由来，"傩舞说"最盛，"及时雨"的说法一是说来源于求雨的场面，二是宋江的绰号，大家比较认可这一提法，所以多半英歌舞队员的装扮出自梁山好汉，司大鼓是宋江的打扮，左头槌是秦明或者挂黑须的李逵，右队是杨志或者挂起红须的关胜，二槌是林冲，三槌是鲁智深和武松。

这次调派了三支英歌舞队，只有一队是本地的，另两队从潮汕地区乘水路而来，可见屠老板的手笔之大。

今天的欢庆活动就是庆贺耀隆银号重新开张，从下午两点开始英歌舞的表演，直到晚上在太平戏院看大戏，全部都是屠老板埋单请客。所以从上午十点就有人来操练场占位，英歌舞还没开始已经人山人海。据说因为三个英歌舞队合演，简直有数不清的梁山好汉粉墨登场。

英歌舞正式开场，一时间操练场锣鼓喧天烟尘飞卷，全男班的英歌舞队是清一色的壮小伙子，他们跳跃奔走，步态轻盈如蛟龙猛虎，队伍回旋起伏喊声震天动地，声势浩大仿佛下凡的天兵天将。

步溪和阿麦也去了西瓜园看热闹，步溪在观礼台上看见了杨双庆，他作为耀隆银号的经理，首届广州地区最强银号的掌门人，终于实现了家族的复兴。屠炳器也在观礼台上，与一众嘉宾喜气洋洋地为银号剪彩，一条结花的红绸被剪成八段，每段都被一个后生仔用椭圆形的银盘托住，据说嘉宾手上的剪刀都是K金的，便于他们留作纪念。

鉴于广大读者一直追问《还金记》中古先生的下落，为何会消失于茫茫人海，屠老板在报纸上特此声明：文中的古先生用的是化名，他将永远留存在故事里，各位看官请勿对号入座。

· 2 ·

阿麦最后一次见到鹏仔依旧是在小吃夜市，那天晚上将近十点钟，他才跟虫虫一起过来找花猪喝酒，阿麦给他们炒了一个猪腰子和一个猪油渣，分别配了青椒丝和阳江豆豉，香气扑鼻，三个"砂煲兄弟"开始吹水,说些有的没的。酒过三巡,鹏仔就上头了,大声叫唤,麦细花,我小看你了。

"麦细花,我小看你了",来来回回就是这一句话,阿麦不理他,照样炒田螺招呼客人,看也不看他一眼。

终于鹏仔绷不住了,突然站起来冲到阿麦面前,打翻她手中的盘子,还没等阿麦反应过来,他的两只手已经死死掐住了阿麦的脖子。

阿麦叫都没叫一声脑袋就软下来,食客们全都惊得不知所措,花猪和虫虫也傻了眼,赶忙跑过来扒鹏仔的手,又拦腰抱住他把他扯开。阿麦透出一口气开始拼命地咳嗽,鹏仔指着她对两个兄弟喊道,你问她干了什么?你问她你问她。阿麦照样不吭声,边咳嗽边蹲下身去捡盘子,好在盘子是铝的也摔不烂。

阿麦当然知道鹏仔为什么发飙,就在贺大夫带着小偶离开的第二天上午,鹏仔就带着几个黑衣人上门想把小偶抢回去,大概他突然想明白了,以他现在的能力,把小偶藏在一个安全的地方养大完全不成问题,保守秘密也不成问题,把孩子送回喜儒堂才是最大的错误,他是被阿麦给绕昏了头,一时失去了判断能力。果然等他反应过来,已经是人去楼空。

更让他气愤的是喜儒堂整个院子静悄悄的,除了一个病人(贺太太在床上养病),其他的人都在忙自己的事,伙计们用铡刀、石碾子等工具在处理中药材,苏小姐则是老僧入定一般地在给病人搭脉,根本都不出来看热闹,问阿麦人呢?她一脸无辜地说不知道,昨晚她也没有住在这里。

鹏仔从来都觉得自己对女人很有一套，他内心深处根本看不起女人，她们是傻的，蠢到爆，只配给男人当垫脚石，对她们就是要无情，越无情她们就越贱。结果呢，他不但是苏小姐的手下败将，还被阿麦摆了一道。

他是真心想把她掐死的。

但是人生这场大戏，谁出先，谁死先[1]还真不好说。

英歌舞结束之后，晚上是在太平戏院看折子戏，演出之前，先是一名年少的演员扮作善财童子，端坐莲花，升至舞台半空中，向台下的观众大撒金钱（用镍币代替），那也是好彩头对不对，所以群情热烈无数只手都在空中乱抓，争取抓到好运。阿麦带着苏小姐根本抢不到什么好座位，坐得又偏又后，当然更加抢不到从天而降的"金钱"，不过喜庆的场面还是让人十分开心。

像这样的是日吉时，例牌，开幕式的剧目是演《六国大封相》，讲述战国时代苏秦游说六国以合纵策略，联盟抗秦，六国拜苏秦为丞相的故事。献演这个剧目必须倾整个戏班之力，全体人员都要上场扮演不同的角色，舞台上旌旗招展，气势磅礴，鼓乐震耳欲聋，场面富贵堂皇。以显示戏班人多势众、服饰艳丽、打击乐犹胜，其中双皮鼓沙鼓堂鼓战鼓大鼓齐备，声浪喧天，目的是起到"镇四方异象，平八方妖邪"的作用。

这么轰动的演出，据说鹏仔也去了。因为现场热闹混乱，

---

1 形容谁先出头或先离去。

阿麦并没有见到他，况且鹏仔又是带着一干人坐在预留的贵宾席。

不过据说（由于没见到本人也只能是据说了）演出结束之后，有人发现鹏仔在座位上还是一动不动，以为他睡着了便推了他一下，只见他软绵绵地向前排的椅背扑倒，人已经死去。

子弹是从他的脖颈打进去的，一枪毙命。血流了一地也是后来才发现的。

这件事自然跟耀隆银号开张一样轰动，坊间的各种说法甚嚣尘上，有人说是仇杀，有人说是情杀，有人说是帮派之争，还有人说是重庆派人干的，"锄奸队"所为的说法最为盛行。

那天晚上看戏散场之后，阿麦和苏小姐就随着人流出了戏院，完全不知道后来发生了什么，枪杀现场的照片都是在报纸上看到的，照片上的鹏仔双目微闭神情安详似乎还有一点微微笑意，可见是在毫无防备的情况下中枪的。

警察局搜查一科的章科长接受记者采访时说，他们已经成立了专案小组调查此案，但是前景还是波谲云诡，不容乐观。因为坐在鹏先生后一排的嘉宾全部是日本人和政府要员，即使是演出鼓乐震天之时，一个素人跑到他身后开枪也是不可能的，那么政府要员里面是否混进了刺客还需逐一排查。此外，相关部门侦查枪伤的走道与子弹，得出的结论是这是一把珍藏版的勃朗宁手枪，全世界就没有几支，全部都有编号，本地黑市根本不可能买到。

章科长，本名章球，从事警员工作多年，是个瘦削的中年男子，据说眼光犀利、思维敏捷，有着丰富的办案经验。

也许是由于太过失望，平时阿麦对待鹏仔的态度基本上是"冇眼睇"[1]，但是她真的没想到他会这么快"过身"，而且又是这么血腥惨烈的方式，真的是"扑街"的结局。

所以一连好几天晚上阿麦都没有睡好，并且噩梦连连。有一天夜里，阿麦梦见鹏仔站在一个悬崖处，前后无路，脚下是万丈深渊，胸口还插着一把锋利的匕首，血流不止，鹏仔在濒死前望着她，用微弱的声音哀求她，你救救我，你救救我。这时的阿麦想奋不顾身地冲过去，却发现自己躺在一张病床上，四处皆白，手脚都被绑住了，嘴里还插着管子，根本发不出声音。

这时候她看见数排迎风招展的旗帜簇拥着华丽闪耀的水晶马车缓缓而行，在她和鹏仔之间穿过，好像是来接谁的，配合行进的音乐雄伟磅礴声势浩大，只是马车上空空如也。

阿麦拼命地挣扎，然后就惊醒了，出了一身毛毛汗。窗帘的缝隙处一片漆黑，唯一能听到的是小镜子均匀的呼吸声，这让阿麦想起了小偶，他走的那一天也是在贺大夫的肩膀上睡着了，也是这样的平稳和安静。也不知道他现在怎么样了，尽管孩子跟着贺大夫她是放心的。

然而她从来没有像今晚这样思念小偶，也从来没有体会过思念一个人会这样诛心蚀骨，一行冰冷的泪水沿着她的脸颊慢慢滴落下来，她根本就是为了自己的命运而伤心啊。

1　不理会、不关注、不动心。

3

断眉鹏死了以后，陆山河只好重新出山，重新找了人经营九如舫的夜场，大家叫新来的经理梁先生。梁先生身形微胖，面团一般的脾气，一个大男人生得粉雕玉砌连根胡子都没有，当然更加不可能有什么霹雳手段，陪酒伴舞的小姐走了不少，夜场的生意也就大不如初。

后来九如舫发生了一起食物中毒事件，令一位日本军官当场死亡，这件事惊动了宪兵队，派遣全副武装的军人铁桶一般地围了九如舫，小姐们个个花容失色，梁先生和大厨们全部吓得语无伦次。

尽管后来还是章球代表搜查一科出面解释，这不是食物中毒事件，而是一起食物过敏的意外，九如舫还是被贴了封条，就此停业。

同时停业散伙的当然还有妙合，姐妹们又吃了一次"二摊"，九如舫是没得吃了，换了一家不仅不好吃，带骨头的肉菜还感觉被人啃过一遍，大伙唏嘘不已，才知道以为千秋不变的好日子一去不返了，不禁又惜惜话别哭了一场。梅贵姐把妙合的招牌灯箱砸碎，用红绸巾包着，让伙计们在后院挖了个深坑埋了，上面种上几株海棠花，大伙哀悼一下也就散了。

心娇跟着梅贵姐一起来到位于西关光雅里的大杂院，梅贵姐出租房子当"收租婆"，心娇自己租了一间，租金梅贵姐给她减半，同时又在底楼开了一间租衣铺，欢场各色的艳丽旗袍、马甲、外披、袄裤都集中在这里，供社会上贪靓又虚荣的女子租用，生意还可以。

如果有类似织补、改衣这样的生意就接下来，再送到母亲那里请她帮手。

此外隔三岔五的晚上，她会去到钟小姐家唱堂会，一个人，一平喉，一把琴，唱些无聊的曲目。

钟小姐的家还是那样，收拾得跟寺院一样，苍松翠柏绿植昌盛，有潺潺溪流和滴水涧，听着如钗玉轻撞，唯独没有花，满眼都是深浅青色，静谧幽微。钟小姐的夜宴永远都是只开一桌，一围八人，没有菜单悉听尊便。宴席设在一个宽敞的回廊处，一边的风景是假山绿植，另一边则是极目的庭院，绿草青青，常客会说这样的景致也叫秀色可餐啊。

回廊里的廊檐高挑，分别挂着两排宫灯，回廊的左侧有一拱门通着向下的楼梯，方便传菜，女佣服务客人才走回廊两侧。拱门的上方挂了一块扇形的牌匾，上书"草绿春深"四个大字，心娇认出是老顾的笔迹。但这牌匾肯定是梅贵姐送给钟小姐的。

匾额下方挂着一个圆形的吊灯，宛如明月。

回廊处摆着一张实木的长条桌，因为餐食都是按位上菜所以不用围坐，每张椅子都有刺绣靠垫，显得别致讲究。

餐具一律是龙窑柴烧龙泉青瓷，是一种流传已久的技艺，成品大多只是略上釉，令其体表光泽，纹样完全来自泥土和火焰的融合，形成一种自然的釉色，看上去平淡日常。

钟府夜宴最出名的是一罐炖汤，装在一个白色陶瓷的汤盆里,盖着盖子,被厨房用的烹饪纸封了七八层不透半点气味,汤名唤作"如封似闭"。

从中午开始炖到晚上,封纸被一道一道地揭开,打开盖子,清香扑鼻,仔细辨认无非只是猪肺、瘦肉、青菜和金银花这四样平价食材,猪肺清洗得发白,瘦肉是猪前腿的部分,青菜新鲜碧绿,金银花清热芳香,汤里没有一滴油,口感清澈微甜,又称四君子汤。

钟小姐对于食材的严苛要求是美食家们十分熟悉和认可的,每当品尝此汤都赞不绝口,心悦诚服。同时也是广州人奢时极奢,简时极简,无论时局多么黑暗也要喝一碗靓汤的坚持。

心娇抱着她的老琴坐在宴席的右侧,现在的人更喜欢听粤曲,比如这首《醉太平》,歌词唱道:

不要辜负了这一刻歌声夜色,
旋律里共舞,魂荡去万尺高,
尽了此杯就是醉倒,在梦乡中何来烦恼,
人世间尽是叹息,从来就当听不到,
懒管它翻天覆地,只知每夜里沉迷于翩翩舞,
旋律里共舞,魂荡去万尺高。

席上的客人推杯换盏谈笑风生,完全没有人注意到心娇,甚至感觉不到她的存在,绵软的曲调的确让人沉醉。

· 4 ·

但凡城中有那么一点点欢局花酒,就没有苏虾米不知道的,简直就是个狗鼻子,循着味儿都能找过来。

这一天晚上,心娇在酒局上看到了苏虾米,她也并不觉得意外,也许是苏虾米有孩子了,人不再那么轻薄,两个人似有默契地都没有出声。散席了之后苏虾米也按照规矩例牌离去。十多分钟后又折返回来,钟小姐把他们让到偏隅的小会客厅里去说说话。

钟小姐走时把房门带上了,苏虾米倒也没有上下其手,而是有些忧伤地埋怨道,你跑到哪去了,我到处找你,打听了多少人。心娇端坐在他面前,微低着头一声不吭。苏虾米从贴身的口袋里拿出一张汇票,递给心娇道,我一直带在身上,想着遇到你也让你去买栋合适的骑楼当收租婆,也别在这儿唱了。心娇鼻子一酸,心想我几时都是被可怜被周济的那个人啊,难道我还不努力吗。苏虾米把汇票塞到心娇手里,道,怎么还哭了。

心娇起身去到窗前,背对着苏虾把汇票小心叠好收至胸前的口袋里,心想苏虾米就算是盛世的废物,在乱世也是男人的典范吧。

这时苏虾米走过来从后面抱住她,亲吻她左侧的脖子,好一会儿才轻声在她耳边说道,我知道是你干的。心娇道,我干什么了。苏虾米道,我认得你的眼睛。心娇心底一沉,撒娇道,那你去告发我呀。苏虾米道,我为什么要告发你,喜欢你还来不及呢，他死他的，我们好我们的，什么相干。又道，别看章球那么瘦，满脸的周武郑王，其实也是个好吃鬼，顶尖的宴席我都跟他吃过两次，说是这个案子根本破不了，一点头绪都没有。

章球说，警局对这个案子相当重视，相关人员的询问笔录、实地勘查报告、检查报告、尸体解剖报告、鉴证书、目击者询问笔录、侦查报告，总而言之卷宗已经整理出三大袋子，可是始终没有突破性的发现。

在太平戏院看戏那天晚上，心娇换上了在黑市买的日本军服，特意选择了半新不旧的，里面穿了演戏时才用的"胖袄"，以便把军装架起来，她戴上军帽，穿上军靴，扎好皮带，此外圆眼镜、仁丹胡一应俱全，最后郑重其事地挎上皮制枪套。偏巧那天晚上，梅贵姐带着一众花姑娘去看演出，每一个女孩子都打扮得狐媚妖娆，把无论男女看得眼都直了。

心娇那天晚上也看到苏虾米了，看见他一直在跟断眉鹏说话，偶尔耳语，很亲热的样子，灯暗时才离开。

想不到还是被他一眼看穿。

她在鼓乐齐鸣拔枪的那一刻，如拔钗沽酒，不动声色。她知道到了这个地步必须下狠手，否则下一个桃桃就是自己。

事后，她连夜把军服等物放在准备好的废弃的汽油桶里烧掉了，皮靴和皮带、枪套放在装满重石的麻袋里沉江。她看了看那把勃朗宁手枪，怎么都不舍得把它扔掉，摩挲良久还是收回柜子深处。

心娇的脸色略显严峻，但是苏虾米并没有察觉，还是埋头她的颈窝深深亲吻她的脖子。

原来人都是没有心肝的啊,苏虾米轻声说道,我们家的排骨精出生入死地给我生孩子,我还是不喜欢她,你也是吧,可曾有一个时辰喜欢过我。

心娇道,我简直是从心里喜欢你,喜欢到晕啊。

真的假的?

当然是假的,当然没有一分一秒喜欢过你。不过心娇仍旧回道,我第一次见到你的时候,扎着红绸摸到你的喉结紧张地跳来跳去,声音又偏厚有共鸣,哈哈哈哈好性感,真的是让我怦然心动啊。

苏虾米被她说得脸都红了。

真诚地说假话是心娇对妙合最后的致敬。

· 5 ·

阿麦一直觉得奇怪,自鹏仔走后,她像以往那样到小吃夜市来出摊,和花猪一如既往地忙前忙后,但是花猪一次也没有提过鹏仔,既没有感慨也没有唏嘘,就像不曾认识过这个人一样。

这也是阿麦喜欢花猪的地方,心里明白,嘴上留情,你叫他说什么呢,好坏都是兄弟一场,什么都不说才是对友谊的悼念吧。

阿麦也不知道花猪知道多少她和鹏仔的事,了解到什么程度。鹏仔有时候很有城府,有时候喝醉了就胡言乱语。如果他什么都说,花猪不会因此而嫌弃自己吧,而且即使嫌弃他也不会表现出来。

每当纠结的时刻,阿麦就会闷着头拼命干活,一颗汗珠碎八瓣,累得人仰马翻。后来小吃摊又增加了酸菜炒猪大肠,香到飞起,简直食客如云,也是累到两个人换着颠勺。有一次连花猪都看不下去了,不禁感叹,你真是个好女人啊。

一天晚上,食客散尽之后已经是凌晨一点多了,花猪递给阿麦一个旧信封,阿麦打开看,见是一摞钱,问他是什么意思。花猪说当初说好了挣到多少钱都是平分,这是你应得的那一份。

花猪说他打算开个小食店,就是换到室内去做餐饮,毕竟夜市刮风下雨都受影响,而且用啥都不顺手,水源也要跑好远。他以前守店的那个小五金店的老板娘叫宋翠莲,是个寡妇,带着一个五岁的女儿,她愿意把店面让出来给花猪用,重新装修以后变成小食店,而且不收租金只分成给她就好,大概是四六的样子,宋寡妇得六。

阿麦这时候还没醒,以为花猪愿意跟她分那个四成,少是少一点,但也算上岸吧,有了正儿八经的小食店。

花猪道,你是个好女人这我也知道,我也不是不喜欢你,可是咱们在一起不能天当被地当床,哪里租得起房子,就是不活人啊。现在宋寡妇提出来,我想了三天三夜,还是决定娶她。

花猪还没有把话说完,阿麦就忍不住打了他一巴掌,扭头走了。

怎么就不能天当被地当床,怎么就不能有爱饮水饱,不喜欢就是不喜欢,说这么多废话干什么。你怎么知道我没钱,我在苏小姐的医馆里赚钱,给姜校长按摩也赚钱,跟小镜子穿珍珠(后来是穿佛珠)还是赚钱,我现在手上拿的是什么,是草纸吗,怎么就不能租间房子过日子。

混个一年半载肯定没有问题,后面怎么办,就只能天当被地当床有爱饮水饱了。她为什么气急败坏,就是她知道花猪说的是对的。

他们四只空拳头,如果不想做野鸳鸯就只能分手。如果她是花猪,有一个现成的宋寡妇,不是也会这么选择吗。

一连好几天阿麦都黑着脸,苏小姐道,你又怎么了。阿麦道,没怎么,我想过了,还是要到夏葛医学校去学助产师。苏小姐笑道,上一次学校招生我叫你去,你不是不愿意去吗,说怕死人,怕上人体解剖课。

阿麦低下头去不作声,看书学习这种词听着优雅其实太折磨人了,尤其是医书,枯燥干巴,也只有苏小姐看完了一天的病人还能在灯下苦读医书,而她的心早就飞向小食夜市,飞向花猪,她宁肯颠勺。人家苏小姐才是诗酒年华,自己不过是烟火谋生的命,阿麦毕生的愿望就是希望找个男人,再生一个小偶,操劳忙碌地过一辈子。

这样才能收回自己那颗漂泊的心。

当时苏小姐的确说过,解剖学是医学的基础,它教给我们身体的构造,所以医学和解剖学是分不开的,如果离开了解剖学，医学本身就不能成立。苏小姐还说除了看死人，还要听骨学、韧带学、内脏学、肌肉学、血管学、神经学等，听着头都大了。

现在是彻底没有幻想了，捏着鼻子也要看死人。

啃书啃到头痛也要啃，或者喝口水把书上写的咽下去。

我看见你在阎王爷门口把姜校长救过来了，好有本事，我也要做像你这样的人。阿麦这样回复了苏小姐，自己都觉得不好意思。

做好这个重要决定之后的某一天，苏小姐把她在夏葛医学校的讲义和课堂笔记送给了阿麦，上面是密密麻麻的字，还画了分解图，用了红黑蓝紫各色水笔，处处可见用心。阿麦的眼泪滴落下来，苏小姐以为她是感动还抚摸她的肩膀，而她想的却是我根本就不想要这些东西啊，我想要的只有花猪。

她哭得肩膀一抖一抖的。

人生真的是寂寞，无论怎么委曲求全，都是颗粒无收。一想到花猪会那么温存地对待宋寡妇，阿麦就万箭穿心恨不得一把火烧了这个世界。

· 6 ·

惊蛰之后，母亲让家里的花匠在大太太的花园里腾出一块地方来种菊花，这种可以食用的菊花有一个好听的名字叫作"鹤舞云霄"，形状类似大白菊，其菊瓣微透淡紫，所以步溪给它取名为"白到紫"。

"白到紫"是食用菊花中不可多得的精品,既要土壤肥沃,又要全日见阳,浇水还要不干不湿,就是干枯了不行,水泡烂了花根更不行。

据说富贵人家专门负责种植鹤舞云霄的就不止一个花匠,有四个之多。

星期天的上午,大家都围在花园里赏菊,当然还不可能看到花,都是些叶子和似有若无的花苞,看着它们生长的样子也可以有所向往。母亲抱着襁褓里的苏晓在晒太阳,暖阳如金嘛。姜穗没有出来,生孩子引起的身体亏空要慢慢补慢慢养,所以一直在房间里休息。苏晓的小脸红红圆圆的,眉目清秀。

种菊花自然是要做蛇羹,其中的五蛇羹是把金环蛇、银环蛇、眼镜蛇、水蛇、锦蛇蒸熟后,撕成极细的肉丝,加入鸡肉丝、果子狸肉丝、鲍鱼丝、广肚丝、冬菇、木耳、生粉、菊花制成,作料有薄脆、柠檬叶丝、菊花瓣等,无论是对配料还是刀功都有极为严格的要求,只有万千细致的总和才能令食材的鲜味得到最大限度的释放,令一碗蛇羹入口百转千回,思之梦牵魂绕。

宝珍最想学做蛇羹,只恨机会无多,所以对"白到紫"最上心,一天看个三五遍都不嫌烦,眼下又是她蹲在菊花边上,目光温柔,面部慈祥。九如舫关停之后她就回来了,没事就说一段九如舫的神话。

小镜子翻白眼道,知道的是去帮厨,不知道的还以为那个死了的鬼子是她杀的呢。

步溪站在母亲身边，道，也让我抱一会儿苏晓。遂从母亲的手里接过孩子，软得令人难以置信，就跟面团一样，抱在手上心都化了。又道，现在兵荒马乱的，怎么想起做蛇羹了。母亲道，前两天我在茶楼遇到章球，他说馋蛇羹了，特别想吃，以前你爸在的时候，如果只请一桌蛇宴都有章球的位置，他懂吃，说得头头是道，也是你爸的知音。

母亲又道，章球还说，前段时间陆山河陆老板请他吃豪华大餐，想着一定是委托他把断眉鹏的案子一查到底，抓到凶手。结果呢，根本不是，反而是陆老板叫章球不要查了，令其不了了之。原因是大家都以为他在深山里隐居养病，其实是被断眉鹏软禁了，身边的人全部是断眉鹏的亲信，令他根本动弹不得。当年断眉鹏的确救过他的命，但是后来羽翼丰满尾大不掉，根本就是"挟天子以令诸侯"的演法。所以这次的事件简直就是冥冥之中的神明解救。

一席话说得步溪目瞪口呆。

因为在此之前坊间曾有这样的传闻，说是断眉鹏的案子虽然还没有破，但是陆山河还是为他进行了厚葬。选择了依山傍水的墓地，厚重的棺木黑得发亮，让着正装的断眉鹏躺在白色盛开的百合花中，据说他的神情还保持着生前的趾高气扬和理所当然。闲聊的人说得都如他们亲眼所见：由于痛失爱将，陆山河泪洒坟场，要知道在他养病期间，路路通公司的业务范围扩大了百分之三十。

恐怕这就叫又爱又恨吧。

章球还说，原来在十三行做生意的七哥也托人给他带话，说如果不是授予勋章或者发放奖金，把所谓的凶手找出来干吗，又有什么意义呢。据说类似的情况并不止这一单，还有人说，就想看到断眉鹏怎么死，死得有多难看。

然而这一切并不能影响章球的职业偏执心，他始终认为民众情绪不是破案的依据，所以还是时时翻看那些出自第一手资料的卷宗，不过所谓的突破性发现至今仍旧没有出现。

母亲叹道，一个人如果大家都想他死，他也是活不成啊。

步溪没有说话，不知为什么内心深处竟然有点同情断眉鹏，他出身卑微，穷得从不跟任何人提起他的身世，但是他跟步溪说过。有一次他去医馆找她，她仍旧不理他，他恼羞成怒对着墙壁说了好长一段话，他说我知道你看不起我，因为我身上有洗不脱的穷相，我从小没有双亲，他们是饿死的，我跟着哥嫂长大，很早就出来闯世界讨生活，看尽了天下人的冷眼。我发誓如果有一天出头，一定要赶尽杀绝作威作福，把所有的辛酸都还给这个世界。

可是，他比起苏大阔终是少了一点运气，苏步溪就是再落魄也不可能嫁给他。他只能以更坏更狠的方式大杀四方，横冲直撞为非作歹，以为只要自己够恶毒够无情就能够成为上等人。殊不知同样烟花彩虹一般的苍穹下，别人家的庆典可能就是自己的葬礼。

贺大夫和小偶走后，步溪犹记得有一天下午将近五点钟，断眉鹏一个人来到喜儒堂，少有地没有带一个随从。他见诊室里还有两个病人，便一个人踱步到院子里，四下张望之后坐在一张竹椅上，树下常年有几张竹椅供人闲坐，此时只他一个人，伙计们都认识他不敢近身。断眉鹏拿起竹椅边小偶丢在那里的花皮球，已经旧得颜色模糊但仍然气鼓鼓的，于是他把它在两只手掌之间颠来倒去，自顾自地玩了好一会儿。

病人走后，断眉鹏才来到诊室，他说他咳嗽一直收不了尾，夜里睡不好人很辛苦。步溪给他搭了脉又看了舌苔，的确是由肺热引起的肺气失宣，苔薄黄腻，是饮食不节、情志抑郁等因素所致。步溪给他拿了贺大夫配制的药丸，告诉他吃三天，早晚各一丸就不会再咳了。

两个人全程没有说其他的话，断眉鹏也没有付诊金。走时踽踽而行，背影显得甚是孤单。这是她最后一次见到他。

母亲重新把苏晓接回自己怀里，这才让步溪停止了沉思。母亲爱怜地看着苏晓的小脸，随意道，到时候做好五蛇羹也叫双庆来吃一碗，他也是，钱丢了就丢了呗，何必咒自己得了伤寒。

原来母亲也看了《还金记》，步溪不禁垂下眼帘，耳根微微一热。

母亲幽幽说道，当年他不说是他聪明，你父亲多么嫌贫爱富啊。

步溪心想，说了会怎样，不说又怎样，在男人眼里都是情感余事，没有什么不能舍弃的。

7

1941年12月8日,日军入侵香港。

1941年12月25日,港督杨慕琦在半岛酒店会见日军代表并签署投降书。香港正式沦陷。

香港沦陷以后,许多人再次踏上流亡之路。

一天清早,步溪独自一人来到喜儒堂,这时阿麦已经去夏葛医学校学习了,学费她自己出了小部分,大部分则是在苏府账房请款,签了合约以后再慢慢还。由于步溪的医馆也是勉强维持,所以并没有余力资助阿麦求学。不过这倒是提醒了苏步溪,今后有了能力一定要帮助更多的女性走出困境。

像往日一样,已经有几个伙计在打扫庭院,院子里也安静如初,似乎什么都没有发生。但是步溪还是感觉到了异样,一种有大事发生前的肃穆与沉闷。

果然门房跑出来告诉她,昨晚半夜时分,贺大夫回来了。

但是他一直在贺太太的房间里枯坐,没有说过一句话。

步溪的心中先是惊喜,后是一沉,贺太太过世已经八个多月了,走的时候骨瘦如柴人都脱相了。她是太过想念贺大夫和小偶相思成疾,一直熬到油干灯灭。送行、丧事全部是步溪一手操办的,不知流了多少眼泪。

那天晚上在太平戏院看戏,鼓乐齐鸣色彩纷呈的刹那间,步溪突然悲从中来忍不住哭出声来,那时候贺太太才走了两个礼拜,她想起她握着贺太太枯槁的手,她说你不能走,你走了我怎么向贺大夫交代啊。贺太太已经没有了说话的力气，只是两眼失神地望着她，像是要记住她的样子，贺太太说过，如果有来世，记得不要走散了。

贺太太的房间挂着她的遗像，下面放着一张太师椅，以前贺太太常坐在上面，现在是贺大夫木然地坐着这个位置，他还没有洗澡，全身风尘仆仆灰头土脸，面部肌肉僵硬，一脸苍凉道尽了逃亡人的艰辛。

见到步溪他也还是没有表情，没有说话。

也有那么一瞬间，他也曾两眼失神地望着她。

步溪也沉默地望着贺大夫，片刻，她用眼神示意屋里的人全部离开，待人全部走尽，她才从柜子里拿出一套贺大夫换洗的衣服，干净平整，她把它放在贺太太的床上，贺太太的床上也是整洁如初。

贺大夫看着那套半旧的换洗衣服，双眼通红，嘴角微微颤抖，牵动到脖子上的血脉偾张，良久良久，终于埋头饮泣。

步溪这时候才走过去，抱住他的头。

贺大夫是一个人回来的，小偶留在了香港可靠的人家，毕竟流亡之路谁都不知道下一秒钟会发生什么。

贺大夫洗完澡回房间休息之后，步溪一直在诊疗室看病人。

傍晚，步溪回到自己的医馆，尽管之前阿麦也经常过来通风清理，屋里仍有一股淡淡的霉味。她打开窗户，窗框上虽然没有长蘑菇,但是窗缝里仍有孤零零的嫩芽支棱着纤细的腰板,只此青绿。她冲它笑了笑。

步溪脱了外套开始打扫卫生,熟练地擦拭桌椅,扫地、拖地,清洗拖把,俨然一个自食其力的劳动者。

这时有人敲门。

门口出现了一个陌生的面孔,是个稚气尚未脱尽的后生仔,劈头问道,你是谁?你怎么有苏小姐医馆的钥匙。步溪道,我就是苏小姐。那个孩子顿时红了脸,抓着脑袋道,哎呀不好意思,我是隔壁杂货店新招的伙计,所以我不认识你,但是陈老板反复交代过,要我们看好医馆和苏小姐。步溪笑道,没关系的,以后就认识了。看到步溪卷着衣袖和裤腿,后生仔道,还有什么活吗?我来帮你干。步溪道,没事没事,已经干得差不多了。

后生仔这才客气地告辞。

其实隔壁杂货店的陈老板,步溪也刚认识不久,因为他虽然经常过来,但是每天看店的还是两个后生仔,所以步溪并没有和陈老板碰过面。这个杂货店是在步溪的医馆刚刚开业后不久换了店面,以前是卖咸鱼、腊肠、糖豆一类的食品,而陈老板则是卖一些锅碗筷盆、绳棕竹编、坛瓮瓶罐之类,总之也都是些养家糊口的小生意,并没有引起步溪的注意。

前段时间也是在医馆门口偶然碰到,只觉得陈老板面善,还是陈老板提醒她,他们在沈记洋遮见过面,陈老板给她倒过茶。

她这才明白为什么每次断眉鹏过来医馆,总有人上来

"搅局"。

步溪打扫完卫生,仍旧坐在窗前,倒了半杯红葡萄酒,边喝边欣赏着自己的劳动成果,窗明几净,整洁的地板也闪动着微光。窗外的天色彻底黑了下来,她常常坐在这里,从来没有感觉到星河像今天这样灿烂。

她的内心也不是不感动的,可是那又怎样,不过凄丽一梦。江湖相忘,人生实苦。所有的美好都在故事里,每个人的辛酸都是静水深流。

· 8 ·

落英缤纷,百花肃杀,这时才是"白到紫"凌空绽放鹤舞云霄的时刻,白花如雪,半透明的花瓣在秋风中微微颤抖。

苏府的夜宴如期而至,请到的客人有章球、陆山河、杨双庆、七哥等人,陆山河立下"不带女眷"的规矩,所以餐桌上全是男客,由苏虾米作陪。步溪也借故回避,落得大家清静。

据说那晚母亲的五蛇羹做得出神入化,场上所有的男人都喝高了,吃得兴高采烈,平时不爱说话的都话多得刹不住口。并且,别人吃到美味佳肴就是摇头晃脑拍大腿,只有章球眼泪都流出来了,他是真的会为美食热泪盈眶的人,拉着母亲的手来来回回只说一句话,唯美食不可辜负,不可辜负,不可辜负。

宾主尽兴,半夜方散。

此后的某天下午,章球到家中闲坐,说是要当面谢谢母亲，献宝一般拿出一盒明前龙井，只得二两。他说上次吃蛇羹时大家聊起太平戏院的人命案，就因为苏虾米在席上说了一句"当今社会乃女子真英雄尔"，令他听出了话外之音，于是他调查了苏虾米全部的情人，除了一夜情和露水夫妻，总有他格外在意的女人。然而章球并没有声张，而是避开所有的人，独自一人进行逐个排查。在一个风雨交加的夜晚秘密搜查了某个嫌疑人的房间（当时嫌疑人去了某饭局唱堂会），章球在她房间梳妆台的抽屉里搜到了一把珍藏版手枪，真的是一把好枪啊。他只是没收了这把枪据为己有。数天之后，由于断眉鹏的案子毫无进展，专案组就宣告解散了。

母亲挑起一边眉毛道，除奸队里还有女人啊。章球淡淡道，那有什么稀奇的，地下党里的女人多的是，也不知道是怎么被洗脑的。

步溪问母亲，章球叫你劝苏虾米以后在酒桌上少说话，嘴巴容易变成漏勺，你劝他了吗？母亲叹道，你都傻的，姜穗都劝不了他我多什么嘴。

步溪笑道，也是。

· 9 ·

一年以后的某一天，贺大夫问步溪，贺太太走的时候留下什么话了吗。

这是他第五次问这个问题，以往步溪都是用摇头或者沉默作答。只有这一次她沉吟良久,道,她让我嫁给你。

不要。

贺大夫抬起头来,迅速回道,但他面色潮红双目幽深,神情却像一个聪慧但是憨厚的孩子。

就、要。

步溪严肃地说道,并且倔倔地看了贺大夫一眼,转身出去了。

喜儒堂院子里的榕树一动不动,步溪站在树下双手叉腰仰望大树,原来一棵树独自生长也可以遮天蔽日,阳光投射进来也只能在地上形成类似梅花一般的斑点。已经是盛夏时分了。

一丝风也没有。